GOLDMANN

Arthur W. Upfield wurde 1888 in England geboren, 1907 aber von seiner Familie nach Australien abgeschoben. Er reiste mehrfach kreuz und quer durch den Kontinent, und seine dabei als Pelzjäger, Schafzüchter, Goldsucher und Opalschürfer gemachten Erfahrungen flossen in die 30 Kriminalromane ein, die er seit seinem sechzehnten Lebensjahr verfaßte. Hauptfigur fast aller Romane ist der sympathische Inspektor Napoleon Bonaparte, der auf einem halbblütigen Eingeborenen, einem Freund Upfields, basiert. Upfield starb 1964: »Reclams Kriminalromanführer« urteilt über sein Lebenswerk: »Seine Krimis gehören zum Besten, was die australische Literatur zu bieten hat.«

Von Arthur W. Upfield im Goldmann Verlag

Die Giftvilla (5903)
Bony kauft eine Frau (263)
Bony übernimmt den Fall (2031)
Bony und der Bumerang (2215)
Bony und die Todesotter (2088)
Bony und die schwarze Jungfrau (1074)
Bony und die weiße Wilde (1135)
Bony wird verhaftet (1281)
Das rote Flugzeug (5158)
Der Pfad des Teufels (5195)
Der schwarze Brunnen (224)
Der sterbende See (214)
Der streitbare Prophet (232)
Die Junggesellen von Broken Hill (241)
Die Witwen von Broome (142)
Ein glücklicher Zufall (1044)
Fremde sind unerwünscht (1230)
Höhle des Schweigens (5147)
Tödlicher Kult (5132)
Viermal bei Neumond (4756)
Wer war der zweite Mann? (1208)

Arthur W.

Upfield

Die Giftvilla

Kriminalroman

Aus dem Englischen
von Dr. Arno Dohm

GOLDMANN VERLAG

Originaltitel: Venom House

Umwelthinweis:
Alle bedruckten Materialien dieses Taschenbuches
sind chlorfrei und umweltschonend.
Das Papier enthält Recycling-Anteile.

Der Goldmann Verlag
ist ein Unternehmen der Verlagsgruppe Bertelsmann

Umschlaggestaltung: Design Team München
Umschlagfoto: Jeanloup Sieff, Paris
Druck: Elsnerdruck, Berlin
Verlagsnummer: 5903
Ge · Herstellung: sc
Made in Germany
ISBN 3-442-05903-8

1 3 5 7 9 10 8 6 4 2

I

Auch die australische Eisenbahn ist, wie die Hotels, nicht so gut wie sie sein sollte. Inspektor Napoleon Bonaparte war froh, als er den ›Knochenschüttler‹ bei der Vierkneipenstadt Manton verlassen konnte, um von dort mit dem Auto nach Edison, einer Einkneipenstadt an der Küste, südlich von Brisbane, zu fahren.

Der junge Mann am Bahnhofsausgang nahm mit der den Eingeborenen eigenen Gleichgültigkeit die Fahrkarte ab und erklärte ihm schläfrig, der Wagen für ihn warte vor dem Postamt.

Der einzige Vorzug dieses Autos war, daß es vier Räder hatte. Es mußte von wer weiß wo gekommen sein und sah aus, als ob es vielleicht noch ein paar Meter schaffen würde. Am Steuer saß ein langer, schlaksiger Jüngling. Er trug eine Sportmütze, mit dem Schirm nach hinten, und im Mundwinkel hing ihm eine ausgegangene Zigarette.

»Der Wagen ist okay«, versicherte er. »Mit dem kommen wir überall hin.«

»Ich will nach Edison.«

»Dann werden Sie auch hinkommen, sobald der Wagen dort ist. Sind Sie Inspektor Bonaparte?«

»Ich bin Inspektor Bonaparte.«

Die hellen Augen musterten den sorgfältig gekleideten Fahrgast: seinen eleganten grauen Anzug, den hellgrauen Filzhut, die auf Hochglanz polierten Schuhe. Sie bemerkten auch die dunkle Hautfarbe, den energischen Mund und die Augen, deren Blau an den Ozean erinnerte.

»So, nun können wir wohl losschießen«, sagte der Fahrer, indem er Bonys Handkoffer auf den Rücksitz schleuderte, der schon mit Paketen, Ersatzreifen und Werkzeugen gehäuft voll lag. »Springen Sie vorn in den Ersten Rang, Inspektor; diesmal habe ich weiter keine Fahrgäste. Papa Mawson hat mich extra für Sie hergeschickt; konnte nicht selber kommen, hat zuviel anderes zu tun.«

»Bis Edison sind's fast vierzig Kilometer, nicht wahr?« erkundigte sich Bony.

»Reichlich«, erwiderte sein Fahrer. »Könnte es in zwanzig Minuten schaffen, aber der Weg ist schlecht, und ich muß noch bei mehreren Stellen anhalten. Kommen Sie wegen der Ertrunkenen bei Answerth's Folly?«

»Ja. Wie heißen Sie?«

»Mike Falla. Mein alter Herr hat in der Nähe von Edison eine Farm, aber ich mag nichts mit Kühen und Mastschweinen zu tun haben; mir sind Autos lieber.« Er wechselte das Thema.

»Komische Sache mit den Ertrunkenen, was? Werde nicht schlau daraus. Dieser Ed Carlow war nämlich kein Schlappschwanz. Beinah zwei Meter groß und über zwei Zentner schwer. Und immer fix mit dem Zuschlagen. Ich kann die Sache einfach nicht fassen. Und die alte Mrs. Answerth war 'ne harmlose Seele. Weshalb sollte einer die umbringen? Bei dieser Ertrinkerei mußte ich immer an meinen ›Rotkopf‹ denken.«

»›Rotkopf‹?« murmelte Bony.

»Ein Hund«, antwortete Mike. »Der tollste Draufgänger, den ich je gehabt habe. Rothaariger irischer Terrier. Hat alles angegriffen, was ihm in die Quere kam, ob es Ratten waren oder unser preisgekrönter Bulle. Sobald irgendein anderer Hund unserem Hof nahe kam, ging er auf ihn los. Er zitterte förmlich, als wenn ihm Krieg immer Spaß machte. Und jedesmal griff er auf dieselbe Art an. Lotste seinen Gegner nach dem Deich hin und reizte ihn zum Kampf, indem er tat, als hätte er Angst. Aber dann, am Abhang des Deichs, da sprang er auf ihn los, und wenn der andere genug hatte, zerrte ›Rotkopf‹ ihn ins Wasser und ertränkte ihn. – Wissen Sie was?«

»Na?«

»Der Kerl, der bei uns da die Leute ersäuft hat, muß vorher meinen ›Rotkopf‹ beobachtet und von ihm gelernt haben. Ed Carlow hat sich mit jemandem geschlagen, der ihn bei Answerth's Folly unter Wasser gedrückt hat, bis er tot war. Und genauso ist es der alten Mutter Answerth ergangen. So, wie mein Hund das immer machte.«

»Vielleicht steckt Wahrheit in dem, was Sie sagen«, stimmte Bony ihm zu. »Haben viele Leute gewußt, wie ihr ›Rotkopf‹ es machte?«

»Hunderte! Ich konnte richtig ›Wassergeister‹ züchten. Aus der Stadt sind nämlich oft Hunde gekommen, und wehe, wenn ›Rotkopf‹ die zu fassen kriegte! Nachher erschienen die Besitzer und wollten sich mit mir streiten, aber ich hatte vorher jedesmal die Kadaver schon aus dem Wasser geholt und begraben. Mein alter Herr ist auch kein Döskopf, und ich weiß mir immer allein zu helfen. Aber einmal ging's nicht mehr, da kommt plötzlich Mary Answerth auf unsere Farm und sucht ihren Köter, als ›Rotkopf‹ den gerade zum Damm hingelockt hat. Sie zückt sofort ihre

Schrotflinte und schießt ihn über den Haufen. Und uns wirft sie allerhand Ausdrücke an den Kopf. Als wir protestieren, haut sie meinen Vater glatt zu Boden und gibt mir ein paar Stöße, daß ich in die Knie gehe. Es gibt nichts Schlimmeres, Inspektor, als eine Frau, die so zu boxen versteht.«

»Mary Answerth – ist das die Tochter der Ertrunkenen?«

»Ja, die eine. Die andere heißt Janet. Die hat so was Süßliches und färbt sich die Lippen. Sieht aber nicht übel aus. Ein Sohn ist da auch, doch den habe ich noch nie gesehen. Der ist nämlich nicht ganz dicht, sie halten ihn an der Kette.«

Nach etwa zwei Kilometern auf dem Seitenweg kamen sie an ein Farmhaus, wo der Wagen schließlich auf einem Damm von selbst anhielt, weil er die Steigung nicht schaffte. Ein kleines Mädchen schob rasch einen Holzklotz unter ein Hinterrad, damit der Wagen nicht zurückrollte. Aus dem Hause kam eine Frau, der Mike Falla mehrere Pakete und einen Stapel Briefpost aushändigte. Als sie Bony mit unverhohlener Neugier betrachtete, sagte der Fahrer: »Das ist Inspektor Bonaparte, der will die Sache mit den Ertrunkenen aufklären.«

Innerlich stöhnend, weil er gleich so angekündigt wurde, machte Bony eine leichte Verbeugung.

»Schrecklich, diese Mordtaten!« rief die Frau. »Wir hoffen, daß Sie damit Schluß machen werden, Inspektor. Ich hab' schon immer gewußt, daß aus der Giftvilla mal 'was Furchtbares kommen würde.«

»Giftvilla?« fragte Bony.

»Ja, so wird das Answerthsche Haus von den Hiesigen genannt. Na, Sie werden's ja kennenlernen, Inspektor. Auch Answerth's Folly, das Gewässer da ringsherum. Ein unnatürliches Grundstück, und die Answerths sind sonderbare Leute. Aber lassen Sie bitte nicht verlauten, daß ich Ihnen was gesagt habe. Die Mary Answerth ist ein gräßlicher Mensch, und wir möchten nicht, daß sie herkommt und uns beschimpft.«

»Ich werde nichts von Ihnen erwähnen«, beruhigte Bony sie. »Sie hatten richtig geraten: Ich will gerade den Damen Answerth meine Aufwartung machen.«

Mit einer Handbewegung forderte Mike seinen Fahrgast auf, wieder Platz zu nehmen, kletterte hinter das riesige Lenkrad und lehnte sich weit über die Seite, um aufzupassen, wie das kleine Mädchen mit dem Bremsklotz fertig wurde. Das Kind zog ihn sachverständig vom Rad weg, ohne sich überfahren zu lassen, als der Wagen rückwärts den Hang hinabrollte. Dann gab es einen gewaltigen Ruck: Falla hatte den Gang eingeschaltet. Bony winkte der Frau und dem kleinen Mädchen zu, als der Wagen beim Straßentor ankam. Die beiden Männer sprachen kein Wort, bis Bony das Öffnen und Schließen des Tores exerziert hatte und, ein wenig außer Atem, den Jüngling fragte: »Wie lange fahren Sie schon diese Tour?«

»Neun Monate. Hab' am ersten Januar angefangen. Da sich keiner weiter um die Stelle beworben hat, habe ich ihn bekommen. Macht sich gut bezahlt.«

»Müßte er auch – bei dem Kapital, das Sie hineinstecken.«

»Ich kann zufrieden sein, Inspektor. Einmal muß der Mensch ja einen Anfang machen. Mein alter Herr war zuerst böse, daß ich von der Farm wegging, aber als ich den Vertrag hatte, wurde er wieder nett.«

Die Zigarette, die Mike Falla den ganzen Weg von Manton her im Munde gehabt hatte, tanzte wieder. Bony beobachtete das sehr interessiert.

»Edward Carlow«, leitete er weitere Fragen ein, »– war der lange hier in der Gegend?«

»Ja-a, war hier geboren. In der Nähe von Edison. Sein Vater hatte eine Farm, brachte es aber zu nichts. Als er starb, mußte die Farm abgegeben werden. Seine Frau behielt nur, was sie auf dem Leibe trug, und Ed war es längst satt gewesen, für seinen Vater zu arbeiten, weil der alle Einnahmen versoff. Er hatte noch einen jüngeren Bruder, Alf. Mit dem bin ich zusammen zur Schule gegangen.

Als der alte Carlow abkratzte, fing Ed eine Schlachterei an. Dabei soll ihn Miss Janet Answerth mit Geld unterstützt haben. Da es im Ort noch keinen Schlachterladen gab, machte Ed gute Geschäfte. Manche Leute behaupteten ja, mit anständigen Geschäften könnte er das viele Geld nicht so schnell verdient haben. Vielleicht stimmt das auch. Schon nach ganz kurzer Zeit kaufte er sich einen neuen Lieferwagen, mit dem er das Fleisch vom Schlachthof holte, der außerhalb der Stadt liegt. Und bald wurde er immer üppiger. Kaufte in der Stadt ein hübsches Haus, das er seiner Mutter schenkte. Mein alter Herr sagte, es hätte ihn gar nicht überrascht, daß Ed im Wasser bei Answerths sein Ende gefunden hat.«

Der Weg bog jäh aus dem Tal ab und lief in Serpentinen an den Hügeln empor. Der Wagen donnerte einen Hohlweg im Walde hinunter, wo Mike sich aufmerksam seiner Fahrtätigkeit widmete. Auf einmal sagte er: »Mein alter Herr hat mir oft gesagt: Wenn du je eine Bank berauben solltest, Mike, dann verstecke ja den Kies richtig und gib fünf Jahre lang nichts davon aus. Die Leute sind heutzutage furchtbar mißtrauisch. Kaufst du dir ein neues Hemd, gleich möchten sie wissen, woher du das Geld dafür hast. Gib gut auf unser Vieh acht, Mike, denn ein Schlachter, der für ein halbes Rind oder einen halben Hammel nichts zu bezahlen braucht, verdient schweres Geld.«

»Ist Edward Carlow jemals unangenehm aufgefallen?«

»Der? Nein. Der ist viel zu schlau, um auszurutschen.«

»Und doch wurde er ertrunken in Answerth's Folly gefunden.«

»Ja, da endete sein Leben. Aber die alte Mrs. Answerth lebte doch ganz bescheiden und starb auf dieselbe Weise. Jedenfalls scheint es für Eds Mutter und seinen kleinen Bruder Alfie nur ein Glück gewesen zu sein, daß Ed plötzlich umkam. Mrs. Carlow versorgt jetzt den Laden, wobei Alfie ihr hilft. Ein in der Nähe wohnender Farmer schlachtet für sie.«

Der Weg wurde steil, eine scharfe Kurve folgte der andern, und keine war auf mehr als zehn Meter zu überblicken. Als sie um eine dieser Kurven bogen, sahen sie ein Pferd mitten auf dem Wege stehen. Es wollte in den Wald traben, rutschte aus und fiel. Mike brüllte aus Leibeskräften, er konnte nur knapp an dem Tier vorbeisteuern. Und als sie dann die neunundneunzigste Kurve nahmen, stand breit vor ihnen auf dem Wege ein riesenhafter Mann, der enganliegende Manchesterhosen mit kurzen Ledergamaschen und ein blaues Hemd trug. Am Wegrand stand sein abgesatteltes Pferd.

Mike hielt an. Er kletterte heraus, der Gigant kam auf ihn zu.

»Gut' Ta-ag, Henery!« schrie Mike erfreut. Er sprach Henry immer ›Henery‹ aus.

»Gut' Ta-ag!« erwiderte der Riese. »Hast du mir die Schrotsäge mitgebracht?«

»Ja-a. Roberts hatte auch die Eisenkeile gerade bekommen, die du bestellt hast. Da habe ich die gleich mitgenommen. Hier kannst du Inspektor Bonaparte kennenlernen, der extra von Brisbane gekommen ist, um die Mörder der Ertrunkenen zu finden.«

»Gut' Ta-ag, Inspektor«, sagte der Riese in dröhnendem Baß. »Hoffe, Sie haben mehr Glück dabei als der Inspektor, der den Mord an Carlow aufklären wollte.«

»Danke schön für Ihren freundlichen Wunsch«, erwiderte Bony, der jetzt schon befürchtete, bei der Ankunft in Edison öffentlich und laut empfangen zu werden.

Schrotsäge und Keile, Pakete mit Brot und Fleisch, ein Brief und mehrere Zeitungen wurden auf die Straße gelegt. Mike nahm das Geld für seine Auslagen entgegen, wobei er sein heraushängendes Hemd hochheben mußte, um das Geld in die hintere Hosentasche stecken zu können. Sie tauschten noch ein paar Abschiedsgrüße, dann blieb der Reiter neben seinem Pferd hinter ihnen zurück. Er schnitt sich Tabak von einer schwarzen Platte, mit einem Messer von der Größe eines Hirschfängers.

»Das ist 'ne Type, der Henery Foster«, sagte Mike zu Bony. »Hat sein Camp mitten im Busch, ungefähr zwei Kilometer vom Wege. Ist als Holzfäller ganz groß. Er schneidet Zaunpfähle zu und Schwellen für die Eisenbahn. Steht sich nicht schlecht dabei.« Sie kamen nun in flaches Gelände, wo dickere Bäume wuchsen und das Buschwerk dicht grünte.

»Ein Stückchen von hier ist die Stelle, wo sie Ed Carlows Lieferwagen gefunden haben«, sagte Mike. »Das ist da, wo drei Wege zusammenlaufen und früher ein Holzstapelplatz war.«

Bony fragte: »Das wäre ungefähr zwei Kilometer von Answerth's Folly, nicht wahr?«

»Ja. Über fünf von Edison, über dreißig von Manton. Mir will nicht in den Kopf, was Ed Carlow mit seinem Lieferwagen bei dem Holzplatz zu suchen hatte. Der Wagen war leer, als der alte Mawson ihn entdeckte.«

»Sie sind vermutlich schon auf Answerth's Folly gewesen?«

»Als Kind habe ich da manchmal mit den andern heimlich Fische gefangen«, antwortete Mike. Er kicherte lange, ehe er fortfuhr. »Um Miss Mary Answerth mußten wir allerdings große Bogen machen, die duldete keinen Menschen auf ihrem Besitztum.«

»Waren Sie auch mal im Haus?«

»Nein, noch nie. Ist ganz von Wasser umgeben, ich meine: Das Haus steht auf 'ner Art Insel. Zur Insel führt ein Damm, der aber jetzt unter Wasser liegt. Wer genau weiß, wo die Löcher sind, kann über den Damm zum Haus waten.«

»Die Answerths benutzen doch selbstverständlich ein Boot?«

»Ja-a, aber das haben sie an einen Baumstumpf auf dieser Seite mit Ketten angeschlossen und benutzen es nur bei besonderen Gelegenheiten. Sonst waten sie über den Damm. Ganz komische Menschen, die Answerths.«

Kurz nachdem er diese Auskünfte gegeben hatte, fuhr Mike den Wagen in eine breite Lichtung. Am gegenüberliegenden Rand sahen sie einen Personenwagen und einen Kombiwagen, neben dem Personenwagen standen ein Mann und eine Frau. Mit der Frau verglichen, wirkte der Mann kümmerlich.

2

Der Mann war mittelgroß und derb und hatte eine gelbliche Gesichtsfarbe. Über einem breiten Mund saß eine große Hakennase, seine Augen waren grau wie Granit. Am Gang, als er jetzt vortrat, nicht aber an seiner Kleidung, verriet er sich als Polizeibeamter. Bei der Frau fiel die Körpergröße nicht sonderlich auf, weil sie sehr massiv gebaut war. In ihrer Haltung lagen Wachsamkeit und Mißtrauen. Wer Vergleiche liebt, mochte in ihr etwas von der jähen Gefährlichkeit des Nashorns und der Gewichtigkeit des Elefanten finden. Die Fäuste gegen den Gürtel gestemmt, der die Reithose hielt, bot sie das Bild gebändigter Kraft. Bony, der den Polizisten nur flüchtig ansah, musterte interessiert diese Frau mit der ziegelroten Gesichtsfarbe, den hellgrauen Augen, der Adlernase und dem dichten schwarzen Haar.

»Inspektor Bonaparte?« fragte der Mann, indem er vortrat. Bony richtete wieder den Blick auf ihn. »Ich bin Wachtmeister William Mawson. Sie sehen gewiß ein, daß ich Sie nicht selbst in Manton abholen konnte.«

Bony erwiderte kopfnickend seinen Gruß. Mike Falla rief aus dem Wagen herüber: »Sie fahren doch mit mir nach Edison, Inspektor? Lange kann ich nicht mehr warten.«

Mawson verstand Bonys leisen Wink richtig und rief Mike zu, er könne abfahren. Der Polizist bewegte sich steif, die gelbe Hautfarbe hatte er nicht nur von Wind und Sonne. Jetzt wandte die Frau sich Bony zu; ihr Gruß erinnerte ihn an den des riesigen Reiters, dem sie auf der Fahrt begegnet waren.

»Gut' Ta-ag, Mister . . .«

»Bonaparte. – Inspektor Bonaparte«, stellte sich Bony vor.

»Ich bin Mary Answerth«, sagte sie, und hätte wahrscheinlich Mawson einfach hinter sich geschoben, wäre der nicht fest stehengeblieben. Wieder hielt sie die Hände in ihren Ledergürtel geklemmt. Die Beine in den Reitstiefeln waren weit gespreizt, und die ganze Haltung der Frau machte den Eindruck, als stünde sie unerschütterlich wie ein jahrhundertealter Baum, den Menschenkraft nicht umwerfen kann. »Wenn ich recht informiert bin, sind Sie aus Brisbane gekommen, um Ermittlungen über den Tod meiner Mutter anzustellen?«

»Das ist der Grund meines Hierseins, Miss Answerth«, bestätigte Bony.

»Dann hoffe ich, daß Sie mehr können als die Tröpfe, die den Mord an Ed Carlow aufzuklären versucht haben«, sagte sie in herausforderndem Ton. »Von Mawson hier erwartet kein Mensch erfolgreiche Arbeit. Er ist, wie er selbst erklärt, Polizist, aber nicht Detektiv. Von Ihnen erwarte ich bessere Resultate. Diesen Mordtaten muß ein Ende gesetzt werden.«

»Ich muß doch bitten, Miss Answerth –«, wollte Mawson sich einschalten.

»Wenn ich Ihnen sage ...« Was sie hinzufügen wollte, ging im Lärm von Mikes Motor unter. Als es wieder möglich war, sich zu verständigen, war Mawson schon bereit, lieber zu beschwichtigen, als sich zu beschweren.

»Durch das traurige Ereignis von gestern abend ist Miss Answerth natürlich sehr erregt, Sir«, erklärte er. »Sie besteht darauf, daß ihre Mutter morgen beerdigt wird, doch ich habe ihr auseinandergesetzt, daß bis dahin die Formalitäten vielleicht noch nicht erfüllt sind.«

»Also, ich will Ihnen mal was sagen«, stieß Miss Mary knurrend wie ein wütender Hund zwischen ihren großen, fast quadratischen Zähnen hervor, »die Leiche ist heute in aller Frühe nach Edison gebracht worden, und Dr. Lofty hat sie den ganzen Tag gehabt. Es ist sinnlos, sie nach der Sektion noch beschlagnahmt zu halten.«

»Bitte nehmen Sie meine Zusicherung zur Kenntnis, daß die Verzögerung nicht eine Minute länger dauern soll als nötig«, sagte Bony. »Ich muß jedoch erst die über die bedauerliche Tragödie schon bekannten Tatsachen nachprüfen, den Sektionsbefund entgegennehmen und den Fall mit dem Gericht besprechen.«

»Den überlassen Sie nur mir«, gab Mary Answerth im Befehlston zurück. Wachtmeister Mawson öffnete den Mund, um etwas zu bemerken, aber Bonys Stimme, die jetzt tief und doch metallisch hart klang, hinderte ihn daran. Seine Worte waren eiskalt.

»Ich bin beauftragt, die mit dem Tod der verstorbenen Mrs. Answerth zusammenhängenden Umstände zu untersuchen. Ich werde niemanden und keine Einzelheit Ihnen überlassen, Miss Answerth. Der Gerichtsarzt wird Ihnen zur gegebenen Zeit die erforderlichen Mitteilungen machen. Der Fall wird ausschließlich durch die Polizei behandelt, und die Polizei bin jetzt ich! Wenn Sie über den Tod von Mrs. Answerth bestimmte Aussagen machen wollen, wird Mawson sie ins Protokoll aufnehmen, das Sie dann unterschreiben können.«

»Ich habe bereits alles angegeben, was ich darüber weiß!«

Der mächtige Busen der Frau dehnte sich beängstigend, ihr kantiges Kinn stand wie eine Türschwelle vor dem Gesicht, ihre Augen funkelten. Sie starrte in die blauen Augen des schlanken Mannes, der vor ihr stand, und versuchte, ihn mit dem Blick niederzuzwingen. Aber bald mußte sie einsehen, daß sie damit niemals Erfolg haben würde. So drehte sie sich jäh um und schritt zu ihrem Kombiwagen, der, als sie einstieg, beträchtlich wackelte. Stumm beobachteten die beiden Männer, wie sie davonsauste. Mit einem Seufzer der Erleichterung sagte Mawson: »Das reine Tatarenweib, Sir. Ist meiner Meinung nach zu spät auf die Welt gekommen. Hätte vor ein paar hundert Jahren leben müssen, als die Masse sich noch von einigen Starken niederhalten ließ.«

»Die Leiche befindet sich in Edison?«

»Jawohl, Sir. Ich habe sie heute morgen um acht Uhr fünfzig ins Leichenhaus bringen lassen. Der Doktor war, als ich nachmittags um drei Uhr aus der Stadt fuhr, mit der Sektion noch nicht fertig.«

»Dann sollten wir uns auf den Weg machen und ihn bitten, sich zu beeilen.« Eine Minute später, als sie unterwegs waren, fragte Bony: »Wie ist das Hotel hier im Ort?«

»Nicht besonders, Sir. Ich hatte mir gedacht, Sie würden vielleicht bei meiner Schwester logieren, die manchmal Pensionsgäste aufnimmt. Sie kocht gut.«

»Dann werde ich ihre Erzeugnisse probieren. Wir müssen noch meinen Koffer aus dem Postauto holen. Aber das Wichtigste zuerst, Mawson: Berichten Sie mir, was sich heute ereignet hat.«

»Morgens um sieben Uhr siebenundfünfzig rief Miss Mary Answerth bei mir an und erklärte, sie hätte, als sie unterwegs war, um ihre Leute für die Tagesarbeit einzuteilen, ihre Mutter tot in dem See treibend gefunden, der hier allgemein Answerth's Folly genannt wird. Mit einem ihrer Arbeiter habe sie darauf das Boot genommen und die Leiche geborgen. Ohne Zweifel sei Mrs. Answerth bereits tot gewesen.

Als Miss Mary mir nun fortgesetzt Befehle erteilen wollte, schnitt ich ihr das Wort ab, indem ich sagte, ich würde sofort mit Dr. Lofty zu ihr kommen. Ich mußte auf den Arzt zehn Minuten warten, aber um acht Uhr fünfunddreißig waren wir schon auf ihrem Grundstück. Während der Arzt die Leiche untersuchte, ließ ich mir von Miss Answerth berichten, wo und wie sie sie entdeckt hatte.

Nach ihren Aussagen verläßt Miss Mary Answerth an jedem Wochentag schon früh das Haus und watet über den Damm nach den Arbeiterwohnungen auf der Festlandsseite. Wie es kam, daß ihr Haus mitten im Wasser liegt, das ist eine lange Geschichte. Jedenfalls hatte Miss Mary heute morgen den Damm schon fast überquert, als ihr ein im Wasser treibender Körper auffiel, in dem sie sofort ihre Mutter erkannte. Die Tote trieb etwa zehn Meter seitlich vom Damm und ungefähr zwanzig Meter vom Festland.

Die Landarbeiter waren beim Frühstück, als sie bei ihnen ankam. Sie befahl dem Koch, das Boot heranzuholen, in dem sie mit ihm zusammen die Leiche an Land brachte. Dann ging sie wieder ins Haus, um mich anzurufen. Der Koch – Blaze heißt er – hat ihre Angaben entsprechend bestätigt.

Da dies der zweite Fall von Tod durch Ertrinken in dem Answerthschen See ist und beim ersten ärztlich festgestellt wurde, daß es Mord war, nahmen wir an, daß Mrs. Answerth in derselben Weise ermordet worden ist, das heißt: unter Wasser gedrückt, bis sie ertrank. Dr. Lofty fand bei der Untersuchung der Leiche eine rote Stelle am Hals, die ein Beweis dafür sein könnte, daß die Frau mit einem dünnen Seil oder einem starken Bindfaden erwürgt worden ist, da der Hals unregelmäßige Schwellungen aufwies. Aber Bestimmtes wollte Dr. Lofty vor der Sektion noch nicht äußern.«

»War die Tote bekleidet?«

»Ja, ganz angezogen. Als ich später ins Wohnhaus ging, um die Anwesenden zu verhören, erfuhr ich, daß Mrs. Answerth zuletzt gesehen worden war, als sie zu Bett gehen wollte.«

»Wie benahm sich denn Mary Answerth, als Sie mit dem Arzt eintrafen?«

»Nicht besonders auffällig, Inspektor. Ich hatte auch nicht erwartet, ihr äußerlich viel anzumerken. Sie war sehr zornig – das ist sie ja fast immer – und verlangte, ich solle sofort den Mörder verhaften. Und das sagte sie so wie jemand, dem ein Rind gestohlen ist. Als ich die Überführung der Leiche ins Leichenhaus verlangte, brüllte sie förmlich vor Zorn, machte dann aber keine Schwierigkeiten, als ich ihr erlaubte, die Tote in ihrem Kombiwagen selbst hinzufahren. Dort angekommen, bedrängte sie Dr. Lofty, er müsse sich mit der Untersuchung beeilen, weil sie die Tote schnell zum Bestatter bringen wollte. Ich glaube, der Doktor hat seinen Bericht absichtlich noch zurückgehalten, um sich für die Grobheiten zu revanchieren, die sie ihm an den Kopf geworfen hat.«

»Sie scheint sehr männliche Züge zu haben.«

»Um mal ganz offen zu reden, Sir«, sagte Mawson grimmig, »in unserem Bezirk weiß ich keinen Mann, vor dem ich Angst hätte, wenn er zurechtgestaucht werden muß. Aber vor diesem Mannweib wäre mir bange. Die ist ja wie eine Ladung Dynamit. Ich bin heilfroh, daß das Präsidium Sie sofort hergeschickt hat.«

»Ich bin nicht geschickt worden, Mawson, sondern habe mir die Aufgabe selbst gewählt, weil der Fall mir, in Hinblick auf den anderen Mord, interessant zu werden verspricht. Darüber wollen wir uns heute abend unterhalten. Morgen werden wir den Schauplatz besichtigen und den Damen Answerth unsere Aufwartung machen. Darf ich auf Ihre Mitwirkung rechnen?«

Mawson gab sich keine Mühe, seine freudige Bereitschaft zu verbergen. »Aber gewiß, Sir, bin Ihnen sehr gern behilflich. Inspektor Stanley wünschte keine Mitarbeit, als er wegen der Sache Carlow hier war.«

»Und hat den Fall nicht aufklären können, Mawson«, gab Bony zu bedenken. »Wie ich hörte, sind Sie schon acht Jahre in diesem Bezirk und werden daher die Gegend und die Menschen hier so genau kennen wie Ihre Westentasche. Ich kenne Inspektor Stanleys Einstellung zur uniformierten Polizei. Er wird Sie kreuz und quer ausgehorcht haben, bis Sie das Gefühl hatten, daß er Sie unbedingt bei einem Fehler ertappen wollte. Infolgedessen konnten Sie sich nicht in Ihrer besten Form zeigen, während ihm bestimmt nur an den nackten Tatsachen gelegen war. Ich aber will außer Tatsachen von Ihnen auch Ihre persönlichen Ansichten, Vermutungen und Theorien hören, Mawson, und möchte gern, daß Sie mich als Kollegen und mit der Zeit sogar als Freund betrachten. Dann werden wir auch Erfolge erzielen.«

»Das höre ich gern, Sir. Ist wie ein frischer Wind, wenn Sie so sprechen.«

»Gut. Im ersten frischen Atemzug lassen Sie mal das ›Sir‹ weg, wenn kein Dritter zugegen ist. Ich bin für alle meine Freunde einfach ›Bony‹. – Hier sind wir nun also in Edison?«

»Jawohl, Edison«, wiederholte Mawson. »An sich eine recht gesunde Gemeinde. Die Menschen sind freilich so wie überall, haben dieselben Vorzüge und Fehler. Eine Kneipe im Ort, zwei Kirchen, drei Banken. Die Bankdirektoren verkehren nicht mit dem Gastwirt, der glatt ihre Banken aufkaufen könnte, und der Wirt verkehrt nicht mit den Geistlichen. Sonst haben wir noch die üblichen Frauenvereine und so weiter. Die Zahl der Trunkenbolde, Landstreicher, Verleumder und Snobs entspricht der in anderen Städten von gleicher Größe.«

Mawson hielt neben dem Postfahrzeug an, das bei einem kümmerlichen Schuppen aus Wellblech stand. Aus dem kam Mike Falla, um Bony seinen Handkoffer zu übergeben. Weiter oben auf der Hauptstraße passierten sie das Polizeigebäude und das Haus der ›Edison News‹. Bony bemerkte ferner rechts und links: den Schlachterladen, eins der Bankgeschäfte sowie eine Kirche.

Das Hotel war ein roter Ziegelbau, ein modernes Monstrum, der reine Hohn in dieser Straße mit den Häusern aus Holzschindeln, Betonplatten und Wellblech. Auf dem Höhepunkt der steilen Straße sah Bony eine saubere Villa mit zwei Pappeln davor und einem weißgestrichenen Lattenzaun. Für einen Moment hatte er Ausblick in die Ferne, auf bewaldete Hügel, lange weiße Sanddünen und einen weiten Bogen blauer See.

Dann befand er sich in einem kleinen Hausflur mit einem Garderobenständer, zwei Stühlen und einem Telefon auf einem kleinen Tisch. Er hörte Wachtmeister Mawson sagen: »Meine Schwester, Mrs. Nash. Hier bringe ich dir Inspektor Bonaparte, Jean. Er will gern eine Weile bei dir wohnen.«

Bony verbeugte sich vor der hageren, grauhaarigen Frau, die Anfang der Vierzig sein mochte. Er fand sie nicht sehr sympathisch, denn ihr Gesicht war noch elend von einer eben überstandenen Krankheit, und die dunklen Augen wirkten leblos. Aber dieser Eindruck verflog rasch. Auf einmal lächelte sie ihn an, in die dunklen Augen kam Leben, kleine freundliche Falten um den Mund verdrängten alle Härte aus ihren Zügen.

Er wurde in ein großes, vortrefflich eingerichtetes Schlafzimmer geführt, das nach vorn lag, und dann in eine gemütliche, bunt ausgestattete kleine Diele, die ihm allein zur Verfügung stehen sollte. Nachdem er geduscht und sich frisch angezogen hatte, wurde er ins Eßzimmer geleitet, wo er mit seiner Gastgeberin und deren Tochter ein erstklassiges Essen verzehrte.

Als das Tageslicht fast geschwunden war, betrat er den Dienstraum im Polizeigebäude, wo er Wachtmeister Mawson an seinem Schreibtisch sitzend vorfand.

»Na, na, Mawson, behalten Sie doch Platz! Rauchen Sie, wenn Sie Lust haben. Wir werden wahrscheinlich beide noch allerlei qualmen müssen, bevor wir mit unserer Arbeit fertig sind.«

»Vielen Dank, Sir – Bony.«

Bony zog sich einen Stuhl an den Schreibtisch und drehte eine Zigarette. »Ist der Sektionsbefund schon eingegangen?« fragte er.

»Der Arzt sagte, er wolle ihn selbst bringen. Er schlug vor, ich sollte ihn anrufen, wenn es Ihnen am besten paßt.«

»Rücksichtsvoll von ihm. Rufen Sie ihn lieber gleich an.«

Als Mawson gerade zum Apparat greifen wollte, schrillte die Telefonklingel. Er nahm den Hörer. Bony konnte die Stimme in der Leitung verstehen. Mawson blickte ihn fragend an. Er sprach höflich und gewichtig. »Ja, der Inspektor ist gerade hier. Ja, geht in Ordnung.« Er legte seine große, hellbehaarte Hand über die

Sprechmuschel. »Miss Answerth möchte Sie sprechen«, sagte er. »Miss Janet Answerth.«

»Ich begrüße Sie, Inspektor Bonaparte. Hier ist Janet Answerth. Freut mich sehr, daß ich Sie erreicht habe. Würden Sie mir ein paar Minuten widmen?«

»Ja, Miss Answerth?«

»Ich möchte gern wissen, Inspektor, ob wir unsere arme tote Mutter morgen früh abholen können. Ich hoffe – ja, ich hoffe sehr, daß Dr. Lofty es nicht für nötig gehalten hat, sie zu verstümmeln. Mary – meine Schwester – hat sich mächtig aufgeregt. Sie sind ihr doch nicht böse, daß sie ein bißchen schroff war?«

»Selbstverständlich nicht, Miss Answerth.«

»Es ist doch so, Inspektor: Wir lesen oft in den Zeitungen von diesen gräßlichen Dingen, und wenn wir dann selbst in so eine Tragödie verwickelt werden, sind wir entsetzt, daß so etwas in unser Dasein einbrechen kann. Sie werden mich gewiß verstehen; der Gedanke, daß unsere arme Mutter da auf einer kalten Steinplatte oder dergleichen liegen muß, ist zu hart. Also erlauben Sie uns doch, daß wir sie morgen früh abholen, ja?«

»Leider bin ich nicht in der Lage, eine Entscheidung zu treffen, Miss Answerth«, erklärte ihr Bony, »ich werde Sie aber morgen früh um neun aufsuchen, dann kann ich Ihnen vielleicht einen Rat geben.«

»Oh!« Eine merkliche Pause trat ein. »Sie wollen hierherkommen, ja?«

»Um einige Fragen zu stellen. Nur eine Formalität.«

»Ja, gewiß, Inspektor. Es war dumm von mir, bei der Vorstellung, daß uns ein Kriminalbeamter besuchen will, zu erschrecken. Ich werde dafür sorgen, daß das Boot rechtzeitig da ist, um Sie abzuholen. Über den Damm zu gehen ist nämlich gefährlich für jeden, der nicht weiß, wo die tiefen Löcher sind. Der Damm liegt ja ständig unter Wasser. Wir selbst können ohne weiteres hinüberwaten, aber da das Wasser oft trübe ist, sehen Fremde den Damm nicht und treten in eins der vielen Löcher.«

»Na schön, Miss Answerth. Um neun Uhr früh.«

»Sie können also wirklich nicht veranlassen, daß wir die Leiche morgen früh abholen dürfen?«

»Nein«, antwortete Bony höflich, aber mit Nachdruck.

»Was halten Sie von Janet Answerth?« fragte Bony den Wachtmeister, nachdem er aufgelegt hatte.

»Sehr nettes kleines Frauenzimmer«, erwiderte Mawson. »Ist

viel jünger als die andere und viel kultivierter. Halte sie für ein ganz braves Menschenkind.«

»Sind Sie verheiratet?« fragte Bony freundlich.

»Ich bin Witwer«, entgegnete Wachtmeister Mawson ganz verblüfft. »Meine zweite Schwester führt mir den Haushalt. Warum fragen Sie?«

»Ich wollte nur wissen, wieviel Ihr Urteil über Frauen wert ist.«

3

»Ehe wir mit Dr. Lofty in Verbindung treten, berichten Sie mir ausführlich über den ersten Mordfall«, bat Bony. »Lassen Sie sich Zeit dabei. Fangen Sie an mit dem Leben, das der Ermordete als junger Mensch geführt hat, und skizzieren Sie mir seine Entwicklung. Sehr häufig ist ja Mord der Höhepunkt einer Geschichte, die schon lange vor der Tat begonnen hat.«

»Als ich vor acht Jahren hierherkam«, begann Mawson nach kurzem Überlegen, »war Edward Carlow neunzehn Jahre alt und arbeitete bei seinem Vater, der eine Farm hatte. Der Alte hat allerdings nie viel getaugt, und als ich zwei Jahre hier war, hatte seine Trunksucht solche Formen angenommen, daß er die Familie nachher völlig mittellos zurückließ, also seine Frau und den jüngeren Sohn, Alfred, der noch zur Schule ging.

Als der Vater Carlow starb, wurde versucht, einen neuen Pächter für die Farm zu finden. Die Pacht war seit Jahren nicht mehr bezahlt, und Besitzer waren die Answerths, die unter dem Einfluß ihres Maklers Harston stehen, der übrigens unser stellvertretender Leichenbeschauer ist.

Ich bin nie ganz dahintergekommen, wie die Sache mit der Farm eigentlich stand, aber anscheinend stand Miss Mary ganz auf seiten Harstons, während Miss Janet sich gegen die Ausweisung der Carlows sträubte und Edward Carlow gern Gelegenheit zum Vorwärtskommen geben wollte. Ich sehe da immer noch nicht klar, wissen Sie, aber es muß wohl so gewesen sein, daß Miss Janet dem Edward Carlow einen Schlachterladen in Edison eingerichtet und für die Familie ein in der Nähe liegendes Haus gefunden hat.

Edward Carlow war ein großer, hübscher Mensch von dunklem Typ. Obgleich er nur auf dem Bauernhof gearbeitet hatte, war er keineswegs beschränkt. Es hieß, daß seine Mutter ihm mehr Bildung beigebracht habe, als er in der Schule erwerben konnte.

Jedenfalls ergriff Miss Janet das Steuer und half ihm, mit der Tätigkeit als Schlachter zu beginnen. Ein guter Metzger war für Edison sehr nötig, und Carlow ging tatkräftig an die Arbeit. Er fing mit einem alten Lieferwagen an, und schon nach einem Jahr machte er seine Fahrten in einem eleganten neuen.

Die Familie zog aus dem von Miss Janet zur Verfügung gestellten Hause in ein schöneres, das Edward Carlow selbst gekauft hatte. Auch neue Möbel wurden angeschafft, und Alfred wurde auf eine bessere Schule nach Brisbane geschickt. Das Geschäft blühte ohne Zweifel.«

Mawson legte eine Pause ein, um seine Pfeife anzuzünden. Da Bony keine Bemerkung machte, fuhr er fort: »Vor etwas über drei Jahren beklagte sich ein Farmer über den Verlust mehrerer Ochsen, und bald danach meldete ein anderer, daß sein Schafbestand sich um dreißig Köpfe vermindert habe. Während ich noch nach den fehlenden Schafen fahndete, wurden diese auf unbesiedeltem Gelände entdeckt, das wir an vielen Stellen noch haben. Damit war es fraglich geworden, ob die Ochsen gestohlen waren, denn die konnten auch ebensogut in den Busch entwichen sein.

Eines Tages, als ich in Richtung Manton fuhr, traf ich zufällig den Forstaufseher. Das war gegen Mittag, so kochten wir uns Tee und aßen zusammen, und während des Gesprächs erwähnte er, daß ihn schon mehrere Farmer und ein paar Schafzüchter, denen Vieh verlorengegangen war, um Rat und Hilfe befragt hätten.

Da fing ich an, mich ernstlich für die Frage zu interessieren. Sie wissen ja, wie es in so einem Bezirk wie meinem hier zugeht. Jedesmal, wenn ein Stück Vieh abhanden kommt, gerät der einheimische Metzger in Verdacht, und in den meisten Fällen ist er wohl auch der Sünder. Ich begann, mir den Edward Carlow näher anzusehen. Er war inzwischen weichlicher geworden, nicht mehr so jugendlich frisch. Trank in der Gastwirtschaft und wettete auch.

Na, im Juni meldete dann der Forstaufseher, er habe Beweise gefunden, daß Fallensteller auf Opossums Jagd machten. Sie werden wissen, daß in diesem Jahr die Pelzpreise sehr hoch waren. Außerdem steht das Opossum unter Jagdschutz. Der Aufseher hatte sein Auge auf einen Holzfäller namens Henry Foster geworfen, und wir waren uns einig, daß Foster durchaus der gesuchte Wilddieb sein konnte und Edward Carlow vielleicht die Felle von ihm gekauft hatte. Es war möglich, wie gesagt, aber Beweise hatten wir nicht.

Mein Mißtrauen gegen Carlow verstärkte sich erheblich, als sein leerer Lieferwagen im Busch in der Nähe des alten Holzstapelplatzes gefunden wurde, wo Sie mich und Miss Answerth heute nachmittag angetroffen haben. Wie ließ sich erklären, daß der Wagen im Busch versteckt war, wenn Carlows Leiche fast zwei Kilometer davon entfernt in Answerth's Folly lag?

Carlow war zuletzt am ersten August um fünf Uhr nachmittags gesehen worden, als er aus der Stadt fuhr. Seine Mutter sagte, er habe nach Manton fahren wollen, wo er einem Mädchen den Hof machte.

Am folgenden Tag, kurz nach elf Uhr vormittags, wurde Edward Carlows Leiche von einem Mann namens Blaze entdeckt, der für die Arbeiter der Answerths kocht. Er fand den Toten ganz zufällig, als er eine Wildente geschossen hatte. Während er ins Wasser watete, um den Vogel zu bergen, trat er unversehens gegen den unter der Oberfläche treibenden Toten.

Der Lieferwagen wurde erst am nächsten Tage entdeckt, als wir sämtliche von der Straße nach Manton abzweigenden Nebenwege absuchten. Er war geschickt im Busch verborgen, und es war eigentlich Zufall, daß wir ihn fanden, denn in der Nacht, in der Carlow ermordet wurde, hatte es so heftig geregnet, daß Reifenspuren kaum zu erkennen gewesen wären. An dem Nachmittag trafen Inspektor Stanley und Sergeant Jones aus Brisbane ein, um den Fall zu übernehmen.«

»Sie hatten aber gewiß den Koch und die Viehhüter der Answerths schon selbst verhört?« sondierte Bony.

»Den Koch Blaze, ja, aber von den Leuten war in der Mordnacht keiner im Camp da unten. Außer dem Koch steht zur Zeit nur der Oberviehhirt noch in Dienst, denn die Schafschur ist beendet und die Schafe sind schon auf die Frühjahrsweiden gebracht, so daß es wenig Arbeit gibt. Und dieser Viehhirt hockte in Edison in der Kneipe herum. Robin Foster heißt der Bursche.«

»Derselbe Name wie der Holzfäller?«

»Ja. Bruder von Henry Foster.«

»Wie schnitt der Koch beim Verhör ab?«

»Meiner Ansicht nach einwandfrei. Ist nur ein kümmerliches Kerlchen, schon ziemlich alt. Carlow aber war groß und stark und hätte sich gegen einen Mann wie Blaze leicht verteidigen können. Nach dem ärztlichen Gutachten ...«

»Das wollen wir Dr. Lofty überlassen«, warf Bony ein. »Rufen Sie ihn jetzt an; er möchte herkommen.«

Mawson tat, wie geheißen, dann fragte Bony weiter: »Kocht der bewußte Blaze noch für die Leute von Answerths?«

»Ja, der ist schon lange bei ihnen tätig. War früher Aufseher bei den Viehhirten und fing mit dem Kochen erst an, als er sich für die Arbeit draußen zu alt fühlte.«

»Den Lieferwagen von Carlow haben Sie doch untersucht?«

»Ganz recht. Im Wagenkasten lagen mehrere aufgeschnittene Säcke und eine leichte Plane, anscheinend erst kurz vorher zum Transport von Fleisch benutzt. Da ich an die zweifelhafte Geschichte mit der Opossumjagd dachte, habe ich mir den Wagen innen sehr genau angesehen, aber kein einziges Opossumhaar gefunden. Ich fand Beweise, daß mit dem Wagen Koks gefahren worden war, und erfuhr später auch, daß Carlow aus Manton eine Ladung Koks für den eigenen Gebrauch geholt hatte.«

»Haben Sie bei Ihrem Gespräch mit Inspektor Stanley etwas von dem Verdacht erwähnt, den der Forstaufseher bezüglich der Opossums äußerte?«

»N-nein.«

»Weshalb nicht?«

»Wir hatten in dieser Hinsicht ja nur Vermutungen«, erwiderte Mawson. »Außerdem wollte doch der Inspektor von gemeinsamer Arbeit nichts wissen.«

»Immerhin, wenn Sie das erwähnt hätten, würde Stanley wahrscheinlich Fachleute aus dem Präsidium herangezogen haben, um den Wagen mit peinlicher Genauigkeit untersuchen zu lassen. Die Opossumfrage ist jedenfalls wichtig, und ich danke Ihnen, daß Sie mich aufmerksam gemacht haben. Wo befindet sich der Lieferwagen jetzt?«

»Bei Mrs. Carlow. Sie hat die Metzgerei übernommen. Die Hauptarbeit im Laden leistet Alfred, der mit dem Wagen das Fleisch vom Schlachthof holt. Wie ich schon sagte, haben sie einen Mann, der für sie schlachtet, während Edward Carlow das gewöhnlich allein machte.«

»Dieser neue Schlachter – was hat der für einen Ruf?«

»Ist hiesiger Farmer. Charakterlich in Ordnung. Hat auch ein einwandfreies Alibi.«

»Und wie steht's damit bei dem Holzfäller, dem Foster?«

»Der behauptet, die ganze Nacht in seinem Camp gewesen zu sein. Dabei blieb er unerschütterlich, aber – sein Camp liegt über fünf Kilometer von dem Holzstapelplatz.«

Bony fabrizierte eine neue Zigarette. Auch nach jahrelanger Übung waren seine Finger dabei nicht geschickter geworden; sie brachten stets dieselbe Form zustande: eine Zigarette mit dickem Bauch und zwei spitzen Enden.

»Sie haben mir die Tatsachen berichtet, Mawson«, sagte er, als er die Nudel fertig hatte, »nun lassen Sie mich noch Ihre Meinung hören. Zunächst: weshalb ist Carlow umgebracht worden?«

»Also nur meine persönliche Meinung? Gut. Weil er einem Rinder- oder Schafdieb Geld für gelieferte Schlachttiere schuldete, oder einem Opossumfänger für Felle. Er mag versucht haben, einen Mann übers Ohr zu hauen, der sich das nicht gefallen ließ.«

»Vernünftiger Gedanke«, murmelte Bony. »Und wer hat Edward Carlow ermordet?«

Mawson schüttelte den Kopf. »Das läßt sich schwer sagen.«

»Wir werden es ermitteln. – Ich glaube, der Arzt fährt gerade vor. Wie kommen Sie mit dem aus?«

»Oh, gut. Soll ein tüchtiger Geburtshelfer sein. Mit uns arbeitet er vernünftig zusammen. Hat viel getan, um das hiesige Krankenhaus auf die Höhe zu bringen.«

Mawson stand auf und ging an die Tür, um sie zu öffnen. Es dauerte noch eine halbe Minute, bis er Dr. Lofty begrüßen konnte, und als der Arzt eintrat, war Bony bereit, ihn zu empfangen. Lofty hatte die Figur eines Jockeis, die Augen eines Hypnotiseurs und eine verführerisch schöne Stimme. Als Mawson ihm Bony vorstellte, schien er leicht zu erschrecken, bewies aber sogleich lebhaftes Interesse.

»Ich freue mich, Sie kennenzulernen, Inspektor«, sagte er gedehnt, indem er ein Kuvert aus der Tasche zog und auf den Schreibtisch warf.

»Nett von Ihnen, daß Sie herkommen«, murmelte Bony, während alle Platz nahmen. »Ihr Sektionsbefund betreffend Mrs. Answerth, nicht wahr? Schönen Dank. Bevor wir uns darüber unterhalten, wäre ich Ihnen dankbar, wenn Sie mich zunächst genau über Ihren Sektionsbefund bei Carlow informierten. Ich hatte kaum Gelegenheit, den Fall an Hand der Unterlagen zu studieren. Der Tatort ist derselbe wie bei dem ersten Verbrechen?«

»Wie Sie sagen, Inspektor, ist der Tatort bei beiden Morden derselbe«, bestätigte Lofty. »Ein Opfer wurde ertränkt, das andere erwürgt. Eins hat um sein Leben noch kämpfen können, während dem zweiten sogar das verwehrt war.«

»Sie haben natürlich Edward Carlow gekannt?«

»Ja.«

»Hatten Sie ihn schon als Patienten?«

»Mehr als einmal, aber nur mit harmlosen Sachen. Unfälle. Er war ein Musterbild von einem Mann – bis er zu saufen anfing.«

»Edward Carlow wurde, wenn ich recht verstanden habe, mit

Gewalt ertränkt«, sagte Bony. »Wie muß man sich, körperlich, seinen Mörder vorstellen?«

»Als einen Mann, der Sie oder mich zwischen Daumen und Zeigefinger nehmen und zerquetschen könnte.«

Bony war nicht davon erbaut, auf diese Weise mit dem dürren, schwächlichen Arzt verglichen zu werden. Er fragte: »Trug Carlows Leiche Spuren eines heftigen Kampfes?«

»Aber sicher! Am ganzen Körper hatte er Flecken von Quetschungen. Er muß in dem seichten Wasser von Answerths See um sein Leben gerungen haben oder ist vorher schon bewußtlos geschlagen und dann ins Wasser gezerrt worden. Schlamm und Pflanzenteile hatten sich unter seine Fingernägel gesetzt. Im übrigen zeigten sich alle Merkmale des Todes durch Ertrinken.«

»Wissen Sie, ob er schwimmen konnte?«

»Carlow ist jahrelang Strandwart bei unseren Wassersportfesten gewesen«, erwiderte Dr. Lofty langsam. »Es kann eigentlich keinen Zweifel geben, daß er mit Gewalt unter Wasser gedrückt worden ist, bis er tot war.«

»Wie lange befand sich nach Ihrer Ansicht der Tote unter Wasser?«

»Acht bis zwölf Stunden.«

»Angenommen, die Leiche wäre nicht entdeckt worden, bis sie von selbst an die Oberfläche kam, meinen Sie, daß sich dann bei einer flüchtigen Untersuchung hätte feststellen lassen, ob der Tote vor dem Ertrinken verzweifelt gekämpft hatte?«

»Haben Sie den Gedanken, daß der Mörder, der vielleicht auf die Wunden seines Opfers nicht sonderlich achtete, damit rechnete, daß die leichten Wundmale, wenn der Tote tagelang unter Wasser blieb, nicht mehr sichtbar gewesen wären? Daß er also hoffte, der Gerichtsarzt werde dann auf ›Tod durch Unfall‹ erkennen?«

»Ja, so ungefähr, Doktor. Ist das denkbar oder nicht?«

»O ja.«

»Demnach verstand der Mörder etwas von Medizin?«

»Soviel Kenntnisse kann er leicht aus einem ärztlichen Fachbuch gewonnen haben, wahrscheinlich hatte er sie aber aus einem Zeitungsbericht. Ich selbst habe im letzten Jahr zwei solche Berichte in der Presse gelesen. Freilich haben wir keinen Beweis, daß der Mörder mit dieser Absicht vorgegangen ist.«

»Aber er hat den Mann, den er mit den Händen erwürgen oder mit einem Knüppel oder Stein erschlagen konnte, ertränkt.«

»Vielleicht war er selbst von dem Kampf so erschöpft, daß er gerade noch die Kraft besaß, sein Opfer unter Wasser zu halten.«

»Gehen wir weiter – zum Tod der Mrs. Answerth. Wie alt war sie denn?«

»Neunundsechzig.«

»Also schon altersschwach?«

»Wie man's nimmt, Inspektor. Mrs. Answerth hat ihr Leben lang viel gearbeitet. Bis zu ihrem Tode hat sie den Gemüsegarten beim Haus selbst bestellt und die Hühner und Enten gezogen. Sie litt zwar etwas unter Rheumatismus, Herz und Lungen waren aber gesund.«

»Sie ist, glaube ich, nicht ertränkt worden?«

»Sie wurde erwürgt – mit einem dicken Bindfaden oder einem dünnen Seil. Die Merkmale von der Einschnürung waren ganz deutlich. Die Frau war schon tot, als ihr Körper ins Wasser kam, und ich glaube, der Tod ist sehr schnell eingetreten, weniger durch den Schock als durch Ersticken. In den Lungen fanden sich nur geringe Mengen Schleim und gar kein Wasser.«

»Sie war vollständig bekleidet«, fuhr der Arzt fort. »Ich habe das meiste Seegras am Hinterkopf gefunden, ein Teil der Pflanzen war zwischen Nacken und hinterem Blusenausschnitt eingeklemmt, und eine ganze Menge hing am Wadenteil der wollenen Strümpfe. Aus all dem ergibt sich für mich ein ganz bestimmtes Bild. Ich kann vor mir sehen, wie die Tote an dem Band oder Seil, mit dem sie erwürgt worden war, durchs flache Wasser gezerrt und dann, nach Abnehmen der Schlinge, ins tiefe Wasser gestoßen wurde.«

»Wo sie – so dachte der Täter – sinken mußte«, ergänzte Bony. »Angenommen, daß die Leiche nicht an der Oberfläche, sondern unter Wasser geblieben wäre, bis sie im Verwesungszustand nach oben trieb, wie wäre dann, nach dem Auffinden, Ihr Befund bei sofortiger Untersuchung ausgefallen?«

»Wahrscheinlich wären dann die Spuren vom Einschnüren durch den allgemeinen Zustand der Haut so gut wie verwischt worden, und die Verfassung der inneren Organe hätte auf Tod durch Ertrinken gedeutet, aber diese Voraussetzung hätte ich, in Hinblick auf den Fall Carlow, nicht gelten lassen.«

»Hm.« Bony bedankte sich durch ein Lächeln. »Können Sie sich erinnern, Doktor – oder Sie, Mawson –, ob während der gerichtlichen Totenschau bei Carlow etwas über das spezifische Gewicht der Leiche geäußert wurde?«

»Jawohl«, antwortete Lofty sofort. »Der alte Harston – unser Gerichtssachverständiger – fragte mich, ob es zuträfe, daß der Körper eines korpulenten Menschen wie Carlow ein viel geringeres spezifisches Gewicht habe als der eines mageren.«

»Er wollte wissen, ob die Leiche mit Ballast beschwert und dadurch unter Wasser gedrückt worden sein konnte«, fügte Mawson hinzu.

»Und ich mußte über das Thema einen richtigen Vortrag halten«, fuhr Lofty fort.

»Mrs. Answerth war aber nicht dick, oder doch?«

»Nein, sie war groß und hager und hatte nicht mehr Fett am Körper als ich«, antwortete der Arzt.

»Daher hat der Mörder vermutlich fest damit gerechnet, daß ihre Leiche sinken und tagelang unter Wasser bleiben würde.«

Bony stand auf.

Dr. Lofty drückte den Rest seiner Zigarre aus und erhob sich ebenfalls.

»Gute Nacht! Wenn Sie mich brauchen, stehe ich Ihnen jederzeit zur Verfügung.«

Mawson begleitete ihn ans Straßentor, während Bony die ausgezeichneten Fotos studierte, die Dr. Lofty von den Würgemalen am Hals der Toten gemacht hatte. Durch das offene Tor drangen Stimmen herein. Als er hochblickte, sah er einen großen, wohlhabend wirkenden Herrn vor dem Wachtmeister ins Dienstzimmer eintreten.

4

Mr. Harston, ein Mann von imponierender Gestalt, gab sich betont seriös. Nach seinem grauen Haarkranz um den kahlgewordenen Schädel, den Krähenfüßen und den Falten am Mund zu schließen, mußte er Ende Fünfzig sein.

»Nehmen Sie Platz, Mr. Harston«, sagte Bony verbindlich. »Wie ich höre, sind Sie stellvertretender Leichenbeschauer. Freut mich, Ihre Bekanntschaft zu machen. Ich bin, wie Sie sich denken können, hier, um Näheres über den Tod der Mrs. Answerth zu ermitteln.«

»Ja, das hat mir ihre Tochter bereits gesagt – Miss Mary, Inspektor.« Harston rückte sorgsam die Bügelfalten seiner Hose zurecht. »E–hm, ich kann Ihnen nur versichern, daß hier in der Gegend alle Leute Ihnen Erfolg bei Ihrer Tätigkeit wünschen. Eigentlich ist es schon recht spät, Sie aufzusuchen, doch Miss Answerth legte großen Wert darauf. Sie rief mich vor einer halben Stunde an, wegen der Leiche ihrer Mutter. Die möchten sie nach Hause holen, so schnell wie es nur möglich ist.«

»Das hängt ja jetzt von Ihnen in Ihrer Amtsfunktion ab«, stellte Bony fest. »Ich habe den Sektionsbefund von Dr. Lofty. Wenn Sie den prüfen, werden Sie mir zustimmen, daß eine gerichtliche Untersuchung erforderlich ist, denn dem Bericht nach liegt sehr wahrscheinlich Mord vor. Vielleicht lesen Sie ihn mal.«

Mr. Harston nahm das Dokument mit den Worten »Ha, das ist ja eine böse Geschichte« entgegen. Er holte eine Brille aus der Tasche und las in aller Ruhe den Bericht.

»Ja, hier ist eine gerichtliche Untersuchung bestimmt am Platze, Inspektor. Haben Sie schon überlegt, wann es Ihnen passen würde?«

»Hm – noch nicht, Mr. Harston. Ich finde, wir sollten das verschieben, um eine Woche oder zehn Tage etwa. Ich bin erst heute nachmittag angekommen und noch gar nicht auf Answerth's Folly gewesen. Habe die Absicht, morgen in der Frühe hinzufahren.«

»Oh. Ja, sehr schön so, Inspektor. Die Leiche . . .«

»Ich sehe keinen Grund, weshalb die Familie sie nicht morgen haben sollte – morgen nachmittag – nachdem ich die Hausbewohner und das Personal vernommen habe. Ich glaube, daß Sie etwa um ein Uhr mittags den Freigabeschein unterzeichnen können. Sie sind ja mit den Answerths schon längere Zeit bekannt, nicht wahr?«

»Seit vielen Jahren, Inspektor. Bin schon als junger Mann nach Edison gekommen. Der alte Jacob Answerth war fast mein erster Klient und ist nachher mein wertvollster geworden. War ein sonderbarer Kerl, voll von Hemmungen und manchmal gewalttätig, vielleicht weil er geheime Ängste niederkämpfen mußte. Na, mir gegenüber war er jedenfalls großzügig, indem er mich in seinem Testament bedachte und seinen Töchtern die Pflicht auferlegte, mich auch fernerhin als Berater des Hauses, mit der Aufsicht über die Geldgeschäfte, zu behalten und mich als Freund zu betrachten.« Mr. Harston lachte. »Sie haben das Gebot so weitgehend befolgt, daß ich seit dem Tode des Alten eine Art Großwesir für sie geworden bin.«

»Er endete durch Selbstmord, nicht wahr?«

»Ja. Hat sich erschossen. Ohne ersichtlichen Grund. Seine wirtschaftliche Lage war gesichert.«

»Außer den zwei Töchtern ist doch auch ein Sohn da. Was wäre über den zu sagen?«

»Er stammt von der zweiten Frau, der jetzt verstorbenen. Mary und Janet sind Kinder aus der ersten Ehe. Morris Answerth muß sechsundzwanzig oder siebenundzwanzig sein. Er ist schwachsinnig. Harmlos, selbstverständlich, muß aber unter Aufsicht gehalten werden. Ich habe im Rahmen meiner Angelegenheiten gar nichts mit ihm zu tun. Habe ihn auch schon seit Jahren nicht mehr gesehen. Nachdem der alte Jacob sich den Schädel zerschossen hatte, kam die jüngste Tochter, Janet, wieder nach Hause und übernahm unauffällig die Leitung der Familie. Ein stilles Mädchen mit künstlerischen Neigungen, bei jedermann beliebt. Mary verwaltete die Landwirtschaft und die Viehzucht. Eine veritable Amazone, deren unweibliches Wesen mir gegen den Strich geht.«

»Ich habe sie schon kennengelernt«, erklärte Bony lächelnd.

»Ungeschliffen, ungebildet, gewalttätig und fast immer unsympathisch im Auftreten«, fuhr Harston fort. »Mary Answerth hat mich schon in meinem eigenen Büro niedergeschrien und mir alle Schimpfwörter aus dem Wortschatz der Gosse an den Kopf geworfen. Auch auf der Straße hat sie mich schon beleidigt, also öffentlich. Nur weil ich mir manchmal sagen muß, daß sie nicht immer böswillig handelt, sondern von Natur aus so veranlagt ist, und mit Rücksicht auf mein Verhältnis zu ihren Eltern habe ich die Injurien eingesteckt und schließlich erkannt, daß es am besten ist, ihr möglichst viel in gleicher Münze heimzuzahlen. Merkwürdigerweise komme ich im großen und ganzen besser mit ihr zurecht als mit ihrer Schwester. Ja ja, sehr bequeme Klienten hat der alte Jacob mir nicht hinterlassen!«

»Das kann man wohl sagen.«

»Ist anzunehmen, daß die Answerths, als Familie, Feinde haben?«

»Mary hat vermutlich hundert, ihre Mutter aber hatte sicher gar keine, sie lebte ja ganz still für sich. Seit dem Tode ihres Mannes hat sie sich in Edison nur einmal wieder blicken lassen, und das war, als sie zu ihrem Arzt Dr. Lofty ging.«

»Haben Sie die erste Frau gekannt?«

»O ja, die erste war eine Art Marketenderin bei einer Gruppe wandernder Schafscherer. Wenn Sie versuchen wollten, sich einen Frauentyp vorzustellen, der ganz und gar ungeeignet wäre, einen reichen Weidegutsbesitzer in die Ehefesseln zu legen, hätten Sie ein Bild von ihr. Mary ist in jeder Hinsicht ihre Tochter, körperlich wie geistig. Janet ähnelt dem Vater, oder vielmehr hätte die größere Ähnlichkeit mit ihm gehabt, wenn er ausgeglichener gewesen wäre. Die zweite Mrs. Answorth war die Tochter eines angesehenen und wohlhabenden Schafzüchters. Sie ist mit ihrem Mann nicht glücklich geworden.«

»War sie denn mit ihren Stieftöchtern glücklich?«

Mr. Harston blinzelte, sein Blick wurde hart, doch seine Worte klangen aufrichtig. »Offen gesagt, sie ist nicht ausgesprochen unglücklich gewesen. Hatte aber wohl zum Glücklichsein auch kein Talent. Ihr einziger Sohn war von klein auf eine bittere Enttäuschung, und diesen Jungen hat ihr Mann ihr nie verziehen.«

»Wer hat durch ihr Ableben besonderen Nutzen?«

»Niemand. Der alte Answerth hinterließ sein ganzes Vermögen, von ein paar Legaten abgesehen, seinen Töchtern zu gleichen Teilen. Seiner Frau und seinem Sohn vermachte er keinen Penny, und Mrs. Answerth hat gegen das Testament nicht einmal Einspruch erhoben. Sie zu ermorden muß demnach sinnlos erscheinen, nicht wahr?«

Bony erhob sich, Harston ebenfalls.

»Der Sinn wird sich schon zeigen, Mr. Harston. Wir werden uns weiter unterhalten, wenn Sie mir Zeit widmen wollen. Die gerichtliche Untersuchung kann warten. Eigentlich sind mir vertagte Untersuchungen zuwider. Viel interessanter ist doch, wenn der Coroner schon auf Grund seiner eigenen Untersuchung den Täter klipp und klar bezeichnen kann – oder finden Sie nicht?«

»Ja, das kann ich mir vorstellen. Inspektor. Wir werden also die Untersuchung abhalten, sobald Sie bereit sind.«

Diesmal begleitete Bony seinen Besucher bis ans Straßentor, wo er ihm eine letzte Frage stellte. »Ich hörte zufällig jemand das Answerthsche Haus als ›Giftvilla‹ bezeichnen. Ist es unter diesem Namen weithin bekannt?«

»Leider, ja. Und nur unter dem«, erwiderte Harston. »Die Answerthsche Familiengeschichte enthält viel Böses. Eine lange Geschichte. Die Familie machte ein letztes Mal in einer schlimmen Zeit von sich reden, und seitdem haftete immerfort Böses an ihr. Wenn Sie Zeit haben, werde ich Ihnen die historische Entwicklung erklären.«

»Schönen Dank. Gute Nacht, Mr. Harston.«

Nachdem Mr. Harston Bony versichert hatte, daß er den Freigabeschein für die Leiche erst am nächsten Tage nach ein Uhr mittags aushändigen werde, ging er schräg über die Straße zu seiner Wohnung, während Bony grübelnd ins Dienstzimmer zurückkehrte.

»Was halten Sie von Harston?« fragte er Mawson, der mit leisem Lächeln antwortete: »Er dünkt sich mehr als die Bankdirektoren und die Geistlichen. Gehört mit zum Richterkollegium und ist in der gerichtlichen Praxis sehr pedantisch. Als Coroner ist er in Ordnung. Steht sich finanziell, glaube ich, sehr gut. Hat ein Grundstück und zwei Farmen. Ein Sohn von ihm ist Seeoffizier, der andere Kaufmann in Melbourne. Seine Frau ist Präsidentin oder Sekretärin eines Frauenvereins.«

»Hm-m. Wollen's für heute genug sein lassen, Mawson. Sie können mich morgen früh zur Giftvilla bringen – so, daß wir gegen neun Uhr dort sind, ja?«

»Aber gern. Wir müßten dann um acht Uhr dreißig abfahren.«

»Lieber schon um acht, denn ich möchte mir die Gegend ansehen, wo Carlows Lieferwagen gestanden hat. Gute Nacht.«

Um acht Uhr dreißig morgens entstieg Bony dem Dienstwagen des Wachtmeisters, um eine große natürliche Lichtung zwischen einer Reihe von Hügeln, wo der Wagen im Gebüsch versteckt gewesen war, in Augenschein zu nehmen. Mawson führte ihn in das Gestrüpp gegenüber dem früheren Holzladeplatz und zeigte ihm die Stelle, an der sie den Lieferwagen entdeckt hatten. Von der Lichtung aus hätte kein Mensch ihn sehen können, so dicht war hier die Vegetation.

»Was hat Inspektor Stanley mit dem Lieferwagen unternommen?« fragte Bony.

»Ließ ihn bestäuben, um Fingerabdrücke festzustellen«, antwortete Mawson. »Am Lenkrad fanden sich nur Abdrücke von Carlow. Dann hat er die Säcke und die Plane, die hinten lagen, untersucht. Nachher ließ er den Wagen über weichen Grund fahren und die Reifenspuren fotografieren. Aus denen ergab sich aber nichts von Bedeutung. In der Nacht, als Carlow ermordet wurde, sind über fünfzig Millimeter Regen gefallen.«

Das alles wußte Bony schon aus der Polizeiakte, und Kopien der Fingerabdrücke und der Aufnahmen von den Reifenspuren hatte er in seinem Handkoffer. Er war überzeugt, daß er die Spuren im Busch besser hätte lesen können als Inspektor Stanley und seine Helfer, wenn ihm der Mordfall Carlow übertragen worden wäre. Und zwar trotz des störenden Regens.

Mawson betrat einen schmalen Pfad, der wie ein grüngrauer Tunnel aussah, denn der Frühnebel durchsetzte das Gestrüpp so dicht, daß die Sträucher und Bäume oben ganz verhüllt waren. Am Ende dieses Tunnels kamen sie an einen abschüssigen Kahlschlag, an dessen unterem Ende sich eine von der Sonne schon vergoldete, dunkle Mauer unter dem mattblauen Himmel erhob.

Als sie den Hang hinabfuhren, erschienen zur Linken aus dem Dunst wie dunkle Schatten eine Reihe von Gebäuden: ein Schuppen für Lagerung von Wolle, eine kleine Hütte zum Schafscheren, die Arbeiterwohnungen und noch einige kleine Bauten. In einem

Schuppen ohne Vorderwand standen der Kombiwagen, den Mary Answerth gefahren hatte, und ein elegantes, zweisitziges Coupé.

Mawson bremste dicht am Ufer der ›Folly‹ und stellte den Motor ab. Sie hörten den Ruf der Wildenten und in der Ferne den Gesang der Schwäne. Das silbrig glänzende Gewässer sah aus wie Glas, und daraus erhoben sich hier und da die grauen Stämme längst abgestorbener Bäume.

»Das Haus steht auf einer Art Insel«, sagte Mawson. »Früher war da überhaupt kein Wasser. Hinter dem Hause, von hier aus gesehen, lief damals ein Fluß, aber einer der Vorfahren der Answerths hatte dessen Mündung an der Seeküste verbaut, und die war nachher so blockiert, daß der angeschwemmte Seesand trotz größter Anstrengungen nicht wieder entfernt werden konnte. Das Wasser staute sich, und so entstand dieser See, der deshalb den Namen Answerth's Folly – die Dummheit der Answerths – bekam.«

»Nach meiner Schätzung liegt die künstliche Insel, auf der das Haus steht, ungefähr sechshundert Meter von hier. Wie weit schätzen Sie?«

»Etwas mehr doch wohl. Von hier führt jedenfalls der Damm hin, über dem das Wasser ungefähr dreißig Zentimeter hoch steht.«

Im Sonnenschein zeigte nun das Haus, das im Grünen wie auf einem Sockel stand, seine Farben. Zweistöckig, aus grauem Naturstein gebaut, hatte es an der Fassade sechs Fenster im Erdgeschoß und sieben im oberen. Sämtliche Fenster waren von altmodischen Maßen, hoch und schmal.

»Ist das Grüne da auf dem Deich Gras?« fragte Bony.

»Muß es wohl sein. Die Sandbank umschließt, wie mir gesagt wurde, zwei Morgen Land.«

»Mir könnte das Haus schon gefallen. Hat seinen besonderen Charakter. Seine Geschichte ist sicherlich interessant. Gehen Sie doch mal zu den Arbeiterwohnungen und bitten Sie den Koch, hierherzukommen.«

›Giftvilla!‹ Seltsamer Name für ein Haus, das sich nicht gegen ihn wehren konnte. Was hatte Harston gesagt? Die Answerths hätten eine üble Familiengeschichte in bösen Zeiten begonnen und sie fortgesetzt durch viele Jahre.

Stimmen verkündeten Bony, daß Mawson und ein zweiter Mann sich näherten. Er stieg aus dem Wagen, um sich den Koch gleich anzusehen. Der hatte ungefähr dieselbe Figur wie Dr. Lofty, aber seine Beine waren krumm wie ein doppelter Flitzbogen, der Pfeile nach beiden Seiten abschießen kann. Er trug weiße Manchesterhosen, ein weißes Baumwollhemd und leichte Stoffschuhe. Sein Alter?

Es konnte zwischen fünfzig und neunzig liegen. Die Augen waren dunkel und ganz klein zusammengekniffen. Seine Art, sich zu bewegen, und das sonnengebräunte faltige Gesicht wiesen Bony auf seine Heimat hin: das heiße Flachland von Inneraustralien.

»Hier ist der Koch vom Wirtschaftshof, Sir«, sagte Mawson steif. »Er heißt Albert Blaze.«

»Kommen Sie näher, Blaze, und setzen Sie sich zu mir. Wir wollen uns mal unterhalten«, forderte Bony ihn mit einer Handbewegung auf und setzte sich auf das Trittbrett des Wagens.

»Gut' Ta-ag, Inspektor. Setze mich jederzeit gerne zu Ihnen, aber viel zu erzählen weiß ich nicht.«

Die breite Aussprache des Wortes ›Tag‹ war für Bony ein weiterer Beweis, daß Albert Blaze im Herzen des Erdteils aufgewachsen war, denn der Gruß klang aus seinem Munde musikalisch.

5

»Wie lange haben Sie hier schon für die Leute gekocht?« lautete Bonys erste Frage. Die Antwort ließ nicht auf sich warten.

»Das habe ich doch schon dem Inspektor Stanley gesagt.«

»So, haben Sie? Nun, dann sagen Sie es mir noch einmal.«

Bony machte ein ganz freundliches Gesicht, während er den kleinen Mann neben sich musterte. Blaze hatte, trotz seines Alters, noch nicht vergessen, wie richtige Männer sich verhalten, wenn sie einander abtaxieren. Gelassen und ohne Eile betrachtete er Bonys Gesicht, gleichsam Zug um Zug, um dann den ersten Eindruck von dem Inspektor innerlich zu korrigieren. Hier hatte er keinen verschämten, aber auch keinen hinterhältigen und ganz gewiß keinen einfältigen Mischling vor sich.

»Ich habe als Arbeiter hier schon 'vierundzwanzig angefangen«, sagte Blaze leichthin, aber in kaltem Ton.

»Vorher sind Sie natürlich auf den großen Viehtrecks mit Rindern geritten, nicht wahr? Wie viele Jahre wohl?«

»Mein ganzes Leben, bevor ich hierherkam. Wenn Sie wissen wollen, weshalb ich aus den Zuchtgebieten weggegangen bin und Arbeit in einer Wirtschaft angenommen habe, die nicht größer ist als auf einer Großfarm der Hinterhof, dann gebe ich darauf keine Antwort. Das liegt ja auch schon lange zurück.«

»Ich spioniere doch gar nicht, Blaze, sondern habe nur überlegt, ob wir vielleicht dieselben Gegenden kennen. Das scheint mir der

Fall zu sein, und wir können, wenn Sie Lust haben, mal Erinnerungen austauschen. Im Augenblick wollen wir uns aber nur mit dem Tode der Mrs. Answerth beschäftigen. Wie lange also haben Sie hier für die Leute gekocht?«

»Neun Jahre. Vorher war ich Aufseher bei den Herdenreitern«, antwortete der Alte. »Aber für die Arbeit wurde ich zu alt und zu steif. Bin nämlich bald achtzig.«

»Nanu, das ist doch nicht möglich!«

»All right, wir können ja wetten. Aber lieber nicht, ich kann's nicht beweisen. Jedenfalls muß ich nach dem, was mir der Kerl gesagt hat, bei dem ich aufgewachsen bin, in diesem Jahr achtzig sein.«

»Schön. Sie haben gewonnen. Waren Sie nicht gerade beim Frühstück, als Miss Mary Answerth Ihnen zurief, Sie sollten alle schnell kommen, um ihre tote Mutter aus dem Wasser zu bergen?«

»Die andern waren beim Frühstück. Ich esse morgens nie. War gerade in der Küche, als sie mit der Nachricht ankam, und ging dann mit den andern zum Damm hier unten. Sie rief uns zu, wir sollten das Boot nehmen. Das ist immer angeschlossen, und den Schlüssel habe ich in Verwahrung.«

»Wie kommt denn das?«

»Das Boot ist angeschlossen, seitdem der junge Morris Answerth einmal nachts ausgebrochen und auf dem See 'rumgerudert ist. Jeder, der vom Hause weg will, oder hin, muß waten, und wer in ein Loch rutscht, muß schwimmen. Und wer nicht schwimmen kann, muß eben ersaufen. Das Boot wird nur benutzt, um Lebensmittel zu holen, oder Holz, oder mal Miss Janet zu fahren, die nicht jedesmal waten will. Ich habe jetzt den Auftrag, Sie 'rüberzubringen und auch Mr. Mawson, wenn er mit will.«

»Wie oft hat Mrs. Answerth das Haus verlassen?«

»Oh, ganz selten nur. Sie ist dann immer gewatet, egal, ob's Tag oder Nacht war. Aber in der Nacht, in der sie umgebracht wurde, war sie nicht hier drüben, falls Sie das fragen wollten.«

»Woher können Sie das wissen?« fragte Bony schnell.

»Jedenfalls hat kein Mensch sie gesehen.«

»An dem Abend waren doch außer Ihnen noch zwei Mann hier auf dem Gut beschäftigt. Sind die beiden auch so sicher, wie Sie zu sein scheinen, daß Mrs. Answerth in der Nacht, als sie ertrank, nicht auf dieser Seite gewesen ist?«

»Nach ihren Reden, ja. Fragen Sie sie doch selbst. Robin Foster, der jetzt die Aufsicht über das Vieh hat, ist im Ort in der Kneipe und säuft. Tolly, der Jüngere, mußte auf die Weiden reiten, wird aber zu Mittag wieder hier sein.«

»Wann ist Foster denn weggegangen?«

»Gestern morgen. Fuhr mit zur Stadt, als Miss Mary die Leiche wegbrachte, und blieb gleich da. Dem Foster, dem brauchen Sie bloß 'ne Feder, die in Whisky getaucht ist, vor die Nase zu halten, dann läßt er seinen Job liegen und macht, daß er in die nächste Kneipe kommt, und wenn sie tausend Meilen entfernt ist.«

»So einer ist das also?«

»Ja, so einer. Na, Sie werden die Sorte auch kennen.«

»Natürlich. Als Edward Carlow ersäuft wurde, war Robin Foster auch in der Stadt, um zu saufen, stimmt's?«

»Ja. Scheint immer zu wissen, wann's gut ist, zu verduften.«

»Es war demnach niemand bei Ihnen im Camp?«

»Nein, ich habe nur für mich selbst gekocht.«

»Und Sie essen besonders gern gebratene Ente?«

»Krickenten. Bloß zwei. Bin kein starker Esser.«

»Sie hatten gerade zwei geschossen. Von wo aus – von hier?«

Blaze stand auf, Bony ebenfalls. Der Koch beschrieb seine Entenjagd, indem er mit ruhigem Finger auf die Stellen deutete. »Sehen Sie da hinten den Baum, der wie ein wütender Mensch aussieht?« fragte er, auf einen abgestorbenen Baum zeigend, dessen dicke Äste sich wie drohende Arme emporreckten. Der Baum ragte ungefähr hundert Meter vom Ufer aus dem Wasser, von ihrem Standort aus etwa neunhundert Meter entfernt. »Na, ich schoß meine Krickenten vom Ufer aus, ungefähr dem Baum gegenüber, und mußte warten, um sie zu holen. Eine hatte ich schon und wollte gerade die andere packen, da stolperte ich gegen was Weiches. Ich stieß den dicken Klumpen mit dem Fuß an, um ihn 'rumzudrehen, und was mußte ich sehen? Ed Carlow.«

»Wie tief war das Wasser an der Stelle?«

»Ging mir zur Hüfte. Von da drüben ab ist es ziemlich flach. Na, ich hab' mich ganz schön erschreckt. Wie kommt Carlow hierher? fragte ich mich. Er arbeitet doch nicht bei uns. Und ich hatte ihn noch gefragt: ›Ed, was treibst du hier, zum Kuckuck?‹ Er sah bös aus. Na, ich watete nach meiner zweiten Ente, und als ich sie hatte, zog ich Carlow ans Ufer. Brr – da purzelten die Krebse, einer nach dem andern, von der Leiche! Na, durch die ganze Aufregung – ich mußte das doch Miss Janet melden, die dann Mr. Mawson anrief – bei dieser Aufregung habe ich vergessen, meine Enten in den Fliegenschrank zu packen, und die Fliegen haben sie verdorben. Und es waren zwei so schöne fette Tierchen.«

»Ja, schade um die Vögel«, stimmte Bony ihm bei. »Nun rudern Sie uns bitte zum Gutshaus.«

»All right.« In dem Blick seiner verkniffenen Augen saß versteckter Zorn. »Wollten Sie mich nicht auch fragen, ob ich mit Carlow in Feindschaft gelebt habe, und wie es wohl kam, daß gerade ich seine Leiche fand?«

»Nein. Wieso?«

»Weil Inspektor Stanley das gefragt hat und Sie ja auch von der Polizei sind.«

Bony lächelte und sagte in freundlichem Ton: »Ach so! Aber ich bitte Sie, Blaze: Wo wir beide dieselben Gegenden kennen, werde ich doch nicht blöde Fragen stellen.«

Mawson hielt dieses ›Geplauder‹ für reine Zeitverschwendung, denn er konnte nicht wissen, welches Ziel Bony sich schon gesteckt hatte, als er ihn mit dem Koch von der Küche kommen sah. Blaze ging zu dem an einen Baumstumpf geketteten Boot. Sein Schritt wirkte zierlich für einen Mann seines Alters, zumal er Pantoffel trug. Als er zu rudern begann, fragte Mawson, ob jetzt die Enten ebenso zahlreich seien wie in früheren Jahren, was der Koch verneinte.

Als sie den See zur Hälfte durchquert hatten, öffnete sich die Vordertür des Wohnhauses: Mary Answerth trat hinaus auf den Deich und beobachtete das näherkommende Boot.

»Gut' Ta-ag«, sagte sie zu Mawson, der zuerst an Land stieg, und »Gut' Ta-ag« zu Bony, der ihm folgte. »Bert, bleiben Sie im Boot, bis Inspektor Bonaparte wieder abzufahren wünscht.« Ohne weitere Worte ging sie den Männern voran zum Hause.

Die Entfernung vom Deich bis ans Haus betrug ungefähr fünfzig Meter. Zu beiden Seiten erstreckten sich Rasenflächen, die im Bogen hinter dem Hause verliefen. Sechs Mutterschafe, die fleißig grasten, waren als lebende Mähmaschinen tätig. Die mit Metallknöpfen verzierte Haustür, zu der eine breite Stufe führte, lag in einem tiefen Torbogen. Zu beiden Seiten des Eingangs befanden sich Buntglasfenster, fast so breit wie die Vertiefung des Türbogens. Rechts von der Tür hatte das Obergeschoß drei Fenster. Eine Bewegung am zweiten erregte Bonys Aufmerksamkeit.

Das zweite und dritte Fenster waren durch Stahlgitter mit einem Rhombenmuster geschützt. Durch einen der Zwischenräume hatte sich eine Hand geschoben, die zu winken schien. Die Fassade des Hauses lag im Morgenschatten. Bony war stehengeblieben und beobachtete die Hand. Er bemerkte in ihr eine Leine, an der ein Gewicht hing.

Mary Answerth, die schon in der Haustür war, drehte sich um und sagte, als sie sah, was ihn interessierte, ungeduldig: »Mein Bruder. Er verbringt fast seine ganze Zeit mit dieser Spielerei: wirft metallene Gegenstände aus dem Fenster und holt sie mit dem Magneten wieder. Tut aber keinem Menschen etwas.«

Bony ging auf den eben herabkommenden Magneten zu. Der schwebte noch ein Stückchen über dem Erdboden, als er die Leine erreichte.

Er zog sacht daran und wartete: Der Magnet sank weiter hinab. Sobald er den Boden berührte, bewegte der ›Fischer‹ ruckend die Leine und hatte rasch eine blecherne Bleistiftschachtel und eine Schraube ›geködert‹. Es lagen noch andere Metallteile unten. Bony lenkte den Magneten so, daß sich noch ein paar ›Fische‹ anhängten, dann trat er zurück und sah zu, wie der Fang hochgezogen wurde. Lächelnd begab er sich zu Mawson und Mary Answerth.

Mawson interessierte sich offenbar auch für den Vorgang, während die Frau ein finsteres Gesicht machte. Sie ging, gefolgt von den Männern, in eine geräumige Diele. Die Möbel waren unbedeutend im Vergleich zu der prächtigen Freitreppe, die nach oben führte. Bony hatte noch keine so schöne Treppe gesehen: Sie stieg wie der Stengel einer Blüte empor, die sich oben entfaltete. Das Geländer und die Stufen, nicht in ganzer Breite von dem einst königsblauen Läufer bedeckt, waren mattgelb wie Honig, ein Effekt, den der Lichtschein vom bunten Oberfenster der Tür noch verfeinerte.

Miss Mary schritt durch die Diele in einen nach hinten führenden Korridor, und Bony konnte nicht gut zurückbleiben, ohne ihr Mißfallen zu erregen. Er hoffte, keinen Schmutz unter den Schuhen zu haben, als er von dem Läufer auf unbedecktes Parkett übertreten mußte. In der langen Passage war es fast dunkel, sie schien von der mächtigen Frauengestalt ganz ausgefüllt. Ihre Reitstiefel und Bonys Schuhe hätten eigentlich auf dem nackten Fußboden laut zu hören sein müssen, aber die schmucklosen dunklen Wände und die kahle Decke verschluckten jedes Geräusch. Er spürte hier eine Kälte wie auf frostigem Gras, nicht die feuchte Kälte eines Eiskellers.

Miss Mary wandte sich nach links, Bony bekam kurz Einblick in eine große Küche mit schweren Deckenbalken. Die blankgeputzten metallenen Küchengeräte starrten ihn wie gefühllose Augen an. Freundliche Wärme berührte ihn, als auch er nach links in einen anderen Korridor abbog. Er passierte offene Türen und sah, wie das Sonnenlicht durch hohe Fenster in Räume fiel, die ihn an Illustrationen zu einem Roman von Dickens erinnerten.

Und auf einmal betrat er ein völlig anderes Haus. Das Zimmer war lang und bekam sein Licht durch ein einziges riesiges Fenster mit Vorhängen aus taubengrauem Samt. Die Wände hatten eine gelbe Bespannung, die Decke war mattblau gestrichen. Die Möbel, von moderner Form, waren mit Seidenbrokat bezogen. Handgewebte blaugraue Teppiche verschönten das glänzende Parkett.

Vom Fenster her kam eine zierliche, mittelgroße Frau ihnen entgegen. »Inspektor Bonaparte! Und Wachtmeister Mawson!« sagte sie, nur ganz wenig lispelnd. »Ich bin Janet Answerth. Bitte nehmen Sie Platz.«

Bony beehrte sie mit einer musterhaften Verbeugung. Janets graugrüne Augen wurden größer und glänzten lebhafter. Er sagte: »Ich bedaure, daß die Umstände mich zwingen, in Ihr Haus zu kommen. Es ist großzügig von Ihnen, uns so früh schon zu empfangen.«

»Oh, wir haben dafür volles Verständnis, Inspektor Bonaparte. Nicht wahr, Mary?«

»Ich nicht!« knurrte ihre Schwester. »Wir hätten ja in der Küche die Fragen beantworten können oder auf der Polizeiwache.«

»Meine Güte!« murmelte Janet, indem sie sich setzte. Mary zwängte sich in einen Sessel mit niedriger Lehne und langen Armstützen und streckte die Beine in den ledernen Röhrenstiefeln weit von sich. Bony saß mit Mawson auf einem Sofa und schielte nach einem Rauchtischchen.

»Wenn Sie gern rauchen möchten, Inspektor ...« sagte Janet, indem sie zustimmend nickte.

»Danke sehr, ich will Sie nicht länger aufhalten als nötig ist. Übrigens wird wahrscheinlich der Coroner Ihre gestern abend geäußerte Bitte erfüllen. Er hofft, bis mittag darüber entscheiden zu können.«

»Wir sind Ihnen sehr dankbar, Inspektor!« rief Janet. »Es war ja alles so schauerlich für uns.«

Hier ergab sich eine der seltenen Situationen, in denen Bony meinte, keine Zigarette selbst drehen zu dürfen. So holte er sein Etui mit ›echten‹ aus der Tasche und ging zu Janet, um ihr eine anzubieten. Er merkte, daß Mary Answerth das Zimmer verließ. Als er sich gerade wieder aufs Sofa gesetzt hatte, kam sie mit einem Spucknapf aus Porzellan zurück. Sie stellte ihn auf den Fußboden, warf sich wieder in ihren Sessel und fing an, Brocken von einer Tabakplatte zu schneiden. Eine alte Shagpfeife hing zwischen ihren großen breiten Zähnen.

»Ich möchte etwas aus den letzten Lebensstunden Ihrer Mutter erfahren«, sagte Bony. Er hoffte, Miss Mary würde, wenn sie schon spuckte, gut zielen. »Die Tatumstände erfordern geduldige Ermittlungsarbeit. Sie wissen selbstverständlich, daß Ihre Mutter nicht durch Ertrinken gestorben ist?«

»Ich wußte es, aber Janet wollte mir's nicht glauben«, knurrte Mary Answerth mit der Pfeife zwischen den Zähnen. »Als ich das Mal an ihrem Halse sah, wußte ich, daß sie erdrosselt wurde.«

»Wie gräßlich, Inspektor!« flüsterte Janet. »Aus welchem Grunde . . . Wer hat . . .?«

»Wir müssen versuchen, das Motiv zu entschleiern«, warf Bony sanft ein. »Miss Janet, sagen Sie mir: wann haben Sie Ihre Mutter zuletzt lebend gesehen?«

»Oh! Ich glaube, das hatte ich Mawson schon gesagt. Es war gestern morgen. Nein, das stimmt nicht. Es ist vorgestern nachmittag gewesen. In der Küche. Ich mußte in die Küche, um Mrs. Leeper, unserer Haushälterin und Köchin, noch Aufträge zu geben. Mutter war da und machte irgend etwas, ich weiß nicht mehr, was.«

»Sie haben nachher Mrs. Answerth nicht mehr gesehen, im weiteren Verlauf des Tages oder am Abend?«

»Nein, Inspektor.«

»Du lügst ja«, fiel Mary ein, indem sie das Streichholz, mit dem sie ihre Pfeife angezündet hatte, in den Spucknapf warf.

Janet Answerth wurde rot und zog ein angewidertes Gesicht.

»Gelogen hast du schon immer«, fuhr Mary fort. »Bist die geborene Lügnerin. Du hast doch mit Mutter noch kurz nach dem Abendessen gesprochen! In der Diele. Du warst gerade mit dem Tablett von Morris gekommen, dem du sein Abendbrot gebracht hattest. Ich hörte dich zur Mutter sagen, sie solle nicht zu ihm gehen, weil er nicht in guter Verfassung sei.«

»Mary, wie kannst du es wagen!« brauste Janet auf.

»Als Sie Mrs. Answerth zuletzt sahen, war sie da erregt oder anders als sonst?« schaltete Bony sich wieder ein, den Blick auf Janet gerichtet.

»Ich weiß es nicht, ich habe nicht mit ihr gesprochen. Mir ist an ihr nichts Ungewöhnliches aufgefallen. Kränklich gewesen war sie ja schon jahrelang. Manchmal war sie sehr deprimiert über den armen Morris. Er ist doch – nun ja, er ist kindisch geblieben.«

»Ihre Mutter – konnte sie ohne jede Hilfe gehen?«

»Aber ja! Sie hat noch gerne im Garten gebuddelt und sich auch um die Hühner gekümmert.«

Bony wandte sich an Miss Mary. »Wann haben Sie Ihre Mutter zuletzt lebend gesehen?«

»So ungefähr um zehn Uhr an dem Abend. Als sie zu Bett gehen wollte.«

»Schien sie Ihnen ganz wie sonst?«

»Kein bißchen anders.«

»Aber Mary, wie kannst du dem Inspektor so etwas vorschwindeln«, sagte Janet girrend. »Um elf Uhr abends habe ich dich unter meinem Schlafzimmerfenster mit Mutter streiten gehört. Ich habe gehört, daß du sie ärgerlich fragtest, was sie so spät abends noch draußen zu suchen habe. Ich sah euch beide ins Haus kommen und hörte die Vordertür zugehen. Also war es kein Traum.«

Mary spie, und Bony sah erleichtert, daß sie gut zu zielen verstand. Sie nahm die alte Pfeife aus dem Mund und erlaubte sich ein höhnisches Lächeln.

»Du träumst immerfort, mal dies, mal das«, sagte sie. »Würdest du nicht andauernd träumen und um Morris jammern, dann hättest du Mutter an dem Abend erlaubt, zu ihm zu gehen. Aber du hast sie wochenlang von ihm ferngehalten. Mich wolltest du auch daran hindern, ihn zu besuchen, wenn du nur gewußt hättest, wie.«

»Also, Mary, du bist einfach ordinär und niederträchtig«, sagte Janet schnell.

»Ordinär, was? Ausgerechnet du mußt mir das sagen! Ich werde verflucht ordinär, wenn du etwa andeuten willst, ich hätte unsere Mutter ermordet. Ich habe sie aufgefordert, ins Haus zu kommen. Sie hatte unterm Fenster von Morris gestanden, um ihm gute Nacht zuzurufen, weil du ihr verboten hattest, in sein Zimmer zu gehen. Ich habe sie dann in ihr Schlafzimmer geschickt, bin hinter ihr hergegangen und habe gehört, wie ihre Türe zuging, als ich meine schloß.«

Janet Answerth begann zu weinen. Bony fragte ihre Schwester: »Wie war Ihre Mutter angezogen, als – Sie sie ins Haus brachten?«

»Genauso, wie ich sie am nächsten Morgen tot im Wasser fand.«

»Wie willst du das wissen, Mary?« rief Janet schluchzend. »In der Diele ist doch nie Licht.«

»Ich sagte ja auch nicht, daß in der Diele Licht gewesen ist«, gab Mary scharf zurück. »Ich bin nicht blind, und der Himmel war sternklar. Mutter trug ihr Alltagszeug, und das hatte sie auch an, als ich sie fand. Und du hältst gefälligst deine Klappe, wenn der Inspektor mir Fragen stellt! Tust du das nicht, dann schlage ich dir so eins drauf, daß du sie vier Wochen nicht öffnen kannst!«

Erstaunlich rasch und gewandt sprang Miss Mary aus ihrem Sessel und drang auf ihre Schwester ein. Janet ließ ihr Schluchzen und stand auch auf. Ihre Augen, auf einmal ganz groß, leuchteten grün, die Nasenlöcher waren schmal und weiß. Eben wollte sie sprechen, da stand Mawson zwischen den Schwestern.

»Na, na, na«, beschwichtigte er, »kein Feuerwerk bitte. Setzen Sie sich wieder, und antworten Sie nur auf das, was Sie der Inspektor fragt.«

Die Spannung im Raum löste sich. Bony sagte: »Ich möchte Morris Answerth besuchen.«

Mawson war nicht fix genug, die beiden Frauen zurückzuhalten, die förmlich auf Bony lossprangen und, ihren Zorn vergessend, gleichzeitig riefen: »Morris können Sie nicht besuchen.«

6

Aus den Schubfächern seines Gedächtnisses zog Bony gewissermaßen eine Karteikarte: Im Geist sah er beim Anblick der zwei Frauen das Bild von einem kleinen australischen Terrier neben einer Bulldogge. Janet stand vor ihm in bittender Haltung, Mary mit herrischer Gebärde und verächtlich abweisender Miene.

»Morris ist nicht normal«, sagte Janet Answerth, »er hat seit Jahren sein Zimmer nicht verlassen.«

»Deshalb will ich ja zu ihm und ihn nicht durch den Wachtmeister hierherholen lassen.«

»Aber Inspektor . . .«, begann Miss Mary.

»Wo ist sein Zimmer?«

»Ich werde Sie hinführen«, sagte Janet.

Als Bony aus dieser modern ausgestatteten Wohnung wieder in den Mittelbau kam, war ihm, als träte er mit wenigen Schritten aus dem Sommer in den Winter. Er sah flüchtig in der Küche eine große, weißgekleidete Frauengestalt, dann ging es durch den finsteren Korridor in das Vestibül. Als sie ins erste Stockwerk kamen, bemerkte er, fast entsetzt, daß hier der nach beiden Seiten ausgelegte Läufer verschlissen und farblos war.

Dann kam wieder ein dunkler Korridor, bis Janet vor einer Tür im Winkel haltmachte. Von einem Wandhaken nahm sie einen Schlüssel, mit dem sie das Vorhängeschloß an einem starken Türriegel öffnete. Als sie den Riegel zurückschob, faßte Bony sie sanft beim Arm. »Ich gehe allein hinein, Miss Answerth.«

»O nein, das dürfen Sie nicht! Vielleicht ist Morris Ihnen nicht freundlich gesonnen.«

»Wachtmeister Mawson kommt, falls ich Hilfe brauche. – Miss Answerth geht nicht mit mir hinein, Mawson.«

»Jawohl, Sir.«

Bony öffnete die Tür, trat ein und schloß sie gleich wieder, indem er sich mit dem Rücken gegen die Füllung stellte.

Niemand war in dem geräumigen, langen und schmalen Zimmer, das sein Licht durch zwei Fenster an der Vorderseite des Hauses und eins in der Seitenwand empfing. Alle drei waren durch außen angebrachte Eisengitter gesichert. Mitten im Zimmer stand ein großer Mahagonitisch, auf dem Spielzeuge lagen, eine Eisenbahn mit Lokomotive zum Aufziehen, eine Schaukel und vielerlei andere kleine Sachen. Auf dem breiten Sims eines prachtvollen Kamins stand eine Holzvase mit eingelegter Emaille. In einer Ecke stand ein hölzerner Sessel, groß und wuchtig wie ein Thronsessel. Durch die Tür gegenüber dem Kamin trat ein ›Knabe‹ herein.

Er sah adrett aus in der Studentenuniform von Eton. Zwar hätten die dunkelgrauen Hosen ein Bügeleisen benötigt und das kurze Jackett die Kleiderbürste, aber der weiße Kragen war pieksauber, desgleichen die Manschetten des weißen Hemdes. Er kam mit gemessenen Schritten näher und blickte erstaunt mit seinen blaugrauen Augen auf den Besucher herab, der kleiner war als er. Sein glänzendes Haar und der gestutzte Kinnbart waren von der gleichen Farbe wie Janets Haar. Seine Stimme klang weich und angenehm.

»Ich habe Sie ankommen sehen in dem kleinen Boot. Weiß Janet, daß Sie hier sind?« sagte er.

»Ja. Sie sind doch Morris Answerth, nicht wahr?«

Der Mann im Anzug eines Schuljungen wirkte ernst. Er erwiderte: »Ich glaube, ich darf mit Ihnen nicht sprechen. Janet mag das vielleicht nicht.«

»Aber ich habe doch die Erlaubnis von ihr erhalten.« Bony konnte nicht erkennen, was der junge Mann sich dabei dachte. Sein Gesicht war bleich wie bei allen Menschen, die lange eingesperrt sind, doch körperlich war er zweifellos in bester Verfassung. Mit leichtem Schrecken überlegte Bony, daß ihm sein Training in der Kunst der Selbstverteidigung und seine natürliche Begabung, Angriffen geschickt zu begegnen, wenig helfen würde, wenn dieser Mann zur Attacke überging. Er sagte: »Sie nehmen mir doch gewiß nicht übel, daß ich heraufgekommen bin, um mich mit Ihnen zu unterhalten?«

»Mit mir – unterhalten?« kam verwundert die Gegenfrage.

»Ja, über Ihre Eisenbahn. Und Ihren Magneten.«

Morris Answerth lächelte, langsam und scheu. Es war ein so tragisches Lächeln, wie Bony es noch nie bei einem Erwachsenen gesehen hatte. »Mein Magnet?« rief Morris. »Mit dem angle ich. Haben Sie gesehen, wie ich die Fische fing?«

Bony kicherte so glaubhaft wie möglich. »Ja. Vorzüglich haben Sie das gemacht.«

»Gefällt Ihnen mein Zimmer?« fragte er freudig gespannt.

»Sehr sogar. Wollen Sie mir mal Ihre Sachen zeigen –: Ihre Angelschnur und den Magneten?«

Morris verlor den kindlichen Eifer, in seinen Augen las Bony die Angst vor Unheil. Dann kam ein verschlagener Zug in das Gesicht, den der schüttere rote Bart noch verstärkte. Eine große Faust umklammerte Bonys Unterarm so hart, daß er beinah gestöhnt hätte. »Sie würden es Janet verraten«, sagte Morris gepreßt.

»Das würde ich nicht«, erklärte Bony empört.

»Doch, würden Sie wohl!«

»Keine Angst, ich tue es nicht«, versicherte ihm Bony nochmals. »Ich erzähle Janet überhaupt nie etwas. Es hat nämlich keinen Zweck, der was zu sagen.«

Der lauernde Zug verschwand, Morris lächelte wieder. Er gab Bonys Arm aus dem schmerzhaften Griff frei und sagte: »Janet würde mich schelten, wenn Sie ihr etwas petzen. Und wenn sie schimpft, muß ich weinen. Sie ist sonst sehr nett, aber wenn sie schimpft, sieht sie zum Fürchten aus. Schlagen tut sie mich nie, wie Mary das einmal getan hat. Mary ist sehr stark, stärker als ich. Wenigstens denkt sie, sie wäre es. Aber sie weiß nicht, daß ich dreimal jeden Tag meine Kraftübungen mache. Wollen Sie mir dabei mal zuschauen?«

»Gern. Sie trainieren also, um sehr stark zu werden?«

»Stärker als Mary. Aber Sie sagen doch nicht Janet, daß ich Ihnen das erzählt habe, nein?«

»Bestimmt nicht. Habe ich doch schon versprochen.«

»Na gut. Ich habe Mutter nämlich versprechen müssen, von den Übungen kein Wort zu sagen. Mir geht es darum, stärker zu werden als Mary, damit ich mich wehren kann, wenn sie mich wieder schlagen will.«

»Meinen Sie, daß Sie das können?« fragte Bony. »Ihre Schwester ist sehr, sehr stark.«

»Weiß ich. Aber eines Tages werde ich stärker sein als sie, und dann breche ich ihr das Genick – knack – wie eine Rübe.«

»Sie mögen Mary nicht, das merke ich schon.«

»Ach, ich kann eigentlich nicht sagen, daß ich sie nicht mag«, protestierte Morris. »Janet, ja, die, die haßt Mary richtig. Janet weiß aber auch nichts von meinen Kraftübungen, und Sie dürfen ihr das auf keinen Fall erzählen. Wenn Sie das tun, schimpft sie doch wieder mit mir und sieht dann so schrecklich aus. Mary ist sehr freundlich zu mir. Sie hat mir die Eisenbahn und den Magneten geschenkt zum Spielen. Aber die Kraftübungen, die machen mir Spaß!«

»Wie alt sind Sie, Mr. Answerth?«

»Mister? Aber nein doch, ich bin doch noch nicht so alt, daß Sie ›Mister‹ zu mir sagen können. Muß mal nachdenken. Mein Gedächtnis ist schlecht. Janet sagt das, und die hat immer recht. Ach so, ja – ich bin gerade vierzehn geworden. Janet hat's gesagt, und die muß es doch wissen. Mary sagt's aber auch. Wer ist da eigentlich vor der Tür?«

»Ein Freund von mir. Wartet nur auf mich.«

»Oh. Dann schadet es wohl nichts, wenn er mich bei den Kraftübungen hört.« Morris lächelte beglückt, dann lachte er zurückhaltend. »Wenn Ihr Freund sich ruhig verhält, kann ich hören, ob Janet 'raufkommt, oder Mary. Die wissen nicht, daß ich sie hören kann. Habe ihnen das noch nie verraten, aber ich höre sie immer rechtzeitig, so daß sie mich nicht ertappen können, wenn ich was Verbotenes tue.«

»Wie kam es, daß Sie mich und meinen Freund nicht heraufkommen hörten?«

»Ach, weil ich zufällig im Badezimmer war. Soll ich jetzt meine Übungen vormachen?«

»Ja, die würde ich wirklich sehr gern sehen.«

Wichtigtuerisch wie Knaben, die noch längst nicht vierzehn sind, nahm Morris Answerth den lächerlichen Kragen ab, zog das gutsitzende Etonjackett aus und krempelte die Hemdsärmel hoch, so daß Arme wie die eines Ringkämpfers zum Vorschein kamen. Als er sie langsam ausbreitete und dann anwinkelte, wurden seine Oberarmmuskeln zu kleinen Bergen und die an den Unterarmen zu dicken Seilen. Er wandte sich um und sprang radschlagend durchs Zimmer. Ging ans Ende des Zimmers, nahm einen Anlauf und sprang über den Tisch. Stellte einen von den Küchenstühlen auf den Tisch und übersprang ihn auch so. Kroch unter den Tisch, kniete nieder und stemmte mit Kopf und Händen langsam das schwere Möbel. Ging ebenso langsam wieder auf die Knie, stellte den Tisch hin und kam hervor. Nicht eins der vielen Spielzeuge war umgefallen und die kleine Eisenbahn auf ihren Schienen geblieben.

Seinen Zuschauer stolz anlächelnd, ging er zum Kamin und ergriff den schweren Feuerhaken, den er zu einem ›U‹ bog, ohne daß seinem Gesicht eine Anstrengung anzumerken war. Kichernd bog er das Eisen wieder gerade. Nachdem er es hingelegt hatte, ging er auf den Händen zu Bony und dann ans nächste Fenster.

Wie viele Stunden täglich und wie viele Jahre mochte dieser männliche Knabe sich so in diesem Zimmer beschäftigt haben, aus dem zu entweichen ihm nur ein einziges Mal geglückt war?

Er kam wieder zu Bony und fragte ihn erwartungsvoll: »Na, was halten Sie davon?«

»Staunenswert«, erwiderte Bony.

»Eines Tages werde ich stärker sein als Mary.«

»Und werden ihr dann das Genick brechen wie eine Rübe?«

»Wenn Janet es mir befiehlt. Das wird sie natürlich nicht tun, denn so hat sie's nicht gemeint. Sie sagte mir, sie hätte nur einen Scherz gemacht.«

»Selbstverständlich. Wohnen Sie schon lange in diesem Zimmer?« forschte Bony.

»Ja. Hier bin ich schon immer gewesen. Nur einmal war ich 'raus. Das war herrlich!«

»Erzählen Sie mir, ja?«

»Möchten Sie das wirklich gern hören? Dann erzähle ich's. Eines Abends hatte Janet vergessen, den Riegel vorzuschieben, da bin ich nach unten und aus dem Hause geschlichen. Es war dunkel, aber die Sterne leuchteten so hell, daß ich sehen konnte. Ich ging an den See, stieg ins Boot und ruderte. Bald hatte ich dazu keine Lust mehr, sondern setzte mich hin und betrachtete das Wasser und die Sterne, die sich darin spiegelten. Nach langer Zeit stieß ich das Boot wieder an Land, ging im Gras spazieren, und da fand ich ein junges Lämmchen, und auch eine kleine Mama für das Tier, und nachher noch ein junges und viele Mutterschafe.

Bald wurde es hell, da lief ich auf Händen und Knien im Gras herum und machte ›Bäh‹ wie die kleinen Lämmer, und die kamen dann angelaufen, so daß ich sie füttern konnte. Das mochten sie gern, und ich hatte meinen Spaß daran. Auf einmal sah ich Mary kommen, die wurde böse mit mir, brachte mich ins Haus und schlug mich so lange, bis ich einschlief. Als ich wach wurde, tat mir alles weh, und Janet saß an meinem Bett. Sie weinte und sagte, ich hätte mich sehr schlimm benommen und dürfte das nie wieder tun.«

»Und Sie haben es nie wieder getan?« fragte Bony leise.

Feierlich schüttelte Morris Answerth den Kopf. »Nein, das habe ich nicht wieder gewagt. Und Janet hat nie wieder vergessen, den

Riegel vorzuschieben, sonst hätte ich's vielleicht doch riskiert. Es hat mir ja so viel Freude gemacht, mit den jungen Lämmchen zu spielen!«

Das bekümmerte Lächeln versickerte, Morris sah wieder tückisch aus, sein Mund war zu einem Grinsen verzerrt. »Eines Tages werde ich stärker sein als Mary, dann gehe ich wieder übers Wasser und spiele mit den Lämmern. Und wenn Mary versucht, mich zu schlagen, breche ich ihr das Genick – knack – wie eine Rübe.«

»Woher wissen Sie denn, daß Rüben knacken?«

»Ach, das hat Mutter mir gesagt. Sie weinte nämlich, als Mary mich geschlagen hatte. Mutter hat mir ja auch gesagt, daß ich die Kraftübungen machen soll, und hat mir gezeigt, wie. Sie sagte, wenn ich diese Übungen immer machte, würde ich so stark, daß Mary mich nicht hindern könnte, wenn ich Lust hätte, übers Wasser zu gehen und mit den Lämmchen zu spielen.«

»Weiß Janet, daß Ihre Mutter Ihnen die Übungen geraten hat?«

»O nein – und das dürfen Sie ihr ja nicht erzählen!«

»Aber Janet weiß, daß Sie stark sind und immer stärker werden?«

»Ja, sie weiß das. Sie paßt doch zweimal jede Woche auf, wenn ich mein Bad nehme, weil sie denkt, ich wasche mir den Hals nicht gründlich.«

»Ihre Mutter kommt natürlich jeden Tag mal zu Ihnen?«

»Früher tat sie das, und dann hat ihr Janet eines Tages gesagt, sie hätte schlechten Einfluß auf mich, und von da an kam sie seltener, und immer war Janet bei ihr.« Morris kicherte, dann lächelte er wieder hämisch. »Meine Mutter hat sich aber was ausgedacht, wie sie doch mit mir sprechen konnte. Sie kam 'rauf und legte sich vor die Tür, ich tat dasselbe im Zimmer, und so konnten wir uns flüsternd unterhalten. Mutter haßt Mary und Janet, und beide hassen sie. Alle erzählen mir das einzeln, aber ich sage den andern nie, was die eine mir anvertraut. Und Sie verraten auch nichts, nein?«

»Selbstverständlich nicht. Woher haben Sie übrigens die Angelschnur?«

»Ach die, ich weiß nicht. Die kam so mit her, als Janet mir ein paar Bindfäden brachte, weil ich etwas flicken wollte. Mit der Schnur habe ich auch meinen Spaß, wenn ich sie nicht zum Angeln benutze. Habe da was in den Büchern gelesen, die Mary mir gebracht hat. Ich kann lesen und rechnen. Mutter hat mich das nämlich gelehrt.«

»Gut«, ermutigte ihn Bony. »Erzählen Sie mir, was Sie für Spaß damit treiben.«

»Möchten Sie das wirklich sehen?« Wieder das tragische Lächeln. »Ich will die Bücher suchen und es Ihnen zeigen.«

Morris ging an den Bücherschrank, gefolgt von Bony. Im Schrank lagen ganze Haufen von Abenteuerbüchern und lustigen Büchern für Kinder. Morris nahm einen Stapel Hefte heraus, die von den ›Abenteuern des Cowboys Clarry‹ handelten.

»Clarry trifft mit seinem Lasso nie daneben«, erklärte er, indem er in einem der Hefte blätterte, um Bony ein Bild des Helden zu zeigen. »Wenn der seinen Sechsschüssigen zieht, trifft er den Schurken jedesmal. Mir wollen sie keinen Sechsschüssigen geben, aber ich habe mir einen Lasso gemacht und werfe ihn ebenso gut wie Clarry. Wollen Sie's mal sehen?«

»Aber bitte nicht mich einfangen«, wehrte Bony ab.

Aus einer alten Truhe von Sandelholz brachte er ein langes Ende dünnen elektrischen Kabels zum Vorschein, an dessen einem Ende ein großer Magnet befestigt war. Morris nahm diesen ab und schüttelte den Draht lose über den Fußboden. Bony sah, daß das andere Ende zu einer kleinen Schlinge geknüpft war. Als Morris nun das freie Ende durch die Schlaufe schob, hatte er den Lasso.

Aus einiger Entfernung vom Kamin ›fing‹ er die auf dem Sims stehende Vase. Bony fiel auf, daß das Holz der Vase durch unaufhörliche Anschläge des Lassos ganz verfärbt war. Auch die Köpfe der Pfosten am Sessel hatten ihren Farbglanz verloren, das geschnitzte Holz war von dem ständigen Anschlagen des Lassos – bevor der Werfer seines Zieles sicher war – ganz abgewetzt.

Außerordentlich gewandt und anscheinend nachlässig ›lassote‹ Morris den Stuhl von jeder Position aus, sogar rückwärts über den Kopf.

Auf dem Bücherschrank stand eine Gipsbüste von George Washington. Dieser warf er den Lasso um den Hals, und er zerrte sie zu sich herüber, indem er sie mit der Hand auffing, damit sie nicht auf dem Fußboden zerschellte. Er setzte seine kleine Eisenbahn auf dem Schienenkreis in Bewegung und ›fing‹ die Lokomotive. Das tat er zweimal, um zu beweisen, daß der erste Wurf kein Zufallstreffer war. Während der Vorführungen leuchtete sein Gesicht vor Begeisterung, als sei er tatsächlich der berühmte Clarry in Person.

Bony applaudierte, dann tastete er mit einer Hand hinter sich nach dem Türgriff. Morris wickelte seinen Lasso wieder auf und kam auf ihn zu. Er lächelte. »Probieren Sie's mal«, drängte er.

Leise lachend erklärte Bony ihm, er müsse nun gehen. »Nächstens sehr gern«, sagte er. »Sie müssen mir's beibringen. Jetzt muß ich fort, doch ich komme wieder. Würden Sie sich freuen?«

»Oh, sehr sogar. Es tut mir leid, daß Sie schon fort müssen. Wie heißen Sie denn?«

Als Bony ihm seinen Namen nannte, lächelte er glücklich.

»Na, dann auf Wiedersehen, Bony. Sie vergessen doch nicht, mich wieder zu besuchen?«

»Nein, das werde ich nicht vergessen, Morris.«

7

Janet Answerth erwartete ihn in der Halle. Das durch das bunte Fenster fallende Sonnenlicht verschönte ihr Haar auf besondere Weise und vergoldete ihr Gesicht.

»War Morris vernünftig, Inspektor? Nicht gewalttätig?«

»Ihr Bruder war vernünftig, Miss Answerth«, versicherte Bony.

»Das freut mich sehr. Was sagte er denn? Hat er über unsere arme Mutter gesprochen?«

»Er hat mir seine Eisenbahn und die Angelschnur mit dem magnetischen Köder gezeigt.«

»Ach, das! Er vergnügt sich stundenlang damit, indem er Sachen aus dem Fenster fallen läßt und sie dann wieder hinaufzieht.« Janet blickte Bony fest an und fuhr fort: »Er hat doch nicht über mich oder über Mary gesprochen? Manchmal kann er einem nämlich sehr lästig werden. Wenn er schlechte Laune hat, mißfällt ihm alles, was wir für ihn tun.«

»Sie hatten ihm doch nichts vom Tod Ihrer Mutter gesagt?«

»Nein. Wir hielten es für besser, das vorläufig nicht zu tun.«

»Wie lange befindet er sich schon in seinem jetzigen Zustand?«

»Oh, schon jahrelang. Als er noch ganz klein war, fiel uns sein seltsames Gebaren schon auf, und als er älter wurde, litt er zeitweilig unter Depressionen, denen jedesmal ein schrecklicher Wutausbruch folgte. Wir mußten daher sehr streng mit ihm umgehen.«

»Ist er ärztlich untersucht worden?«

»Selbstverständlich! Unser alter Arzt Dr. Mundy hat ihn wiederholt untersucht und kam zu dem Ergebnis, daß er geistig immer zurückbleiben würde.«

»Bedauerlich. Wohnt Dr. Mundy noch in Edison?«

Janet erklärte ihm kopfschüttelnd, daß Dr. Mundy kurz nach ihres Vaters Tod auch gestorben sei.

»Wer betreut nun Ihren Bruder?«

»Wir alle – das heißt: Mary und ich, und auch seine arme Mutter, solange es ihr noch gut ging.« Nach einer merklichen Pause fügte Janet hinzu: »Vor einiger Zeit mußten wir ihr allerdings abraten, zu oft mit ihm zusammenzukommen. Leider war der Umgang mit ihr nicht günstig für ihn, denn sie war sehr schwierig geworden.«

»Seine Tür wird ständig verriegelt gehalten?«

»Ja, seitdem einmal jemand vergaß, sie zuzuschließen«, erwiderte Janet. »Das kann ja zu leicht passieren, nicht wahr? Wir ließen den Riegel anbringen, weil man doch eher ans Verschließen denkt, wenn nicht bloß ein Schlüssel umzudrehen ist. Als damals nicht zugeschlossen wurde, entfernte sich Morris spät abends aus dem Hause, und am nächsten Morgen sahen wir, daß das Boot verschwunden war. Morris wurde schließlich auf einer Schafkoppel entdeckt. Zum Glück war er friedlich und kehrte ohne weiteres in sein Zimmer zurück.«

»Besteht – verzeihen Sie diese Frage – ein besonderer Grund dafür, daß er wie ein Schulknabe gekleidet ist?«

»Aber natürlich, Inspektor. Morris ist ja geistig immer Kind geblieben, das haben Sie wohl selbst beobachten können. So kamen wir zu der Überzeugung, daß er sich am leichtesten leiten ließ, wenn wir ihn ständig wie ein Kind behandelten. Also haben wir ihm, als sein erster Studentenanzug abgetragen war, wieder einen gleichen anfertigen lassen, und so weiter.« In Janets Augen leuchteten Tränen wie Goldtropfen. »Ihn im Knabenzeug zu sehen ist leichter für uns, wissen Sie. Wir hatten so große Hoffnungen auf Morris gesetzt, und es sind nur Enttäuschungen daraus geworden.«

»Er scheint mit seinem Los zufrieden zu sein, und das will bei seinem tragischen Zustand schon etwas heißen«, sagte Bony mitfühlend. »Übrigens: wieviel Hauspersonal beschäftigen Sie?«

»Nur die Köchin, Mrs. Leeper. Mit ihrer Hilfe schaffen wir's ganz gut, und ab und zu kommt ein Mann von drüben, der das Holz hackt und uns andere Außenarbeiten abnimmt, die wir nicht selbst leisten können.«

»Ich möchte nur noch ein paar Worte mit Ihrer Köchin reden, dann gehe ich mit Mawson zum Boot, um Blaze nicht länger warten zu lassen.«

»Schön, Inspektor. Mrs. Leeper ist wahrscheinlich in der Küche. Bitte kommen Sie, ich führe Sie hin.«

»Wenn Sie erlauben, möchte ich lieber hier mit ihr sprechen.«

»Ja, wie Sie wünschen. Ich werde sie herschicken.«

»Vielen Dank.« Bony wartete, bis Janet Answerth gegangen war, dann sagte er zu Mawson: »Mit der Köchin werde ich draußen reden.«

Er ging zur Vordertür und blickte nachdenklich über den sonnenglitzernden See, die ›Dummheit der Answerths‹.

Ein Geraschel von gestärkten Kleidungsstücken veranlaßte ihn, sich umzudrehen. Er sah eine stämmige, lebhafte Frau, die ihn mit großen dunklen Augen musterte. Ihre Hände waren schlank, die Füße wirkten zu klein für ihr Körpergewicht. Sie trug eine weiße Schwesternhaube, und das Rascheln kam von ihrer großen weißen Schürze. Sie wirkte wie ein Musterbild frommer Sauberkeit.

»Aha, – Mrs. Leeper?«

»Ja, ich bin Mrs. Leeper«, erwiderte sie mit klarer Stimme. »Sie wollten mich sprechen?«

»Ja. Bitte begleiten Sie mich für ein paar Minuten.« Bony trat zur Seite, damit sie vor ihm die Stufe hinabgehen konnte. Als sie nebeneinander über den kurzgeschorenen Rasen gingen, stellte er die erste Frage: »Wie würden Sie Ihre Stellung hier im Hause genau bezeichnen?«

»Ich bin Aufseherin im Rattenstall«, lautete ihre Antwort. Bony blieb stehen und sah sie erstaunt an. Ihre rundliche Nase zeigte ein paar lustige Falten, aber in ihren Augen lauerte bitterer Hohn. »Ich hoffe, Sie werden meine Lage nicht noch schwieriger machen als sie schon ist, indem Sie das weitererzählen.«

»Ich gebe Ihnen mein Wort, Mrs. Leeper, daß ich nie schwatze. Sagen Sie mir bitte: Wer hat hier den Haushalt wirklich in der Hand?«

»Ich.«

»So?«

»Das wissen die nur nicht, Inspektor.«

»Die Damen Answerth gehen nicht sehr höflich miteinander um.«

»Höflichkeiten haben sie längst verlernt.«

»Soll das heißen, daß diese gegenseitigen Kränkungen bei ihnen an der Tagesordnung sind?«

»Normal sind die niemals«, erwiderte Mrs. Leeper mit Nachdruck. »Und das finde ich gar nicht so sonderbar, weil nur ein Prozent der Menschheit tatsächlich normal ist. Diese Leute haben ihre Idiosynkrasien – wenn der Ausdruck richtig ist –, sind also gewissermaßen aus der normalen Form. Sie haben viel Geld, wandern aber nachts im Hause umher, ohne Licht zu machen. Stoßen übrigens im Finstern nirgends an. Sie bleiben bei ihren Petroleumlampen, während sie sich leicht eine eigene elektrische Anlage leisten könnten. Und manchmal sprechen sie wochenlang nicht miteinander.«

»Hm. Wie lange sind Sie schon im Hause?«

»Beinahe zehn Jahre.«

»Gefällt's Ihnen denn hier?«

»Absolut nicht. Mir ist das Haus zuwider, und seine Bewohner auch. Ich mag keine Finsternis, und nicht dieses Schweigen, diese Zimmer und Korridore, die ewig kalt sind. Ich liebe Sonnenschein und frische Luft, und reichlich Karbol. Ich liebe Lachen und Frohsinn, nicht diese abgezirkelte Höflichkeit, unter der sich Haß verbirgt, der förmlich in alle Steine des Hauses eingesickert zu sein scheint. Wie ich Ihnen schon sagte, bin ich zu einem bestimmten Zweck hier. Ich bin hier, um mir Geld zu sparen, weil ich mir eine eigene Klinik kaufen will. Bin lange Oberschwester in einer Anstalt für Geisteskranke gewesen, habe mir aber nie Geld sparen können.«

»Sie müssen also die Fähigkeit besitzen, mit diesen – Answerths fertigzuwerden?«

»O ja, mit denen werde ich schon fertig, sie dürfen nur nicht merken, wie. Geistig kranke Menschen leiten ist eine Kunst für sich.«

»Muß es wohl sein«, bestätigte Bony. »Die Geschwister sind demnach geistig krank?«

»Ja, auch wenn sie nicht regelrecht irre sind. Mißverstehen Sie mich nicht: Die beiden Frauen sind, wie man sagt, voll geschäftsfähig. Mary regiert die Landwirtschaft und die Arbeiter, und Miss Janet bildet sich ein, das ganze Haus zu leiten. Im übrigen malt sie gut und spielt Klavier. Wenn man die beiden getrennt hält, sind sie zu bändigen.«

»Und wie lange meinen Sie hier noch bleiben zu müssen, bis Sie sich eine Klinik kaufen können?«

»Oh! Na, vielleicht noch zwei Jahre. Ich werde sehr gut bezahlt, und für Vergnügungen kann ich hier nichts ausgeben. So bleibe ich das ganze Jahr hier bis auf drei Wochen Urlaub, die ich in Brisbane verbringe.«

»Da sind Sie ja fast eine Gefangene, nicht wahr?«

»Fast, ja. Freiwillig natürlich. Ich brauchte ja nicht hierzubleiben, aber ich will doch Geld haben, und je weniger ich ausgeben kann, um so mehr spare ich ja.«

»Sehr vernünftiger Gedanke, Mrs. Leeper. Wann hatten Sie Mrs. Answerth zuletzt lebend gesehen?«

»Gesehen? Na, das war kurz nach neun Uhr an dem Abend, als

sie ertrank. Sie kam wie immer in die Küche, um sich ihren Kakao mit Zwieback zu holen. Gehört habe ich sie zuletzt gegen elf Uhr, als Miss Mary sie ins Haus brachte und zu Bett schickte. Ich hörte sie ihre Mutter schelten und nachher beide Schlafzimmertüren zugehen. Mrs. Answerth hat dann wohl gewartet und ist ausgegangen, als sie glaubte, daß alle schliefen.«

»Wissen Sie denn, weshalb sie fortging?«

»Ja, ich glaube wohl.« Der Wind zerrte an Mrs. Leepers weißer Haube und brachte ihr gestärktes Kleid zum Rascheln. Ihr ungeschminktes Gesicht glänzte im Sonnenschein, als hätte sie es ständig mit der Karbolseife geschrubbt, die sie so schätzte.

»Sie war eine wandelnde Trauergestalt«, fuhr Mrs. Leeper fort. »Armes Wesen. Mir tat sie leid, denn sie konnte sich hier nicht zu Hause fühlen, und ihre Gedanken kreisten nur um den Sohn. So manchesmal hat sie geweint, weil die Töchter ihr verboten, zu ihm zu gehen. Als sie in der letzten Zeit glücklicher zu sein schien, konnte ich mir nicht recht erklären, wie das kam, und beobachtete sie deshalb.«

»Wann trat das ein?« warf Bony dazwischen.

»Ungefähr vor zwei Wochen. Da stellte ich fest, daß sie mitten in der Nacht die Treppen hinabschlich, ums Haus ging und mit Morris sprach, der an sein Schlafzimmerfenster kam. Sie unterhielt sich mit ihm manchmal eine halbe Stunde oder noch länger.«

»Drehen Sie sich bitte unauffällig zum Hause um und sagen Sie mir, wer die einzelnen Räume bewohnt. Lassen Sie aber niemanden merken, daß wir uns dafür interessieren.«

»Schön. Nehmen wir erst die Fenster oben, links von dem bunten. Das erste ist Miss Janets, die nächsten beiden gehören zum Zimmer von Morris, der noch ein Fenster im Seitenflügel hat. Aus dem sprach er mit seiner Mutter. An der anderen Seite vom Eingang gehört das erste Zimmer Miss Mary, das nächste war Mrs. Answerths. Das folgende ist leer. Es gibt noch mehr Räume im Hause, die vielleicht seit hundert Jahren unbewohnt sind, so dick sitzen da die Spinnweben und der Staub. Wenn sie mir alle die unbenutzten Möbel geben würden – lauter antike Stücke –, dann könnte ich eine Klinik von der Größe des Rathauses in Brisbane aufmachen!«

»Und Ihr Zimmer, wo ist das?«

»Im Parterre, neben der Küche.«

»Haben Sie langjährige Erfahrungen in Irrenhäusern gesammelt?«

»Sechzehn Jahre«, erwiderte die Köchin.

»Wie beurteilen Sie den Geisteszustand von Morris Answerth?«

»Über den habe ich mir keine Meinung gebildet, weil ich ihn nur ein einziges Mal gesehen habe. Er wird von den beiden Schwestern betreut. Nach dem, was die mir von ihm erzählt haben, muß er geistig auf dem Niveau eines siebenjährigen Kindes sein.«

»Waren Sie nicht neugierig, ihn öfter zu sehen?«

»Ja, war ich. Aber ich bin ja hier nicht als Vertreterin meines Berufs, sondern nehme alles, wie es ist. Die geschäftlichen Angelegenheiten der Familie besorgt der Makler, Mr. Harston, durch den ich auch diese Stellung bekommen habe. Er hat mich über Morris aufgeklärt und mir gesagt, daß ich mich nicht um ihn zu kümmern hätte.«

»Waren Sie schon hier, als Morris aus seinem Zimmer entwich?«

»Ja.«

Bony spürte, daß sie jetzt seinen Fragen innerlichen Widerstand entgegensetzte. »Erzählen Sie mir, was sich damals abspielte«, sagte er.

»Tja – Miss Mary saß gerade beim Frühstück, da kam Miss Janet ins Eßzimmer gelaufen und sagte ihr, daß Morris nicht in seinem Zimmer sei. Miss Mary beschimpfte sofort ihre Schwester und warf ihr vor, sie sei so dämlich gewesen, abends bei ihm nicht zuzuschließen. Als sie hinausgingen, entdeckten sie, daß das Boot fort war. Es lag nämlich immer auf dieser Seite des Damms ein Boot an einem Pfahl. Miss Mary tobte mit Miss Janet, und die rief immerfort weinend, sie habe die Tür bei Morris richtig verschlossen.

Ich stand im Hauseingang und beobachtete, wie Miss Mary über den Damm watete. Miss Janet lief umher wie ein Hund, der seine Hütte nicht finden kann. Ich rief sie an. Ach, da ging es nur immerzu ›Der arme kleine Morris‹ und ›Was kann denn meinem Kleinen passiert sein?‹ – bis ich genug davon hatte und sie anschrie, sie solle sich gefälligst zusammennehmen. Dann erschien Mrs. Answerth, und als ich der erzählte, was geschehen war, wurde sie böse und sagte zu Janet, Mary müsse ihn hinausgelassen haben, weil sie einen Grund suchte, um ihn schlagen zu können. Beschuldigungen flogen hin und her, und die alte Dame kreischte, daß hoffentlich Morris einmal Miss Mary das Genick brechen würde, wie man eine Rübe durchknackt.

Ein paar Stunden nachdem ich sie beruhigt hatte, kam Miss Janet vom Dach, wo sie mit dem Feldstecher ausgespäht hatte, und sagte, das Boot sei auf dem Rückweg. Ich sollte mir weiter keine Sorgen machen und wieder in die Küche gehen. Als sie dachte, ich sei aus dem Wege, ging sie vorn ans Ufer und wartete da. Aus dem Eßzimmerfenster sah ich, wie Miss Mary das Boot, in dem hinten Morris saß, ums Haus herumruderte.

Sie steuerte es in den Winkel zwischen Damm und Ufer. Miss Janet befestigte die Kette am Pfahl und sagte etwas, das ich nicht hören konnte. Dann stieg Morris aus. Miss Mary packte ihn am Arm und marschierte mit ihm ins Haus, nach oben.«

»Wo befand sich Mrs. Answerth während dieser Vorgänge?«

»Das habe ich erst eine Weile später gemerkt«, antwortete Mrs. Leeper. »Sie sagte mir nämlich selbst, Miss Janet habe sie in einem der oberen Räume eingeschlossen. Das muß wohl geschehen sein, gleich nachdem Miss Janet bemerkte, daß das Boot zurückkam. Wo war ich denn eigentlich in der Zeit?

Ach, richtig: ich stand im Vestibül und lauschte. Mußte rasch wieder in die Küche schlüpfen, als Miss Janet von oben kam. Sie weinte wieder über den ›armen kleinen Morris‹, blieb dann in der Küche, wo sie noch lauter weinte. Ich glaube, sie hat das absichtlich getan, weil ich das Geschrei, das aus dem Zimmer von Morris kam, nicht hören sollte. Am nächsten Tag hat der alte Mann, der uns immer das Brennholz sägt, vor der Tür von Morris' Zimmer einen Riegel angebracht, an den ein Vorhängeschloß gelegt wurde, so daß der Riegel nur bewegt werden kann, wenn das Schloß abgenommen wird.«

»Meinen Sie, das Geschrei aus dem Zimmer des Sohnes war ein Zeichen dafür, daß er geschlagen wurde?« fragte Bony.

»Klang ganz so«, erwiderte Mrs. Leeper, in deren Gesicht er jedoch keine Mißbilligung las. Sie beschattete die Augen mit der Hand und blickte über den See. Ihre Hände waren klein, aber die Oberarme massiv und muskulös.

Sie wirkte noch immer wie eine tüchtige Oberschwester aus dem Krankenhaus.

»Wurde Mrs. Answerth erst von diesem Zeitpunkt an verboten, ihren Sohn zu besuchen?« forschte Bony.

»Nein, soweit ich mich erinnere, kam das erst später, Inspektor.«

»Wann?«

»Genau weiß ich das nicht mehr. Ich weiß nur noch, daß Mrs. Answerth sich bei mir beklagte, Miss Janet habe ihr verboten, zu Morris zu gehen, weil sie schlechten Einfluß auf ihn hätte.«

»Nahm Mrs. Answerth die Gewohnheit, spät abends aus dem Haus zu schleichen und unter dem Fenster mit ihrem Sohn zu sprechen, erst auf, als ihr die Besuche bei ihm verboten waren?« wollte Bony wissen.

»Das ist möglich. Ich weiß es aber nicht ganz genau.«

8

Während des Rückweges von der Giftvilla wurde nicht gesprochen. Bony hatte dem Koch gesagt, er werde bald wiederkommen, um mit ihm Erinnerungen auszutauschen. Blaze hatte an seiner Pfeife gesogen und stumm genickt.

Als ihr Wagen noch etwa fünfhundert Meter vom Waldrand entfernt war, bat Bony Mawson, anzuhalten. »Ich werde Sie hier verlassen und umkehren, weil ich gleich mit Blaze noch kurz sprechen will«, sagte er. »Und Sie reden bitte mit Robin Foster, dem Aufseher, der anscheinend eine Sauftour macht, ausgerechnet jetzt, wo er Auskünfte geben soll. Am besten wäre, Sie fänden einen Grund, ihn zu verhaften und vorläufig einzusperren, damit er heute noch nüchtern wird.«

»All right«, antwortete Mawson. »Wie wollen Sie denn zur Stadt kommen?«

»Zu Fuß, wenn ich nicht per Anhalter fahren kann. Rufen Sie Dr. Lofty an, er möchte uns noch Abzüge der Aufnahmen geben, die er von der Leiche der Mrs. Answerth gemacht hat.«

Nachdem Mawson in Richtung Stadt abgefahren war, wanderte Bony durch Gebüsch und kam dicht hinter den Wirtschaftsgebäuden wieder zum Vorschein. Von dieser Stelle aus konnte er zur Leuteküche und zum Eßraum gelangen, ohne vom Dach oder aus einem oberen Fenster des fernen Wohnhauses beobachtet zu werden, auch nicht mit dem Feldstecher. Einige Kettenhunde schlugen an, doch Blaze kümmerte sich nicht um ihr Gebell und war daher überrascht, als Bony durch die Hintertür in seine Küche trat.

»Ich sagte ja, daß ich bald wiederkäme«, erinnerte Bony ihn. »Haben Sie gerade Teewasser aufgesetzt?«

»Ja. Warum kommen Sie wieder?«

»Ein bißchen schwatzen nur. Ein paar Auskünfte. Einen Becher Tee.« Bony setzte sich auf eine leere Kiste. »Nehme an, Sie denken oft an die alten Zeiten und wären gern wieder auf den Viehtrecks und in den einsamen Orten weit draußen im Busch?«

»Oft wünsche ich mir, ich wäre wieder jung und könnte reiten und trinken wie ein Mann.« Blaze seufzte laut. »Aus welcher Gegend von Australien stammen denn Sie?«

»Aus Nord-Queensland, ein Stück südlich vom Golf.«

»Hm. Dachte ich mir schon. Oder mehr aus dem Westen, hatte ich vermutet. Inspektor sind Sie also? Da haben Sie's ja zu was gebracht.«

»Politischer Einfluß«, murmelte Bony.

»Glaube ich nicht«, sagte Blaze spöttisch. »Wann sind Sie zuletzt in Cloncurry gewesen?«

Sie unterhielten sich über Cloncurry, Halls Creek und Broken Hill. Sprachen über die Kneipen, über die Entwicklung dieser bekannten Siedlungen, und dann von den Städten und dem Küstengebiet, wo Blaze viele Jahre gearbeitet hatte. Aber wodurch die große Wendung in seinem Leben eingetreten war, ließ er sich nicht anmerken.

Bony wählte den richtigen Moment, um zu fragen: »Wissen Sie eigentlich viel von diesem Besitztum und den Answerths?«

»Wohl so ziemlich alles, was wissenswert ist«, erwiderte Blaze. »Ich war hier schon Viehaufseher, bevor Mrs. Answerth den verstorbenen Chef heiratete. Sein Bruder Morris lebte noch, als ich herkam. Er starb durch ein Jagdgewehr, Jacob Answerth endete durch eine Reiterpistole.«

»Haben Sie in den letzten Jahren Mrs. Answerth häufig gesehen?«

»Nicht oft«, antwortete Blaze, indem er an seiner runzligen Wange mit dem Pfeifenstiel kratzte. »Manchmal kam sie herübergewatet, um zu klönen, meistens über die alten Zeiten, als sie als Braut hierherkam. Sie ist in der Giftvilla nie glücklich gewesen. Den Namen hat ja sie dem Hause gegeben, und jetzt kennt's jeder nur unter dieser Bezeichnung.«

»Erzählen Sie mir von der Geschichte des Hauses«, bat Bony.

»Mach' ich gern, wenn Sie das interessiert.« Blaze setzte sich auf einen wackligen Stuhl. »In uralter Zeit, im Jahre Null sozusagen, sind hier in der Gegend große Dinge vorgegangen. Damals gab's diesen See noch nicht. Aus den Bergen im Westen lief hier ein Fluß zwischen den großen Bäumen durch, wo jetzt Sandbänke sind, zum Meer. Känguruhs, Känguruhratten, Opossums und all das Getier wimmelten massenhaft 'rum. Für die Schwarzen war es wie'n Paradies, sie brauchten nie zu hungern. Der erste weiße Mann, der in diesen Landesteil kam, war ein Morris Answerth, der Urgroßvater von der jetzigen Bande. Es gibt ein Stammbuch der Familie, das er geführt hat. Mrs. Answerth hat's mal mitgebracht, und ich durfte es lesen.

Danach scheint der erste Morris mit einem Ochsengespann von Brisbane gekommen zu sein. Unterwegs hat er sich zehn, zwölf entlaufene Sträflinge aufgegriffen und ein Mädchen, das er für zehn Liter Rum ihren Eltern abkaufte, die sich vor der Stadt angesiedelt hatten. Das Mädchen war erst vierzehn und hatte bei ihm überhaupt nichts zu melden. Auch einen Chinesen hatte er aufgegabelt, den er sozusagen zu seiner rechten Hand machte.

Muß ein mächtiger Draufgänger gewesen sein, dieser erste Morris. Alles Land, das er haben wollte, nahm er sich einfach, und fertig. Wenn die Eingeborenen protestierten, knallte er sie über den Haufen. Als ihn die übrigen ärgerten, indem sie sein Vieh mit Speeren erlegten, ritt er mit seiner Bande in den Busch und erschoß noch ein paar. Einer seiner Leute muß sich wohl aufs Maurerhandwerk verstanden haben, und der Answerth muß so'n halber Architekt gewesen sein. Jedenfalls beschloß er, sich hier ein Haus zu bauen.

Na, über den Bau dieses Hauses könnte man ein ganzes Buch schreiben. Als seine Arbeiter streiken wollten, hat er sie mit dem Chinesen zusammen ausgepeitscht und zwei gleich erschossen. Seine junge Frau hat er so verprügelt, daß sie starb, nachdem sie ihm einen Sohn geboren hatte. Als der Sohn größer wurde und mit seinem Vater zu streiten anfing, faßte der Alte den Plan, ihn zu erschießen. Es scheint aber, daß der Sohn, der auch Morris hieß, ihm zuvorgekommen ist. Der zweite Morris baute das Haus zu Ende, begann Rinder zu züchten und importierte Schafe. Mit seinen Leuten zusammen hat er den Schwarzen den Rest gegeben. Dann heiratete er, und seine Frau bekam zwei Söhne, Morris und Jacob. Als die kaum erwachsen waren, wurde die Mutter von einem Buschklepper überfallen, der ihr den Hals durchschnitt und dem Vater dasselbe Messer zwischen die Rippen rannte, weil der mit seiner Reiterpistole nicht fix genug war.«

In den braunen Augen des alten Viehhüters glomm ein lustiger Funke, der Pfeifenstiel streichelte die vom Whisky zerfressene Nase.

»Ja, das waren wilde Kerle, die beiden ersten Answerths«, fuhr er fort, »und dieser Morris und sein Bruder Jacob waren kein besseres Kaliber. Sie hatten die Farm zu gleichen Teilen geerbt, und keiner wollte dem anderen seine Hälfte verkaufen. Da haben sie sich ständig angekläfft wie die wilden Hunde um einen Knochen. Schließlich wurde Morris – also der dritte dieses Namens – mit ganz zerschossenem Schädel an einem Drahtzaun gefunden. Neben ihm lag seine Jagdflinte. Damals waren hier schon Gesetze eingeführt, und von Amts wegen wurde der Tod als Unglücksfall deklariert.

Wie ich schon sagte, war ich damals Aufseher. Jacob war ganz wie sein Vater, er konnte brüllen und spucken vor Wut und schlug beim geringsten Anlaß zu. Auch bei mir hat er's probiert, aber ich bin ja zwischen Schlägereien groß geworden, und als er wieder zu sich kam, haben wir zusammen ein paar getrunken.

In dem einen Jahr arbeitete ein Trupp wandernder Schafscherer auf der Farm, die fürs Waschen und Kochen eine Frau bei sich hatten. Diese Frau, die an keinen gebunden war, heiratete Jacob. Sie dachte wohl, sie könnte ihn am Gängelband führen, aber da hatte sie sich schwer geirrt. Er zähmte sie in knapp drei Tagen. Hat mir das selber gesagt und war noch ärgerlich, daß er so lange dazu gebraucht hatte. Von der stammen Miss Mary und Miss Janet. Miss Mary gleicht der Mutter wie ein Ei dem andern, die Janet ist mir immer ein Rätsel geblieben –, sie hat so große Ähnlichkeit mit ihrem Onkel. Als ihre Mutter, also die frühere Schafschererdirne, vom Pferd stürzte und sich das Genick brach, ging Jacob auf die Suche und nahm sich die Tochter eines Siedlers aus der Umgebung aufs Korn. Der Vater war ein ehrbarer Mann, und es schien, als wollte Jacob sich nun auch besser benehmen. Er schickte Janet nach Brisbane auf eine erstklassige Schule. Mit Mary war das hoffnungslos, die blieb, wo und wie sie war.

Die zweite Frau von Jacob Answerth bekam einen Sohn, diesen Morris, der noch lebt. Der muß wohl von Anfang an klapsig gewesen sein, so daß sie ihn immer eingesperrt hielten. Na, einerlei: als der Junge sechs Jahre alt war, verlor Jacob den Spaß am Leben und machte Schluß. Mit der alten Reiterpistole von seinem Vater, die ihn fürchterlich zurichtete.

Er hinterließ den Besitz den beiden Töchtern zu gleichen Teilen, seiner Frau und dem Sohn Morris aber gar nichts. Miss Janet kam aus dem College wieder zurück und begann den Haushalt zu führen. Weit kam sie damit nicht, denn Miss Mary klopfte ihr bald auf die Finger, sozusagen.

Ja, so sieht's mit dieser Familie Answerth aus, Inspektor.« Blaze sah Bony sinnend an. »Wissen Sie, was ich glaube? Ich glaube, daß die Schwarzen, die von den ersten Answerths mit Hilfe der Sträflinge ausgepeitscht und nach und nach verbrannt, erschossen oder erschlagen wurden, ihre alte Zauberei angewendet und ›mit dem Knochen‹ auf diese Leute und ihre Nachkommen ›gezeigt‹ haben. Ich würde das zu niemand anders sagen als zu Ihnen, denn andere

Leute begreifen das nicht, aber Sie verstehen's, da könnte ich wetten.«

»Ja, ich verstehe das, Blaze. Eine traurige Geschichte, wahrhaftig, aber wir müssen jetzt unsere Gedanken ganz auf das betrübliche Ende der zweiten Frau Jacob Answerths richten. Die hat jemand mit einer Schnur erwürgt, hat diese abgenommen und dann die Leiche vom Damm oder vom Ufer aus ins Wasser gestoßen. Ich möchte gern möglichst genau ermitteln, wo sie ermordet wurde. Sie kennen doch dieses Gewässer hier, seine Strömungen, die tiefen und die flachen Stellen. Erzählen Sie mir von Answerth's Folly, was Sie wissen.«

»Von Anfang an?«

»Bitte.«

»Als ich herkam, hatte der See sich noch nicht endgültig gesetzt. Ich sagte Ihnen ja, daß aus den Bergen im Westen ein Fluß in Windungen durch das Tal lief, und zwar dicht hinter dem Haus vorbei, bis zum Meer, eine Strecke von ungefähr sechs Kilometern. Das Land war alles urbar gemacht, nur die großen Bäume wurden stehengelassen, damit das Vieh ein paar schattige Plätze hatte. In manchen Jahren gab es im Sommer eine Überschwemmung, oder auch zwei, dann lag das Tal teilweise unter Wasser.

Der Bruder von Jacob, Morris, kam auf den Gedanken, die Flußmündung an der Seeküste zu verbreitern und sonst den Fluß so einzuengen, daß das Wasser bei hohem Stand schnell abströmte und sich nicht über das Flachland ergoß. Die Idee schien gut, und Jacob war auch dafür. Sie mieteten sich Gespanne mit Pferden und Ochsen, die Mündung wurde erweitert und vertieft.

Im nächsten Sommer hatten wir ein paar Zyklone, und diese schweren Wirbelstürme vernichteten die an der Mündung geleistete Arbeit vollständig. Wo die Gespanne eine Ladung Sand und Geröll bewegt hatten, häufte die See das Hundertfache an und verbaute dem Fluß nun seinen Ausweg ganz.«

Blaze blickte seinem Besucher fest ins Gesicht und sagte: »Da wußte ich, daß die Eingeborenen auf die Answerths mit dem Knochen gezeigt hatten. Hunderttausende von Jahren hatte die Flußmündung ihren Zweck erfüllt, so daß stets Wasser genug blieb, wo die Eingeborenen sich Enten und andere Vögel fangen konnten. Dann wurden die Schwarzen ausgerottet, und als nun die Answerths, durch die sie vernichtet worden waren, in den natürlichen Lauf des Flusses eingriffen, da traf sie die Wirkung des Knochenzaubers mit voller Wucht.

Der Fluß, der nun nicht mehr allmählich ablaufen konnte, überschwemmte das niedrig gelegene Land und die Koppeln, und dann kroch er rund ums Haus und schloß es ein. Jacob – Morris war inzwischen schon erschossen – setzte die Gespanne ein und ließ den Damm vom Hause bis zum höhergelegenen anderen Ufer aufschütten. Er verlegte die Wirtschaftsgebäude und Pferche und baute ums Haus einen Deich, damit das Wasser nicht bis in die Wohnung drang. Zwei Jahre später mußte er wieder die Gespanne mieten, um den Damm und den Deich zu erhöhen. Und nach fünf Jahren abermals. Da hatte Jacob die Nase voll. Muß wohl damals schon an die alte Reiterpistole gedacht haben. Hatte allerhand an die Regierung zu bezahlen, die ihm hier und da ein Stück Land abnahm, und die Schwarzen hatten ihm durch ihre Zauberei achttausend Morgen abgenommen, in denen die Flußmündung sich verstopfte.«

»Die jetzigen Answerths haben nichts dagegen unternommen?«

»Kein bißchen. Sie haben dem Gemeinderat vorgeschlagen, die Mündung wieder öffnen zu lassen, doch der hat ihnen erklärt, daß ihm dazu kleine drei Millionen Pfund fehlten. Dann wandten sie sich an die Regierung, die auch ein paar Mann zur Nachprüfung herschickte, aber die kratzten sich bloß die Köpfe.«

»Jetzt liegt also der Damm dreißig Zentimeter unter Wasser und hat viele Löcher«, sagte Bony nachdenklich. »Wie viele Menschen, außer den Damen Answerth, kennen den Weg so gut, daß sie ohne Gefahr hinüberwaten können?«

»Nur ich. Und die alte Dame kannte ihn, wie ich schon sagte.«

»Ob Morris ihn auch kennt?«

»Das glaube ich nicht. Wie soll er dazu kommen? Er hat sich nur ein einziges Mal frei machen können, und da hat er dann das Boot genommen.«

»Gibt's im See gefährliche Strömungen?«

»Nur bei stürmischem Wind. Dann könnte man sich einbilden, am Strand bei Broome zu sein.«

»Herrschte an dem Abend starker Wind?«

»Nein, es war ziemlich windstill.«

»Wie lange laufen die Strömungen noch, wenn ein kräftiger Wind abgeflaut ist?«

»Na, so acht bis zehn Stunden oder etwas länger«, antwortete Blaze. »Ich weiß noch, wie einmal ...«

Eine Telefonklingel schrillte in einem der Nebengebäude. »Das wird ein Anruf vom Hause sein«, sagte Blaze und stand auf. »Der Apparat steht in der Arbeiterwohnung.«

Er blieb drei Minuten fort.

»Ich soll für Miss Janet und Miss Mary das Boot 'rüberbringen«, sagte der Koch, als er wieder hereinkam. »Sie wollen zum Begräbnis, das um vier stattfindet, und haben sich schon aufgeputzt. Sie sagen, ich sollte auch mit. Ich glaube, ich gehe hin. Denn die alte Mrs. Answerth war doch ein guter Mensch.«

»Mir sind gar keine Telefonstangen vom Haus hierher aufgefallen«, sagte Bony und wurde belehrt, daß die Amtsleitung nach Osten hin mit der Post von Edison verbunden war und hier nur eine Verbindung zum Hause bestand.

»Nun versetzen Sie sich mal zu dem Tag zurück, an dem Carlow ertrank«, bat Bony. »Es hatte an dem Abend stark geregnet. Herrschte auch Wind?«

»Ach, ein bißchen nur. Der konnte die Strömungen nicht in Gang setzen. Und den Tag vorher und zwei Tage vorher auch nicht.«

»Sie waren damals der einzige Mann hier. Wenn die Nacht still gewesen wäre, also kein Regen auf das Blechdach prasselte, hätten Sie dann hören können, wenn sich drüben an der Stelle, wo Sie Carlows Leiche fanden, zwei Personen stritten?«

»Ich glaube kaum. Sonst müßte schon einer kräftig gebrüllt haben. Aber wahrscheinlich haben die nicht viel Lärm gemacht. Ganz hier in der Nähe liegen vier Hunde an der Kette, die haben keinen Mucks gegeben.«

»Schön. Danke Ihnen für die Auskünfte.« Bony erhob sich. »Ich will jetzt nach Edison zurück. Erwähnen Sie nicht, daß ich hier war. Wann wurde übrigens in diesem Jahr die Schafschur beendet?«

»Ende Juli. Am siebenundzwanzigsten war es.«

»Und angefangen wurde –?«

»Am letzten Tag im Juni.«

»Wie viele Scherer waren da?«

»Zwei. Und ein Mann zum Aufsammeln der Wolle. Und Robin Fosters Bruder, der die Ballen gepreßt hat. Zum Klassieren kam jemand aus Manton 'rüber.«

»Waren die Scherer Einheimische?«

»Nein. Der Aufsammler war ein junger Mann aus Edison. Und Henry Foster ist sonst als Holzfäller in der Umgegend tätig.«

Bony ging zur Tür, drehte sich um und sagte: »Ich komme noch mal wieder – zum Klönen.«

9

Es war ein paar Minuten vor drei, als Bony in die Polizeiwache kam, wo er Mawson in voller Uniform vorfand. Der Wachtmeister stand automatisch auf und dachte noch im letzten Moment daran, daß Bony dienstliche Ehrenbezeigungen nicht wünschte.

»Ich gehe zur Beerdigung«, erklärte er, als er Bonys Interesse an der Uniform bemerkte. »Soll vom Beerdigungsinstitut um vier losgehen.«

»Sie haben wohl Freude an Beerdigungen«, sagte Bony ganz sachlich. Mawson wurde rot.

»Es ist am besten, wenn ich hingehe«, sagte er. »Die Answerths sind einflußreiche Leute.«

»Und einflußreiche Leute brauchen eine Polizeieskorte auf dem Friedhof, wie? Habe ich da auch noch irgendwelche Rücksichten zu nehmen?«

Die Frage beunruhigte Mawson, weil er aus diesem Inspektor noch nicht recht klug wurde, diesem erstaunlichen Mischling, der äußerlich so gar nichts Polizeimäßiges hatte. Er mußte an die Steifheit von Inspektor Stanley denken und an die gleiche Haltung, die sein eigener Vorgesetzter stets zeigte. Beim Vergleich mit ihnen schnitt dieser Mann bestimmt nicht schlecht ab.

»Vielleicht sind Sie noch nie in einen Strom eisiger Luft von oben geraten«, sagte er zaghaft. »Ich noch nicht, und ich möchte es auch nicht, aber mein Vorgänger hat's erlebt. Er war mal anderer Meinung als Miss Mary Answerth, die ihm dann sagte, sie würde für seine Versetzung aus Edison sorgen. Er antwortete, er hätte eine Aufgabe, von der er sich durch niemanden abbringen ließe. Innerhalb von zwei Monaten wurde er in eine Einkneipenstadt ganz oben im Norden versetzt, wo er nur Sand und noch mal Sand zu sehen bekam.«

»Wie hat Ihrer Meinung nach Miss Answerth diese Versetzung zustande gebracht, Mawson?«

»Durch den hiesigen Parlamentsabgeordneten; auf den hält nämlich unser Chef große Stücke. Denselben Knaben haben wir noch im Parlament. Infolgedessen tue ich meine Pflicht und senke die Augen vor den Answerths. Mein Vorgänger hat übrigens eine Frau und drei noch nicht schulpflichtige Kinder.«

»Und hatte vermutlich keinen Takt. Jedenfalls werde ich die Stellung halten, solange Sie nicht hier sind. Habe ich nicht eben hinten auf dem Hof jemanden fluchen gehört?«

Mawson lächelte, wobei ihm das Gesicht weh tat. Bony bemerkte eine blaugraue Stelle auf seiner linken Wange.

»In Verfolg Ihrer Anordnung«, sagte Mawson, »habe ich Robin Foster in eine Zelle gepackt.«

»Mit Kampf?«

»Tüchtig. Er war noch nicht so betrunken, daß ich ihn leicht festnehmen konnte. Mußte mir von Mrs. Carlow die Schubkarre leihen und noch Passanten bitten, mir im Namen des Gesetzes zu helfen. Außer mir waren vier Mann nötig, um Foster auf dem Karren zum Kittchen zu fahren. Karre beschädigt, drei Helfer beschädigt, und ich werde ein blaues Auge bekommen. Aber Foster wird jederzeit zum Verhör bereit sein.«

»Was haben Sie als Verhaftungsgrund angegeben?«

»Betrunken in der Öffentlichkeit, nämlich auf dem Bürgersteig vor dem Hotel Edison, Gebrauch obszöner Redensarten und noch ein paar Sachen. Das war noch, ehe ich die Extrauniform zur Beerdigung angezogen hatte.«

»Dann verläuft Ihr Tag ja ganz anregend«, sagte Bony lächelnd, während er mit der Telefonschnur spielte. »Haben Sie Abzüge von Loftys Aufnahmen besorgt?«

»Ja, hier sind sie.«

Bony nahm das große Kuvert und legte die darin enthaltenen Fotos in einem Halbkreis auf den Schreibtisch.

»Eigentlich müßte ich mit einem starken Vergrößerungsglas ausgerüstet sein«, sagte er. »Ich mag aber keins bei mir tragen, weil es die Sakkotaschen so herunterzieht. – Merkwürdig das Mal da am Hals, wie? Die Schnur, mit der die Frau erdrosselt wurde, bestand aus zwei Drähten mit Baumwollüberzug, die zusammengedreht waren wie die Telefonschnur hier.«

»Sie haben's!« bestätigte Mawson. »Telefonkabel.«

»Oder Draht von der elektrischen Leitung. Wird Edison mit elektrischem Strom versorgt?«

»Nein. Wir hofften darauf, doch es sieht noch längst nicht danach aus.«

»Haben einzelne Häuser oder Büros vielleicht elektrischen Anschluß?«

»Nein – nicht daß ich wüßte.«

»Wohnt im Ort ein Elektriker?«

»Nein.«

»Verbinden Sie mich mit Dr. Lofty.« Nach einer Minute war der Arzt am Apparat. »Schönen Dank für die Abzüge, Doktor«, sagte Bony. »Ja, sind genau so, wie ich sie brauche. Ich wüßte gern, ob Sie sich beim Studium des Würgemals am Hals eine bestimmte Art von Seil oder Strick vorgestellt haben.«

»Jawohl: leichtes Paketseil«, erwiderte Lofty.

»Was meinen Sie, wenn ich zu bedenken gebe, daß es Telefondraht oder Leitungsdraht gewesen sein kann?«

»Leuchtet mir sehr ein, Inspektor. Donner ja, darauf hätte ich auch selbst kommen müssen – Telefonschnur! Scheint mir jetzt einfach selbstverständlich.«

»Danke. Freut mich, daß wir da konform gehen. Sie werden das für sich behalten, ja? – Gehen Sie zu der Beerdigung?«

»Aber ja. Sie nicht? Es wird alles vertreten sein.«

»Ich habe inzwischen zu arbeiten, Doktor.«

»Ich auch, oder denken Sie nicht? Aber ich kann mich der Sache nicht entziehen.«

»Na, dann viel Vergnügen. Auf Wiedersehen, und besten Dank noch.« Bony legte den Hörer auf die Gabel. »Telefonschnur, Mawson. Elektrischer Leitungsdraht. Hatten Sie bemerkt, daß Morris Answerth von seinem Fenster aus mit Leitungsdraht angelte?«

Mawson zog die Brauen zusammen, beugte sich über den Schreibtisch, näher zu seinem Vorgesetzten, und sagte: »Nein. Jetzt höre ich's ja von Ihnen. Seltsam, daß es so etwas in der Giftvilla gibt. Die hat doch keinen elektrischen Anschluß. Ich ...«

»Gibt es hier einen Telefontechniker?«

»Nein. Für Reparaturen werden Leute aus Manton geholt.«

Bony blickte auf die Wanduhr, erhob sich und schritt ans vordere Fenster. Ein Sarg war beim Beerdigungsinstitut auf der anderen Straßenseite vorgefahren, und am Randstein hinter dem Leichenwagen parkten zahlreiche Autos. Der Bürgersteig war gedrängt voll von Menschen.

»Was für ein Urteil haben Sie sich, nach unserem Besuch heute morgen, über die Answerths und ihren Koch gebildet?« fragte Bony, ohne sich umzudrehen.

»Kamen mir ziemlich erregt vor«, erwiderte Mawson, »aber schließlich ist in der Familie ein Mord passiert. Die beiden Frauen haben sich ja nicht gerade liebevoll zueinander benommen. Warfen sich mit Vergnügen so allerhand an den Kopf, und als Sie auf jeden Fall den Morris besuchen wollten, regten sie sich beide auf. Meinen Sie vielleicht, daß –?«

»Weshalb wird ein erwachsener Mann in Knabenzeug gesteckt, Mawson? Weshalb wird er in seine Zimmer eingesperrt? Weshalb wird seiner Mutter verboten, zu ihm zu gehen? Ich fand ihn ganz vernünftig, wenn auch kindisch. Hält sich körperlich und im Anzug sauber und seine Bücher in bester Ordnung. Auch sein Zimmer war sauber und ganz ordentlich. Keinerlei Anzeichen, daß etwa ein Geisteskranker den Raum bewohnt. Nun gehen Sie aber zu Ihrer Beerdigung, Mawson, der Sarg wird schon herausgebracht.«

Bony blieb am Fenster stehen und beobachtete den Wachtmeister, als er die stille Straße kreuzte. Um ihn herrschte tiefes Schweigen, doch aus der Ferne war gedämpft das Rufen eines Mannes zu hören.

Der Sarg wurde in das Transportauto gesetzt. Bony sah flüchtig eine Masse Blumen. Die Fußgänger schienen weniger zu werden, in den Vordergrund schoben sich die Autos. Der Beerdigungsunternehmer schritt vor dem Sargwagen her die Straße hinunter, und die Wagen folgten in langer Prozession.

Hinter dem Leichenwagen folgte ein unter Blumenbergen fast unsichtbarer Lieferwagen, dann kam eine elegante Limousine, in der zwei Geistliche und Janet Answerth in Schwarz saßen, dahinter der von Mary Answerth gesteuerte Kombiwagen, in dem sie allein saß. Wagen auf Wagen fuhr am Polizeigebäude vorüber. In einem erkannte Bony Mr. Harston, und in einem Lieferwagen mit der Aufschrift ›E. Carlow, Schlachterei‹ saß ein Jüngling am Steuer, und neben ihm eine Frau. Als das letzte Gefährt die Straße verlassen hatte, war dort kein Mensch mehr zu sehen. Die Stadt wirkte wie am Sonntagmorgen.

Bony fand den Schlüssel zur Arrestzelle und begab sich auf den Hinterhof, wo drei Zellen unter einem Dach lagen. Hinter dem Gitter an der mittleren Tür sah er ein Gesicht. Das laute Geschrei, das von hier gekommen war, verstummte, als er auf den Gefangenen zutrat.

»Was ist denn eigentlich los?« fragte er in ganz ruhigem Ton. »Sie scheinen ja gerade zu einer sehr unpassenden Zeit großes Theater zu machen.«

Hinter den eisernen Stäben starrten die blaßblauen Augen des Gefangenen ihn an. Das Haar hing dem Mann fast in die Augen, so niedrig war seine Stirn. »Laßt mich hier 'raus, zum Donnerwetter!« brüllte er. »Ich hab' verdammt keins eurer verdammten Gesetze verletzt.«

»Betrunken in der Öffentlichkeit, Widerstand gegen die Polizei, Angriff auf einen Polizeibeamten, Gebrauch unsittlicher Redensarten, Sachbeschädigung an einem Schubkarren, Erregung öffentlichen Ärgernisses, Behinderung der Fußgänger, und – na ja, das genügt wohl für den Anfang. Gibt zusammen ungefähr einen Monat.«

»Einen Monat? Quatsch!« schrie der Arrestant. Für einen Augenblick raubte ihm die unerhörte Tücke der Polizei beinah den Atem. Dann rief er: »Wer sind Sie überhaupt, Sie?«

»Ich«, erwiderte Bony arrogant, »ich bin Inspektor Napoleon Bonaparte. Ich bin das Schicksal, das Verhängnis. Und Sie – haben mit einem Monat zu rechnen.« An die Zellenwand gelehnt, blickte er schräg durch das Türgitter und sah, wie sich im Gesicht des Gefangenen erst Unruhe, dann Verblüffung ausdrückte. »Wollen Sie mir ein paar Fragen beantworten, Foster?«

»Ich weiß verdammt gar nichts, klar!«

»Aber wie alt Sie sind, werden Sie doch wissen?«

»Klar weiß ich das.«

»Also wenigstens etwas. Beantworten Sie meine Fragen nach bestem Wissen und Vermögen, dann werde ich diese Tür aufschließen, und Sie können wieder in die Kneipe gehen und Ihre Sauftour fortsetzen. Es geht zwar gegen alle Ordnung, aber ich bin ja auch kein beliebiger Polizist. Machen wir den Handel?«

Da Foster wieder ganz nüchtern war, einen schweren Kater hatte und das Wirtshaus nur dreihundert Meter von seiner durstigen Kehle entfernt wußte – was blieb ihm übrig, als einzuwilligen?

»All right«, knurrte er, »aber ich habe doch schon gesagt, daß ich verdammt nichts weiß.«

»Sie waren doch in der Nacht, als Edward Carlow im See ertränkt wurde, in Edison in der Kneipe, nicht wahr?«

»War ich, Gott sei Dank.«

»Weshalb sind Sie dankbar?«

»Wenn ich nicht an dem Abend einen ordentlichen Zug gemacht hätte, dann hättet Ihr verdammten Teufel ja gesagt, daß ich Ed Carlow ersäuft hätte. Aber ganz klar hättet ihr das getan.«

»Und unmittelbar nachdem Mrs. Answerth tot aufgefunden wurde, sind Sie mit Miss Mary Answerth nach Edison gefahren und haben dort wieder einen Zug gemacht«, sprach Bony unbeirrt weiter. »Als die Leiche von Edward Carlow gerichtlich untersucht wurde, waren Sie immer noch am Saufen und infolgedessen nicht fähig, als Zeuge zu erscheinen.«

»Ich bin ja verdammt gar nicht als Zeuge verlangt worden!« schrie Foster.

»Sie dachten aber, man würde Sie zum Identifizieren herbeiholen, deshalb haben Sie sich so vollgetrunken.«

»Wenn ich Ihnen sage, das stimmt nicht, dann stimmt's verdammt nicht!«

»Sie sind – soviel ist mir klar – ein Mensch, der fälschlich als echter Australier gilt«, murmelte Bony, »das beweist die Häufigkeit, mit der Sie den nationalen Kraftausdruck anwenden. Wenn ich Sie jemals als Zeugen benötige, muß ich dafür sorgen, daß Sie nüchtern werden. Verstehen wir uns jetzt?«

»Krrr ... da schlag' doch einer lang hin!« Der Gefangene packte die Gitterstangen, rüttelte und stieß daran und rief: »Laßt mich aus diesem elenden Kasten 'raus! Wann komme ich hier 'raus, zum Donnerwetter?«

»Vielleicht nächsten Monat, wenn Sie sich ruhiger verhalten. Sie sind doch Aufseher über die Herden von Answerths. Wieviel Morgen Land besitzt die Familie?«

»Morgen? Sechzigtausend, und dazu neun von zehn Häusern und Läden in Edison – das gehört denen alles.«

»Wie lange sind Sie bei ihnen schon tätig?«

»Seit sechs Jahren.«

»Sie vergessen ja ganz das Fluchen. Wie viele Schafe haben die Answerths dieses Jahr scheren lassen?«

»Wie –?« Die kleinen Augen zwinkerten. »Wie viele Schafe?«

»Sie haben mich verstanden, also heraus mit der Sprache.«

»Dreitausendvierhundertzweiundachtzig, einschließlich Lämmer, sollten zur Schur kommen.«

»Hatten sich vorher beim Mustern Ausfälle ergeben?«

Vor die blaßblauen Augen legte sich ein Schleier, ganz kurz nur, wie ein Objektivverschluß. »Ich glaube, keine«, erwiderte Foster.

»Überlegen Sie genauer. Sie waren und sind doch verantwortlich für den Bestand.«

»Ein paar fehlten wohl bei der verdammten Schur.«

»Wie viele?«

»Krrr ... Für was halten Sie mich, verdammt noch mal? So gegen hundert sind's vermutlich gewesen. Heutzutage gehen überall ein paar Schafe verloren.«

»Haben Sie mit im Schuppen beim Scheren geholfen?«

»Natürlich nicht. Hatte gerade genug zu schaffen, die elenden Schafe in den blöden Schuppen zu bringen und die fertigen wieder 'raus auf die Koppeln.«

»Haben Sie die Wolle, nachdem sie in Ballen gepreßt war, noch umtransportiert?«

»Nur einmal habe ich Miss Mary bei den verdammten Ballen im Wollschuppen geholfen.«

»Wie viele Ballen lagerten da?«

»Herr des Himmels, für was halten Sie mich eigentlich? Bin doch kein Buchführungslehrling.«

Die nächste Frage kam in scharfem Ton. »Wann haben Sie Mrs. Answerth zuletzt lebend gesehen?«

»Mindestens 'n Monat nicht. Lange vor der verdammten Schafschur jedenfalls.«

»Sie hatten doch nichts gegen sie, oder?«

»Was? Gegen die alte Mrs. Answerth? So ein Quatsch!«

»Was hatten Sie gegen Edward Carlow?«

»Verdammt viel. Erstmal war er protzig, und zweitens log er wie gedruckt. Ich war nicht der einzige hier in der Gegend, der für Ed Carlow keine Zeit hatte, für diesen fetten, vollgefressenen –«

»Den beliebten australischen Fluch können Sie jetzt weglassen, Foster«, unterbrach Bony ihn schnell. »Ihr Bruder hatte auch für Ed Carlow nicht viel übrig, nicht wahr?«

»Nee, wahrhaftig nicht. Aber er war bei mir in der Kneipe an dem Abend, als Carlow naß wurde.«

»Na schön –« Bony steckte den Schlüssel in das Hängeschloß vor der Zellentür. »Das genügt mir für den Augenblick, Foster. Vielleicht habe ich noch mehr Fragen an Sie, und wenn ich damit komme, müssen Sie nüchtern sein, klar?«

Die Tür wurde aufgestoßen, der Gefangene kam zum Vorschein. Abgesehen von seiner aufrechten Haltung hätte er ein Neandertaler aus grauer Vorzeit sein können.

»Danke Ihnen auch, für verdammt nichts und gar nichts!« schrie er.

»Nun reicht's aber«, sagte Bony. »Übrigens bringen Sie jetzt die Schubkarre zu Mrs. Carlow zurück. Entschuldigen Sie sich bei ihr für die Beschädigung.«

Foster wiegte sich auf den Hacken seiner Reitstiefel. »Krrr – Sie haben vielleicht 'n Nerv. Sie verdammter ...« Er trat dicht vor Bony hin, in seinem finsteren Blick lag die Verachtung, die der Urmensch für Rücksichten und die Folgen ungezügelter Wut empfunden haben mag. Eine gewaltige Faust schoß aufwärts und traf Bony am Kinn.

Was nun kam, war natürlich nicht ›fair‹ gegen Foster. Der Mann war noch voll von Whisky und Bier, hatte nie fachgerecht Boxen oder Judo trainiert und war sehr langsam von Begriff. Wie eine Ramme traf ihn ein Stoß in den mit Getränken belasteten Magen, so daß er nach vorn zusammenklappte und ihn Bonys wohlgezielter Fußtritt genau gegen den Adamsapfel traf. Da er nur einen ganz kurzen Hals hatte, war Bonys Zielsicherheit beachtenswert. Foster rang schwer nach Luft, während er vor- und zurücktorkelte. Und plötzlich lag er flach auf dem Rücken, sein Kopf schlug zuerst auf den harten Boden.

Als er sich wieder gefaßt hatte, merkte er, daß er auf den Knien lag und sein linker Arm in einem Schraubstock saß, der wohl zehn Backen haben mußte. Er bekam den Befehl, aufzustehen, und befolgte ihn. Bony befahl ihm, abzumarschieren, und er marschierte. Er wurde aufgefordert, die zerbrochene Schubkarre zu betrachten, und tat das wie geheißen.

»Sie werden jetzt die Schubkarre in Mrs. Carlows Laden zurückbringen«, sagte halblaut die Stimme irgendwo hinter ihm.

Dann war er frei. Er fuhr mit einem Ruck herum und ging in geduckte Angriffsstellung. Der Mann, den er sah, schien sich hinter einem Paar glänzend blauer Augen, die wie durch Zauber immer größer wurden, von ihm zu entfernen. Er tastete nach den Handgriffen der Karre, faßte an und schob sie aus dem Hof und auf die Straße.

»Ich bin hinter Ihnen«, sagte gedämpft die Stimme.

Was konnte Foster noch tun –? Der ›verdammte‹ Schlachterladen war geschlossen, daher stellte er die ›verdammte‹ Karre vor die ›verdammte‹ Tür.

10

Mawson war von der Bestattung zurück, und Bony machte sich gerade Notizen, als aus dem vorderen Dienstraum der Schritt schwerer Stiefel dröhnte.

»Da kommt Kundschaft«, murmelte Bony, indem er in die Rubrik ›Die Schafschur‹ ein paar Zeilen eintrug.

Mawson stand auf, und Bony erkannte im stillen, daß er dadurch Respekt vor ihm als seinem Vorgesetzten zeigte, indem er nicht gleich die Hand nahm, wenn ihm der kleine Finger geboten wurde. Plötzlich schien das Zimmer durch Mary Answerth ganz ausgefüllt zu sein. Bony erhob sich. »Guten Tag, Miss Answerth.«

»Gut' Ta-ag, Inspektor. Ich komme, um mit Wachtmeister Mawson ein Hühnchen zu rupfen. Wie ich höre, haben Sie meinen Vormann in Arrest gesteckt.«

Das Licht vom Fenster fiel voll auf sie. Bony bemerkte, daß sie weiß um die Nase war und ihre kleinen schwarzen Augen mit der sonderbaren Iris bedrohlich blickten. Sie trug Gabardinehosen und eine khakifarbene Hemdbluse mit hohem engem Kragen.

Mawson gab sein ›Verbrechen‹ gleich zu. »Jawohl, Madam, wegen Trunkenheit in der Öffentlichkeit.«

»So ein Schwindel! Unerhört, Mawson! Foster hat auf der Bank vor dem Hotel gesessen und die Sportzeitung gelesen, als Sie ihn verhafteten. Ganz friedlich.« Sie nahm den von Bony angebotenen Stuhl, der sogleich unter ihrer Gestalt völlig verschwand. »Ich brauche Foster zur Arbeit. Wir müssen morgen früh das Vieh in die Schwemme treiben.«

»Es war notwendig, Miss Answerth«, schaltete Bony sich ein. »Foster mußte unbedingt etliche Fragen beantworten, die ich ihm vorlegen wollte. Da er jedoch betrunken und nicht bei klarem Verstand war, habe ich seine Inhaftierung angeordnet.«

Die schwarzen Augen gingen in die Höhe. »So, Sie ordneten das an?«

»Jawohl, ich.«

Ein bedenkliches Schweigen trat ein, bis Bony sich mit den Armen auf seine Papiere stützte, die wie zerbrechendes Glas knackten. Mawson sah, wie sein Vorgesetzter die Hände verschränkte und das Kinn auf die Fingerspitzen stützte, aber im Geist sah er schon die Zimmereinrichtung zertrümmert, was ihm unvermeidlich schien.

»Ich ordnete Fosters Festnahme an, weil er zugegen gewesen war, als die Leiche Ihrer Frau Mutter aus dem Wasser gezogen wurde, und zwar erstens, weil er verhört werden mußte, zweitens, weil er nicht nüchtern war, und drittens, Miss Answerth, weil ein Zeuge fürs Verhör nüchtern sein muß.«

»Sie sind nun mit ihm fertig?«

»Ich habe ihn verhört und überlegt, ob er nicht noch wegen anderer Vergehen zur Rechenschaft gezogen werden müßte, die zusammen einen Monat Gefängnis einbringen würden.«

Der harte Mund wurde breiter, das Kinn sprang hervor, die schwarzen Augen schienen über der Adlernase fast zusammenzustoßen. Dieses Gesicht wirkte so männlich, daß Bony starken Widerwillen empfand. Sie maßen sich mit strengen Blicken, wobei er ihre geistige Stärke spürte. Langsam, fast zögernd, als sei sie der Situation nicht gewachsen und diese Niederlage ihr unbegreiflich, sagte sie: »Na, wenn sich die Sache so verhält, Inspektor.« Und schnell kam sie wieder auf ihre Forderung zurück. »Mein Vieh muß morgen früh gewaschen werden, deshalb verlange ich, daß Robin Foster aus der Haft entlassen wird.«

»Von mir aus können Sie ihn gern mitnehmen, Miss Answerth«, sagte Bony. »Zweifellos ist er schon wieder ganz hübsch im Tran.

Sollten Sie Schwierigkeiten haben, ihn wieder an seine Arbeit zu bringen, dann sagen Sie ihm: Wenn er sich heute abend um sechs Uhr noch in der Stadt aufhält, wird er wieder eingelocht.«

Mary Answerth sah einen Moment fassungslos aus, dann sammelte sich in ihrem Gesicht ein Lächeln der Siegesgewißheit. »Sie dürfen zwei Schillinge darauf wetten, daß Foster um sechs nicht in der Stadt sein wird. Kann ich mit Ihnen etwas unter vier Augen besprechen?«

Bony warf Mawson einen Blick zu, worauf dieser sich ins Vorderzimmer zurückzog. Die Besucherin holte ihre Pfeife hervor und stopfte sie mit Tabak aus einer Papiertüte. Bony drehte sich nachdenklich eine Zigarette.

»Sie halten mich wohl für 'n richtiges Rauhbein«, bemerkte Miss Answerth, während sie paffend ihre Pfeife in Gang brachte. »Bin ich auch. Es gibt kein Pferd, mit dem ich nicht fertig werde, und auch keinen Mann.« Nach einer Pause fügte sie hinzu: »Sie sind vielleicht eine Ausnahme, das weiß ich noch nicht.«

Bony lächelte stumm.

»Sehen Sie, Mr. Bonaparte: Ich bin die Älteste in dieser Generation der Answerths. Ich bin vierundvierzig, Janet ist einundvierzig. Ich bin sozusagen an den Haaren großgezogen worden. Schulunterricht habe ich eigentlich nie gehabt, aber das Leben hat mich gelehrt, mit meiner ganzen Umgebung zu kämpfen. Ich bin kein Schwächling und werde mir nicht den Schädel kaputtschießen wie mein Vater.

Sehen Sie sich mal die Janet an: die versteht ganz tückisch zu lügen. Schon immer hat sie was Schleichendes an sich gehabt und hat immer gelogen, kann aber auch schmusen und betulich lispeln. Oft genug habe ich erlebt, daß sie Männer an der Nase 'rumgeführt und sie dann – wenn sie was von ihnen wollte – schlau beobachtet hat, wie sie sich sanft und zahm wie blöde Kälber von ihr leiten ließen. Den Vater hat sie auch eingewickelt. Der schenkte ihr alles, was sie verlangte, schickte sie nach Brisbane zur Schule und ließ sie da auch Klavierspielen und Malen lernen und Gedichte babbeln wie 'n Säugling, der sich naß gemacht hat. Ich dagegen bin zwischen die Viehherden geritten, habe die Rinder gebrannt und im Hof junge Hengste zu Boden gezwungen, habe beim Scheren geholfen, faule Arbeiter angetrieben und sie niedergeboxt, wenn sie etwas besser wissen wollten als ich. Ich habe öfter unter Bäumen geschlafen als unter einem festen Dach. Und das Dach, unter dem Janet jede Nacht schläft, das hätten sie und Morris ohne mich nicht über dem Kopf.

Wenn ich nicht mit Männern wie Robin Foster und Harston umspringen könnte, säße Janet jetzt auf der Straße und Morris in der Irrenanstalt. Auf dem Besitz, für den wir Answerths geschuftet haben, säßen dann Fremde.

Lassen Sie sich bloß von Janet nicht einwickeln, Inspektor, die ist nämlich durchaus kein Schwachkopf. Sie kann gewandt reden, Romane lesen und Gedichte nur so sprudeln und weiß ihren Verstand bestens anzuwenden. Wenn mir was zustößt, kriegt sie den gesamten Besitz, den ganzen ollen Kram.«

»Sie haben aber doch gewiß keinen Grund zu der Annahme, daß Ihnen etwas zustoßen müßte?« fragte Bony.

»Na, meiner Stiefmutter ist ja etwas zugestoßen, oder nicht?« Sie wartete auf Bonys Zustimmung und wiederholte, als er stumm blieb: »Oder nicht?«

»Ja, Miss Answerth, das darf man wohl sagen, daß ihr etwas zugestoßen ist.«

Jetzt wartete Bony. Die gewaltige Frau klopfte ihre Pfeife am Absatz ihres Reitstiefels aus und stand auf, ohne sich um die auf dem Fußboden schwelenden Tabakreste zu kümmern. Bony, der sich auch erheben wollte, konnte nicht, weil ihre schwere Hand auf seiner Schulter ihn niederhielt.

»Von unserem Morris haben Sie ja einen kleinen Eindruck bekommen«, sagte sie grimmig. »Wenn Sie nicht mit geschlossenen Augen durch die Welt laufen, müssen Sie gesehen haben, daß er mir gleicht: ein derber Bursche. Manchmal erinnert er mich an einen gezähmten Bären, den ich mal in der Stadt gesehen habe. Wenn der Bärenführer ihm flüsternd befahl, sich hinzusetzen, setzte er sich, und wenn er auf den Hinterbeinen stehen sollte, tat er das auch. Janet gleicht dem Bärenführer: sie redet Morris ein, er müsse so stark werden, daß er mir den Hals brechen kann wie eine Rübe, und macht ihm auch klar, daß sie aufpassen wird, wenn es soweit ist, daß er's auch wirklich fertigbringen kann. Jetzt will ich mich aber um Foster kümmern. Gut' Ta-ag, Inspektor.«

»Guten Tag, Miss Answerth«, erwiderte er, als sie seine Schulter losließ und er aufstehen konnte. Er begleitete sie durch das Vorderzimmer und über den kurzen Weg zur Pforte, wo sie mit ernster Miene sagte: »Erzählen Sie ja niemandem, was ich Ihnen gesagt habe. Und setzen Sie sich nicht etwa in den Kopf, daß Janet meine Stiefmutter erwürgt hätte, oder Morris. Janet hätte gar nicht die Courage dazu, und Morris war an dem Abend in seinem Zimmer eingeschlossen. Außerdem hatte er seine Mutter gern. Gut' Ta-ag!«

»Weiß Ihr Bruder jetzt, daß Mrs. Answerth tot ist?«

»Ja. Ich habe es ihm gesagt, ehe ich zur Beerdigung ging.«

»Was sagte oder tat er?«

»Nichts. Er spielte weiter mit seiner Eisenbahn. Auf Wiedersehen.«

Miss Answerth trat hinten an ihren Wagen und riß die Doppeltür auf. Dann ging sie ins Hotel. Bony wartete, indem er aus Spaß mit einem vor ihm zirpenden Sperling wettete, Foster werde sich nichts gefallen lassen. Er verlor: Foster kam zwar aus dem Lokal, aber nicht wie ein Sieger, sondern wie ein Karnickel auf der Flucht. Hinter ihm erschien Mary Answerth. Mit einer ihrer großen Fäuste hatte sie den ›Neandertaler‹ beim Kragen, mit der andern am Hosenboden gepackt. Sie stieß den Unseligen zur Rückseite des Wagens, hob ihn hoch, warf ihn hinein, knallte die Türflügel zu, verschloß sie und setzte sich ans Steuer.

Langsam wendete sie den Wagen und fuhr die abschüssige Straße hinunter, am Polizeigebäude vorbei, wo sie Bony zuwinkte, der sich, da er ohne Hut war, dankend verbeugte.

Bevor sich Bony in sein Quartier ganz am oberen Ende der Straße begab, blieb er noch eine Weile stehen, um die Welt der Hügel und Täler, der Dünen und des Meeres zu betrachten, in der einsam diese kleine Stadt Edison lag. Im Norden konnte er Answerth's Folly sehen, und über den Baumwipfeln das graue Dach der Giftvilla.

»Würden Sie so freundlich sein, zum Abendessen zu kommen, ehe es kalt wird, Inspektor Bonaparte?«

Er drehte sich um und sah Mrs. Nash am Gartengitter winken. Rasch ging er zum Tor und begrüßte sie. »Ja, Sie haben recht, wenn Sie mich schelten, Mrs. Nash«, sagte er und entschädigte sie durch sein strahlendes Lächeln, »ich habe mich wohl sehr verspätet?«

»Es ist schon nach halb sieben.«

Mrs. Nash hatte eine Tochter, die aber heute zum Abendessen nicht kam.

»Waren Sie bei der Beerdigung?« fragte Bony nach der Suppe.

»Ich bin auf der Straße gewesen, um die Anfahrt zu sehen. Angeblich war es das großartigste Begräbnis, das Edison bisher erlebt hat. Die arme Frau –«

»Sie hat wohl kein glückliches Leben gehabt?«

»Ich glaube, sie fühlte, daß die Familie nichts für sie übrig hatte.«

»Und ihre Stieftöchter sind auch nicht glücklich, wie?«

»Darüber könnte ich nichts sagen, Inspektor. Miss Mary hat ja offenbar Freude an Schlägereien und wildem Geschrei.«

»Meinen Sie, daß sie – einen kleinen Spleen hat?«

»Nein. Glauben Sie das denn?«

»Ja. Muß sie wohl, denn sie hat mir tatsächlich ihr Alter genannt, und das ist mir bei angeblich ganz normalen Frauen bis jetzt noch nicht vorgekommen.«

Mrs. Nash studierte sein Gesicht, und erst als er sie offen anblickte, wußte sie, wieweit er das ernst gemeint hatte. »Welches Alter hat sie Ihnen denn genannt?«

»Na, nun aber, das geht denn doch nicht. Ein Polizeibeamter darf nie geschwätzig werden. Wie denken Sie über Janet Answerth?«

»Sie fassen doch meine Antwort nicht als Geschwätz auf?«

»Aber nein! Ganz bestimmt nicht. Also sprechen Sie ruhig.«

»Sie ist das ganze Gegenteil von Miss Mary«, sagte Mrs. Nash, und Bony las ihr an den Augen ab, daß sie Janet in Schutz nehmen wollte. »Sobald ein Mensch im Ort in Bedrängnis gerät, ist sie zur Stelle und hilft. Als mein Mann bei einem Autounglück starb, bezahlte Miss Janet alles für uns, bis das Geld von der Versicherung eintraf. Als der junge Carlow starb, half sie seiner Mutter in jeder Weise, und das nach allem, was sie schon früher für Mrs. Carlow und ihre beiden Söhne getan hatte, als sie die Farm verlassen mußten. Auch andere Leute sind ihr zu sehr großem Dank verpflichtet. Immer war sie freundlich, und jeder verließ sich auf ihren Rat und ihre Hilfe.«

»Hm. Na schön. Wie ich hörte, ist Mrs. Answerth hier in der Gegend geboren. Weshalb war sie so unglücklich?«

»Das ist eine lange Geschichte, Inspektor. Mein Mann, der auch aus der Gegend stammte, hat mir oft von ihr erzählt. Sie war das jüngste von neun Geschwistern und soll sehr hübsch gewesen sein, als Jacob Answerth sie heiratete. Er ging so brutal mit ihr um, daß sie ihm zweimal fortlief.«

»Und was geschah daraufhin?« fiel Bony gleich ein, da Mrs. Nash offenbar nicht gern weiter darüber sprechen wollte.

»Als sie das erstemal fortlief, war ihre Mutter schon tot, und als Jacob sie wieder holen wollte, wies ihr Vater ihn ab. Answerth schlug ihn zu Boden und stürmte ins Haus. Er fand seine Frau in einem Schrank versteckt und zerrte sie mit, in die Giftvilla zurück. Als sie das zweitemal ausriß, war auch ihr Vater tot, und der Besitz gehörte ihrem ältesten Bruder, der sich weigerte, sie aufzunehmen. Und Jacob, der sie ebenfalls nicht wieder aufnehmen wollte, ging zu ihm und brachte das deutlich zum Ausdruck.

Er war gerade im schönsten Schwung, da erschien Miss Mary. Sie beschimpfte ihren Vater, er sei eine Schande für die Familie, und beschimpfte auch den Bruder seiner Frau. Dann zwang sie Mrs. Answerth, hinter ihr aufs Pferd zu steigen und brachte sie in die Giftvilla zurück. Miss Mary war damals noch ein ganz junges Ding, beherrschte aber ihren Vater schon vollständig, und allmählich mußten alle sich ihr unterordnen. Nur Miss Janet tat das nicht.«

11

Im Männerquartier erlosch das Licht, aber in dem kleinen Raum neben der Küche brannte es noch. Ein Zimmer im ersten Stock der Giftvilla blieb lange erhellt.

Die Umwelt war unsichtbar, denn die Sterne waren durch Hochnebel verhüllt.

Auf seinem Bett ausgestreckt las Bert Blaze in einer Wochenzeitung. Ein paarmal hatte er schon die Absicht gehabt, seine Lampe auszulöschen, da schob sich plötzlich eine dunkle Gestalt rasch und leise durch die offene Tür und kam so geräuschlos an ihm vorbei, daß er sie erst bemerkte, als sie sich auf den Fußboden hockte.

»Sie verstehen sich zu bewegen«, sagte der Koch ganz gelassen.

»Leise sprechen«, befahl Bony, »das Licht im Männerquartier ist zwar eben ausgegangen, aber vielleicht ist Foster noch wach. Ist sonst jemand bei ihm?«

»Nein. Bei dem würde sich sowieso keiner gern aufhalten. Miss Mary hat ihn zurückgebracht wie der Hundefänger 'nen Köter. Muß ihn wohl aus der Kneipe richtig 'rausgerissen haben, weil er morgen das Vieh baden soll.«

»Ganz recht, so war es.« Bony machte es sich bequem und rollte eine Zigarette. Blaze schwieg, bis Bony sagte: »Habe mir gedacht, Sie könnten mir etwas zur Hand gehen.«

»Vielleicht. Kommt darauf an, was Sie verlangen.«

»Beim Ermitteln des Mörders von Mrs. Answerth.«

»Da können Sie auf mich zählen.«

»Freut mich, daß ich mich in Ihnen nicht getäuscht habe, Blaze. Lassen Sie uns also über Mrs. Answerth sprechen. Irgendwo in der Vergangenheit ist das Motiv zu ihrer Ermordung zu suchen, und wir müssen, da wir es noch nicht kennen, tief in die Vergangenheit tauchen. Mir ist klargeworden, daß niemand diese Answerths genauer kennt als Sie.«

Bony gab dem Koch Gelegenheit, sich hierzu zu äußern. Als Blaze stumm blieb, fuhr er fort: »Wir wissen nicht genau, wo Mrs. Answerth erwürgt worden ist. Falls das am Damm auf der Hausseite geschah, müssen wir uns auf die Answerths konzentrieren. Wurde sie aber auf dieser Seite umgebracht, dann könnten viel mehr Leute als mutmaßliche Täter in Frage kommen. Wie ergab es sich eigentlich, daß Mrs. Answerth Ihnen so vieles aus ihrem Familienleben anvertraute?«

»Tja – um das richtig zu erklären, müssen Sie wissen, daß ich zuerst als Vormann für die Viehzucht hierherkam und daß der alte Jacob damals noch lebte, der neben seinem Eigenbesitz noch fünfzigtausend Morgen zugepachtet hatte und ungefähr zwölf Farmarbeiter beschäftigte.«

Das gelbe Licht der auf einer Kiste am Kopfende des Bettes stehenden Lampe verschönte das faltige Gesicht des Alten und seine dunklen Augen, die so lebhaft blitzen konnten.

»Damals war das Leben noch schön und leichter als heute«, fuhr er fort. »Man kam mit dem Geld länger aus, es gab mehr Arbeitskräfte auf der Farm, und das waren Leute, die ihren Kram verstanden. Als die erste Mrs. Answerth starb und Jacob plötzlich den feinen Mann spielen wollte, räumte er mir größere Rechte ein als für meine Stellung notwendig waren. Der Damm lag damals nicht unter Wasser, und ich ging ab und zu abends hinüber, um Jacob zu besuchen.

Ich war seinerzeit tüchtig auf dem Posten und ließ mir von niemandem in die Arbeit 'reinreden, denn ich verstand meinen Job, und das wußte Jacob auch. Wenn er mich anbrüllte, brüllte ich ihn ebenso an, und das schien ihm zu gefallen.

Als er mit seiner zweiten Frau ungefähr ein halbes Jahr verheiratet war, hatten sie mich zum Abendessen eingeladen. Er war schlechter Laune und ließ sie an seiner jungen Frau aus. Als sie ihm nicht widersprach, wie er erwartete, sprang er plötzlich auf und wollte sie schlagen. Da sagte ich, ich würde ihm alle Zähne 'raushauen, wenn er sie anfaßte. Anstatt mich fristlos zu entlassen, verdoppelte er meine Löhnung, weil ich nach seinen Worten der einzige Mann war, der den Mut gehabt hatte, einem Answerth die Stirn zu bieten.

Er lud mich auch weiterhin ein, nahm sich aber vor seiner Frau zusammen, wenn ich da war, und deshalb freute sie sich wohl, daß ich öfters kam. Wir freundeten uns gewissermaßen an, und wenn ich sage ›anfreunden‹, dann meine ich nichts Zweideutiges. Wenn sie mich manchmal recht unglücklich anblickte, nickte ich ihr aufmunternd zu, und so ging es jahrelang.

Sorgen und Nöte türmten sich vor ihr auf wie das Treibholz an den Sandbänken, wenn der Diamantina Hochwasser führt, und Jacob bedrängten die Sorgen wie ein Rudel Wildhunde, bis er schließlich sich selbst erschoß, anstatt die Wildhunde.

Ich wurde krank und lag monatelang im Hospital, und als ich ’rauskam, war ich zu Pferde nicht mehr richtig zu gebrauchen. Deshalb übernahm ich hier die Arbeit als Koch, und eines Abends, hier in diesem Zimmer, wache ich auf, und neben mir steht Mrs. Answerth, gerade da, wo Sie jetzt sitzen. ›Bert‹, sagte sie, ›kommen Sie mal mit ins Freie, ich möchte mit Ihnen etwas besprechen. Ich muß mit einem Menschen reden.‹

Wir gingen hinaus und setzten uns ein Stückchen entfernt auf einen Baumstamm, und sie erzählte mir, was sie für einen Ärger mit den Töchtern hatte, besonders weil sie beide ihr allmählich den Morris abspenstig machten.«

»Wie alt war Morris damals?« fragte Bony.

»Oh, der muß ungefähr achtzehn gewesen sein«, erwiderte Blaze. »Na, jedenfalls scheint Miss Janet sich dafür eingesetzt zu haben, daß er härter angefaßt und erzogen werden müßte, während Miss Mary anderer Meinung war. Das ewige Streiten der beiden regte Mrs. Answerth sehr auf. Wochenlang sprachen die Schwestern nicht miteinander und nicht mit der Mutter. Gaben ihr auch keine Antwort, wenn sie was fragte. Na, das hat sie mir lang und breit erzählt, wir saßen da draußen, bis es schon hell wurde. Dabei weinte sie immer wieder, und ich klopfte ihr auf die Schulter, weil ich nicht wußte, was ich sagen sollte.

Sie kam dann einige Tage später wieder abends herüber, und seitdem ungefähr jede Woche einmal, nur um mit mir von den alten Zeiten zu reden, als sie noch jung verheiratet war und noch Besuch ins Haus kam und ein bißchen Betrieb herrschte. Aber wie ich Ihnen schon sagte: Es war reine Freundschaft zwischen uns. Wir wurden gute Kameraden, und ich redete mir manchmal auch meine Sorgen vom Leibe.

Meine Eltern waren nämlich von wilden Eingeborenen mit dem Speer getötet worden, und ich wuchs bei einem Viehzüchter auf, der unverheiratet war. Außer den Eingeborenenweibern gab es auf der Farm keine einzige Frau. Ich war so um fünfzehn ’rum, als ich zum erstenmal eine weiße Frau zu sehen kriegte. Mir war es noch nie passiert, daß jemand mir seine Sorgen anvertraute, bis eben

Mrs. Answerth damals am Abend kam. Da merkte ich, daß ich wenigstens für einen Menschen einen Sechser wert war.«

»Sie müßten also großes Interesse haben, zu erfahren, wer die Frau getötet hat«, stellte Bony als Tatsache fest.

»Ich bin nie in einer Schule gewesen und habe meine Kenntnisse nur von einem schottischen Lord, der so vernünftig war, sich in respektvoller Entfernung von allen Kneipen zu halten, so daß er ruhig leben konnte. Ich kann die Zeitung immerhin soweit lesen, daß ich weiß, daß in diesem Staat ein Mörder nicht gehängt wird. Und damals hielt ich das für richtig.«

»Haben Sie eine bestimmte Person in Verdacht?«

Blaze schüttelte den Kopf. »Habe darüber noch gar nicht recht nachgedacht, aber das werde ich jetzt.«

»Können Sie sich vorstellen, wie es kam, daß Carlow im Answerthschen See ertränkt wurde?«

»Vorstellen? Aber klar. Der war auf Schleichwegen. Ich habe allerlei Gerüchte gehört, zum Beispiel, daß er da im Busch ein gestohlenes Rind, fertig für seinen Laden ausgeschlachtet, abgeholt hat.«

»Und dann ist Carlow dem Viehdieb die vereinbarte Summe schuldig geblieben, wie?«

»So kann's wohl gewesen sein. Gerade die sich am schlauesten vorkommen, die fallen mal 'rein. Im Busch gibt's Leute, gegen die Ed Carlow dumm war wie ein neugeborenes Kalb.«

»Leute wie Robin Foster meinen Sie?«

»Nein. Robin Foster ist bloß 'n ausgewachsener Gorilla. Sein Bruder Henry ist ganz anders, und es gibt noch mehr von der Sorte, die keine Gelegenheit verpassen, sich auf krummen Touren ein paar Pfund zu verdienen. Mit diesen Brüdern hatten wir, der alte Jacob und ich, früher Scherereien genug.«

»Und Sie glauben, daß Henry Foster . . .?«

»Ich glaube gar nichts von Henry Foster, weil ich nichts über ihn weiß«, kam schnell die Antwort. »Habe ihn nur als Beispiel genannt, einen der cleveren Burschen, die ihre Chancen wahrzunehmen verstehen.«

»War Foster einmal bei Answerths in Diensten?«

»Nur während der Schafschur, zum Wollepressen, und dann ist er eigentlich nicht bei ihnen angestellt, sondern wird von den Scherern bezahlt, die im Kontrakt arbeiten.«

»Ist die letzte Wollernte von hier nach Brisbane verkauft worden?«

»Ja, vor einigen Wochen.«

»Wie viele Ballen, wissen Sie das?«

»Zweiundneunzig. Mit der Markierung M & J über einem A.«

»An welchen Agenten ging die Sendung?«

»Parsons & Timms.«

»Wissen Sie, wie viele Schafe in dieser Saison geschoren wurden?«

»Natürlich. Da halte ich mich auf dem laufenden, wenn ich auch jetzt nur der Koch bin.«

»Dann wollen wir 'mal eine Rechnung aufstellen und die Zahlen vergleichen.«

Bony holte ein Notizbuch mit Bleistift hervor, und Blaze schwang die Füße über den Kopf seines Besuchers, um sich neben ihn aufs Bett setzen und seiner Berechnung folgen zu können.

»Zur Schur kamen insgesamt dreitausendvierhundertundzweiundachtzig Schafe, stimmts?« fragte Bony.

»Genau.«

»Mutterschafe, einjährige, Jungvieh und Lämmer. Hammel und Schafböcke eingeschlossen. Wie viele Lämmer waren dabei?«

»Siebenhunderteinunddreißig.«

»Nun nehmen Sie von den übrigen einen Durchschnitt an. Wieviel wogen die Vliese?«

»Ich würde sagen: viereinhalb Kilo das Stück.«

»Schön. Das folgende ist vielleicht schwieriger zu berechnen: das Durchschnittsgewicht der Vliese von Lämmern?«

»Eindreiviertel Kilo«, antwortete Blaze prompt, indem er Bonys wandernden Bleistift verfolgte.

»Also was haben wir bis jetzt? Gesamtgewicht der Schur stellt sich auf zwölftausendsiebenhundertundfünfundneunzig Kilo. Ziehen Sie wieder Ihre Schätzungen heran – das ist nämlich wichtig – das Durchschnittsgewicht je Vlies: viereinhalb Kilo bei ausgewachsenen Schafen, bei Lämmern eindreiviertel Kilo.«

»Die Gewichte halte ich aufrecht«, versicherte Blaze. »Ich hatte sie sogar schon geschätzt, ehe der Klassierer sie im Schuppen mit der Waage berechnete.«

»Nun gehen wir einen Schritt weiter, Blaze: Wieviel Kilo Wolle enthält ein Ballen?«

»Hundertfünfunddreißig, meistens ein bißchen mehr.«

»Gut. Ich rechne weiter.«

Blaze konnte den Zahlen, die rasch das Blatt bedeckten, nicht gleich folgen, hegte aber keine Zweifel, daß der Inspektor zu rechnen verstand. Nach wenigen Augenblicken verkündete Bony, es müßten insgesamt vierundneunzig Ballen gewesen sein. Blaze nickte nur stumm.

»Irgendwo muß ein Fehler stecken«, murmelte Bony. »Wir haben vierundneunzig Ballen ausgerechnet, während Sie sagten, daß alles in allem zweiundneunzig vorhanden waren. Also fehlen uns zwei. Ich will's noch einmal nachrechnen.«

Jetzt beobachtete Blaze nicht mehr den Bleistift, die Hand, mit der er die kurze Pfeife am Mund hielt, sank herab, bis sie auf dem Knie zur Ruhe kam. Dann saß der Koch reglos da.

»Meine Zahlen stimmen«, erklärte Bony. »Sind Ihre auch zuverlässig?«

»Ja.«

»Kein Zweifel, daß zum Versand zweiundneunzig Ballen kamen?«

»Nein, kein Zweifel. Ich half ja selbst beim Verladen, und Miss Mary war dabei zum Kontrollieren. Es waren genau zweiundneunzig, nicht mehr und nicht weniger.«

»Sind keine im Schuppen liegengeblieben?«

»Der ist leer und unverschlossen. Meine Gewichtsschätzungen stimmen, und meine Zahlen sind auch richtig. Wenn Sie richtig gerechnet haben, müssen zwei Ballen geklaut sein, und zwar schon die Vliese, denn die in Ballen gepreßte Wolle, die täglich bei Feierabend aus dem Scherschuppen in den Lagerschuppen gebracht wurde, hat ja Miss Mary selbst kontrolliert.«

»Vermutlich sind doch die Ballen der Reihe nach numeriert worden?«

»Ja, mit eins angefangen. Miss Mary hatte einen Jungen aus Edison angestellt, der die Ballen stempelte und weiterwälzte.«

»Und sie hat jeden Tag notiert, wie viele Ballen in den Lagerschuppen kamen?«

»In ihrem Kopf jedenfalls, wenn sie's nicht aufgeschrieben hat«, erwiderte Blaze mit Nachdruck. »Diesem Mannweib entgeht nichts. Ich werde Ihnen sagen, auf welche Weise die Wolle geklaut sein kann. Sie werden den Trick vielleicht kennen. Der Scherer hat ein Vlies geschnitten. Schön. Der Aufsammler trägt es zum Sortiertisch. Der Klassierer steckt es glatt, rollt es in ein Bündel und wirft es in einen der Behälter. Der Presser nimmt sie da heraus, um sie in Ballen zu packen. Bei Feierabend bleiben gewöhnlich noch Vliese in den Wannen, die erst am nächsten Morgen gepreßt werden.

Das ist der normale Vorgang. Ein paar geriebene Burschen könnten sich jede Nacht da einschleichen und ein Dutzend oder noch mehr Vliese aus den Wannen nehmen.«

»Wer hat klassifiziert?« fragte Bony sanft.

»Ein gewisser Tanter, der selbst eine Schafzucht in der Nähe von Manton betreibt. Glaube nicht, daß der sich auf so was einlassen würde. Wenn aber Vliese aus den Wannen gestohlen wurden, müßte er's eigentlich wissen.«

»Und der Presser?«

»Henry Foster! Der müßte es auch gemerkt haben. Natürlich könnte er . . .«

»Was?«

»Passen Sie auf, wie der Presser es gemacht haben kann. Er hat ja die Vliese aus den Wannen zu nehmen, um sie zu pressen.

Seine Kumpane schleichen sich nachts herein, nehmen meinetwegen aus jeder Wanne die Hälfte der Vliese und füllen die Lücke durch Jutesäcke, die sie unter die obersten, liegenbleibenden Vliese schieben. Der Klassierer merkt morgens nichts Auffallendes, und der Presser reißt die Säcke 'raus, wenn der Klassierer nicht hinschaut, und versteckt sie gleich für den nächsten Abend. Jetzt, da ich Ihnen das beschreibe, fällt mir ein, daß tatsächlich in der Nähe der Wannen immer ein paar Säcke am Boden lagen. Die habe ich morgens und auch nachmittags gesehen, wenn ich den Leuten ihren Tee brachte.

»Wolle, die fast siebenundzwanzig Schilling das Kilo kostet, lohnt sich gewiß zu stehlen«, bemerkte Bony.

»Vielleicht bringt sie sogar noch mehr. Jedenfalls: wenn Vliese gestohlen werden konnten, dann nur so, wie ich's erklärt habe.«

»Ich freue mich, daß Sie den Diebstahl noch bezweifeln«, sagte Bony sinnend.

»Sie müssen doch wohl den Gedanken gehabt haben, daß Wolle geklaut wurde.«

»War nur ein Einfall.«

Bony rappelte sich hoch und lächelte den runzligen alten Mann an. »Was hat Edward Carlow zu dem Holzplatz geführt, wo er seinen Lieferwagen verbarg? Oder hat den jemand anders in den Busch gefahren, um ihn zu verstecken? Und wie kam es, daß Carlow, ein Schlachter aus der Stadt, in Answerths See ertrank, und zwar fünf Tage nachdem die Answerths ihre Wolle verpackt hatten?«

»Die Fragen müssen Sie sich schon selbst beantworten. Ich bin ja bloß ein elender Koch.«

»Dann beantworten Sie mir diese: Wie kam Mrs. Answerth mit Mrs. Leeper aus?«

»Nicht gut. Dieses Weibsbild, die Leeper, haben Miss Janet und der alte Harston hierhergebracht. Vor Mrs. Leeper war hier eine andere Köchin, schon ehe ich selbst herkam. Sie starb eines natürlichen Todes. Bis dahin war Mrs. Answerth im allgemeinen noch Herrin des Hauses, doch als Mrs. Leeper erschien, mußte sie sich mit dem zweiten Platz begnügen, was ihr gar nicht gefiel. Anscheinend wurde sie nach und nach verdrängt, denn sie erzählte mir, sie sei überall nur im Wege und keiner verlange nach ihr.«

»Ihre Meinung von Mrs. Leeper?«

»Geldgierig und ein Besserwisser«, erwiderte Blaze. »Wenn ich die sehe, bin ich dankbar, daß ich nie geheiratet habe. Sie will absolut die Zügel in der Hand haben, aber so sind schließlich viele andere Leute auch. Bestimmt leitet sie den Haushalt besser als Mrs. Answerth es konnte, und ich glaube, sie ist ihr Gehalt wert, weil weder Miss Janet noch Miss Mary sich viel um die Hausarbeit kümmern.«

»Wie ich erfuhr, verläßt sie nur selten das Haus. Stimmt das?«

»Einmal im Jahr fährt sie 'ne Weile nach Brisbane, sonst ist sie ständig da. Hat mir gesagt, sie spart ihr Geld.«

»Kennt sie den Weg über den Damm?«

»Nein. Ich muß sie hin und zurückrudern.« Blaze lächelte mit listiger Miene. »Als sie neu ankam, mußte ich allein mit ihrem Gepäck viermal das Boot vollpacken. Da habe ich zu ihr gesagt: ›Sie haben sich wohl vorgenommen, hier lange zu bleiben?‹, worauf sie mir antwortete: ›Mindestens zehn Jahre.‹ Als ich dann meinte, es würde ihr vielleicht nicht mal zehn Tage gefallen, erklärte sie, das sei möglich, aber trotzdem würde sie zehn Jahre bleiben. Und es sieht jetzt ja wirklich so aus, als wenn's zehn werden.«

»Wann waren Sie selbst zuletzt im Gutshause?«

»Vor etwa zwei Monaten.«

»Haben Sie da vielleicht bemerkt, daß Morris aus dem Fenster angelte?«

»Habe ich, denn das tut er ja immer.«

»Ist Ihnen aufgefallen, was er als Angelschnur benutzte?«

»'türlich. So 'n rötliches dünnes Seil, von einer Sorte, die ich zum erstenmal gesehen habe, als Mrs. Leeper ankam. Einer ihrer Blechkoffer war damit zugebunden, weil die Schlösser kaputt waren.«

12

Wachtmeister Mawson sortierte gerade seine Papiere für die diversen Klagen vor dem Schiedsgericht, das um zehn Uhr beginnen sollte, da kam Bony herein. Adrett und höflich wie immer lächelte er beim Anblick der ›Paradeuniform‹, die Mawson trug. »Soll's noch mal zu einer Beerdigung gehen, Mawson?«

»Nein, Gerichtstag. Habe fünf Fälle, außer den schon im Protokoll vorliegenden. Der Vorsitzende ist erkrankt, er wird durch Mr. Bittern vertreten. Haben Sie den Abend angenehm verbracht?«

»Entzückend. – Wie beurteilen Sie den Charakter des jungen Alfred Carlow?«

»Ordentlicher Mensch, im großen ganzen.«

»Könnten Sie ein bißchen ausführlicher sein?«

Mawson schob ein Gummiband über seine Gerichtspapiere und überlegte eine Weile. Bony war schon daran gewöhnt, daß Mawson mit seinen Werturteilen immer langsam und vorsichtig herauskam.

»Fleißig genug ist der junge Carlow«, fing Mawson an, »er hat immer seiner Mutter geholfen. Scheint allerdings ein bißchen zur Angeberei zu neigen. Er hat dunkle Haare und sieht so gut aus wie sein Bruder. Das weiß er auch. Wird aber vielleicht noch solider.«

»Sagen Sie mir genauer, was er im Geschäft arbeitet.«

»Er holt das Fleisch vom Schlachthof und bedient im Laden. Seine Mutter führt die Bücher und bedient, wenn er zur Kundschaft fährt.«

»Zum Schlachten haben sie einen anderen Mann, nicht wahr?«

»Ja, einen Farmer mit einer kleinen Wirtschaft. Ruhiger, arbeitsamer Mensch, der tüchtig schaffen muß, weil er eine große Familie hat.«

»Ist Ihnen etwas über einen gewissen Tanter bekannt?«

Mawsons gelbliche Augenbrauen hoben sich ein wenig. »Ein Schafzüchter aus der Gegend von Manton. Zuverlässiger Mann, klassifiziert hier im Gebiet die Wolle. Interessieren Sie sich für ihn?«

»Stimmt. Könnte ich heute mal Ihren Wagen bekommen?«

»Ja. Ich glaube, er braucht Benzin. Vergessen Sie bitte nicht, sich beim Tanken eine Quittung für Benzin und Öl geben zu lassen.«

Das Wetter war herrlich. Auf der Hauptstraße ging es schon lebhaft zu, als Bony den geliehenen Wagen den Hang hinabsteuerte und bei einer alten Bretterbude bremste, vor der majestätisch zwei moderne Benzinpumpen standen. Als er auf den Klingelknopf für den Tankwart drückte, kam Mike Falla aus der Bude.

»Wieviel?« fragte Mike, ohne daß der erloschene Zigarettenstummel sich von seiner Oberlippe löste. »Nanu, das ist ja der Inspektor! Gut' Ta-ag. Wieviel Liter?«

»Füllen Sie bitte den Tank ganz auf und prüfen Sie auch den Ölstand. Ich brauche dann eine Quittung für den Betrag.«

»Klar, kriegen Sie. Mr. Mawson läßt sonst anschreiben. Wollen Sie sich heute mal unsere Umgebung ansehen? Hätte direkt Lust, mit Ihnen zu fahren.«

»Sie dürfen mit, wenn Sie wollen.«

»Ich darf? Prima! Das wird mir guttun. Werde dem alten Lousy gleich Bescheid sagen, daß er aufs Geschäft 'paßt. Manchmal ist es doch gut, den in Reserve zu haben.«

Nachdem er den Tank aufgefüllt und Motor und Reifen nachgesehen hatte, verschwand Mike in der Hütte. Als Mike wieder erschien, trug er statt des Overalls eine wollene lange Hose mit einem sportlichen Jackett.

»Bißchen bequemer als immer selbst seine Tour abklappern«, erklärte er, während er sich neben Bony niederließ. »Ja, Lousy will sich um die Kundschaft kümmern. Der hilft mir schon aus, wenn er gerade Lust hat. Wird bald einundneunzig und ist ein guter Geschäftsmann. Nur eins ist übel an ihm: Er hat sich seit seiner Taufe nicht gewaschen und behauptet, damals habe eine solche Trockenheit geherrscht, daß der Pfarrer bei ihm Spucke statt Wasser nehmen mußte. Wohin fahren wir?«

»Kommt darauf an«, entgegnete Bony.

»Worauf?«

»Auf Ihre Fähigkeit, absolut über das zu schweigen, was wir tun und wohin wir fahren.«

Mike ›kämmte‹ sich das Haar mit gespreizten Fingern, schlug die langen Beine übereinander und betrachtete zufrieden die Gegend. An einer Reihe von Koppeln vorbei kamen sie in einen Wald mit hohen Bäumen. Als werde ihm erst jetzt bewußt, daß er heute Fahrgast war, holte Mike Tabak und Papier aus der Tasche, drehte sich eine Zigarette und merkte erst, als er das Papier anlecken wollte, daß er den alten Stummel noch im Munde hatte.

»Macht die Fahrt Ihnen Spaß?« fragte Bony.

»Ja-a. Mir gefällt die Gegend sowieso. Was hatten Sie sagen wollen?«

»Wollte Sie fragen, ob Sie den Mann kennen, der für Mrs. Carlow schlachtet.«

»Ich sollte den alten Jim Matthews nicht kennen?«

»Ein ehrlicher Mensch?«

»Sehr richtig. Ist sogar immer voll Sorge, ob er auch seine Einkommensteuer korrekt entrichtet hat, und hat neben seinen Sorgen noch eine Frau und elf Kinder. Drei Paar Zwillinge dabei.«

Das offene Schlachthaus war in einer natürlichen Lichtung neben einem Flüßchen erbaut, aus schwerem Balkenwerk mit hohen Wänden und Pfeilern.

Mike Falla, der zu gern gewußt hätte, aus welchem Grunde Bony hierher fuhr, unterdrückte eine direkte Frage und sagte statt dessen: »Ich glaube, ich würde mir diesen Ort nicht gerade für meine Flitterwochen aussuchen. Sogar die Bäume sehen hier gallenkrank aus.«

Bony erwiderte nichts. Mike folgte ihm vom Wagen bis zu dem offenen Schuppen und beobachtete, wie er hinter Stapeln von Häuten und Schaffellen herumstocherte. Neben ein paar Säcken mit Salz, einem Proviantkasten, mehreren geschwärzten Kochkesseln aus Blech und einer Schrotsäge war nichts Auffälliges zu erblicken. Auf einmal sagte Bony: »Schaffelle sind heutzutage wertvoll wegen ihrer Wolle, Mike, aber Mrs. Carlow fürchtet offenbar keinen Diebstahl.«

»O je – hier würde schon keiner extra herkommen, um ein paar Vliese zu stehlen.« Mike wartete auf die nächste Frage und fügte hinzu, als keine kam: »Mrs. Carlow würde sowieso keiner etwas wegnehmen.«

»Freut mich, das zu hören. Was mag in dem Schuppen da drüben sein?«

»Keine Ahnung. Ist ja gut verschlossen.«

»Ja. Ich denke, wir schauen mal hinein, da wir einmal hier sind. Hm – das Hängeschloß ist anscheinend lange nicht geöffnet worden. Holen Sie mir doch bitte ein Stück dünnen, biegsamen Draht.«

Mike fand ein Stück, Bony bog das eine Ende zu einem offenen Haken und sagte, während Mike ihm interessiert zusah: »Ein noch schwereres Verbrechen als verbotenes Eindringen, Mike, ist Einbruch zum Zweck des Eindringens. Wenn Sie jemals Einbrecher werden sollten, studieren Sie die Gesetze, dann können Sie besonders harten Strafen aus dem Wege gehen. Wenn Sie diese Tür zertrümmern, um etwas zu stehlen, kriegen Sie ein halbes Jahr, benutzen Sie aber einen Draht, um das Schloß zu öffnen, gibt's nur drei Monate. Wenn Sie einen Menschen erschießen, müssen Sie sagen: ›Die Pistole ging los‹. Nie zugeben, daß Sie abgedrückt haben. Nur sagen, daß sie in einem unglücklichen Moment losging. Dann kriegen Sie nämlich nur fünf Jahre anstatt zehn.«

»Sie erinnern mich immer an meinen Herrn Papa«, sagte Mike,

der fasziniert zusah, wie der Dietrich die Eingeweide des Schlosses abtastete. Schon sprang es auf, sie gingen hinein.

Auch hier lagerten Häute und Felle und ein Stapel Säcke für Wolle. An Pflöcken an der Wand hingen mehrere Sättel, Zaumzeuge und Lassos sowie eine Winchesterbüchse. Der Staub bewies, daß die Sachen viele Monate nicht berührt worden waren. An einer Seite lag ein Stapel gefüllter, zugebundener Säcke, wie sie für Häcksel und Spreu benutzt werden.

Bony befühlte die oberste Schicht, band einen Sack auf und schob die Hand hinein. Wolle. Er öffnete einen zweiten, weiter unter liegenden Sack, der ebenfalls Wolle enthielt. Aus beiden Säcken tat er eine Probe in Musterkuverts.

Der neugierige Mike sagte nichts. Sie gingen hinaus. Bony ließ das Schloß über dem eisernen Riegel wieder zuschnappen. Beide sprachen kein Wort, bis sie wieder auf dem Wege nach Manton waren. Dann erhielt Bony auf seine Frage nach der Wohnung des Schlachters die Auskunft, sein Grundstück läge etwa acht Kilometer von Edison an einer anderen Straße. Kurz darauf sagte Mike: »Die Wolle in den Säcken stammt nicht von Vliesen.«

»Meinen Sie?«

»Ja-a, meine ich. Die ist direkt von den Schafen geschoren. An den Proben, die Sie genommen haben, sind Blutspuren von der Schere, wo sie danebengehauen hat.«

»Treten Sie bei der Polizei ein, Mike, Sie würden es weit bringen.«

»Ja-a. Aber vielleicht ist mit Einbrüchen mehr zu verdienen, die Ihnen ja leicht von der Hand zu gehen scheinen.«

»Aber dabei würden Sie viel Zeit verlieren – im Gefängnis. Wo wohnt übrigens der Wollklassierer, Mr. Tanter?«

»Ganz in der Nähe von Manton. Es ist aber besser, wenn Sie erst aus der Stadt anrufen, ob er auch zu Hause ist.«

Mike entschied sich für eine neue Zigarette, und während er sie drehte, kamen sie an die Dreiwegekreuzung bei dem früheren Holzstapelplatz. Eine Meile weiter nach Manton zu fragte Bony: »Schreit da jemand, oder irre ich mich?«

»Nein, es stimmt. Ich höre auch Peitschenknallen. Da treibt jemand sein Vieh zusammen.«

»Wem gehört hier das Land?«

»Den Answerths. Haben es von der Regierung gepachtet. Ein ganz anständiges Stück, so ungefähr fünfzehn Quadratmeilen.«

Die Zigarette war fertig und angesteckt, als weit vor ihnen ein Ochse durch den Graben auf die Fahrstraße sprang. Bony verlangsamte das Tempo. Jetzt hörten sie das Geschrei deutlicher, die Peitsche knallte wie ein Maschinengewehr in den Händen eines unerfahrenen Soldaten. Ein riesiger brauner Bulle tauchte auf, der den Boden so heftig stampfte, daß die Erde ihm hoch über den Rücken flog.

»Acht Zentner ausgeschlachtet«, taxierte Mike. »Der haut uns ein Loch in den Kühler, wenn er 'rankommen kann. Papa Mawson wäre nicht begeistert.«

Bevor das erregte Tier sie angreifen konnte, sprangen noch einige Ochsen und Kühe auf die Straße und verlegten ihm den Weg zum Wagen, den Bony angehalten hatte. Und dann kam auf dem Weg ein Reiter dahergesprengt, der vorbildlich im Sattel saß: kein anderer als der ›Neandertaler‹. Er brüllte, peitschte auf eine Kuh los und trieb sie mit anderen Tieren zusammen auf die Straßenseite gegenüber, die flacher war. Hinter dem noch immer stampfenden Bullen traten noch mehr Rinder auf den Weg, die sich hinter ihm ansammelten, als wollten sie ihn in seiner herausfordernden Haltung bestärken und ihn reizen, das Auto zu zerschmettern.

Vielleicht hätte der Bulle angegriffen, wenn nicht der Neandertaler seine Not mit einigen Tieren gehabt hätte, deren Neugier, den Wagen zu beglotzen, ihre Furcht vor der langen, weit ausholenden Peitsche überwog. In diesem Augenblick erschien auf dem Wege hinter der Gruppe Mary Answerth.

Im Vergleich zum Gebrüll dieser Frau war das Schreien des ›Urmenschen‹ ein sanftes Gesäusel. Ihre Flüche brachten Mike zum Lachen, während Bony entsetzt war. Die Frau ritt auf die Rinderschar bei dem Bullen los, ihre Peitsche knallte in rapiden Salven. Die Schweppe am Ende der ledernen Peitschenschnur ›explodierte‹ förmlich im Ohr einer Kuh, die erschreckt mit allen vieren vom Boden hochsprang. Und sie knallte so schnell hintereinander und so laut den übrigen um die Ohren, daß sie wohl alle für eine Woche stocktaub sein mußten. Der Bulle machte auf dem Fleck kehrt und schlug wild mit der Hinterhand aus. Seine kleinen schwarzen Augen erfaßten das anstürmende Pferd und die große Gestalt auf dessen Rücken, aber ehe er denken konnte, platzte ein Knall wie eine Bombe auf seiner Nasenspitze, genau zwischen den Nüstern.

Die übrigen Rinder waren schon vom Weg verschwunden, der ›Neandertaler‹ folgte ihnen auf den Fersen. Der Bulle stöhnte, rieb sich die Nase im Staub des Weges, da knallten ihm zwei ›Bomben‹ auf den Leib, eine in jede Flanke. Das reichte ihm: Wie ein Blitz stürmte er ins Unterholz. Aber Mary Answerth war damit noch nicht zufrieden. Als hasse sie jedes männliche Wesen und als wolle sie diesen Haß gerade vor den beiden Männern im Auto so recht zur Schau bringen, verfolgte sie den unseligen Bullen mit Peitschenhieben und Schimpfwörtern.

»Das ist 'ne Marke, was?« sagte Mike in seiner lakonischen Art.

Bony schaltete den Gang ein, und er kicherte, um seinen Begleiter nicht merken zu lassen, daß er Mary Answerths Reitkunst und ihre Gewändtheit mit der über vier Meter langen Peitsche insgeheim bewunderte. Derb, hervorragend tüchtig und ebenso furchtlos vor einem wütenden Bullen wie vor ihrem Aufseher, den sie wie ein Bündel Heu in ihr Auto geworfen hatte, war diese Frau die personifizierte Rücksichtslosigkeit.

»Da muß ich Ihnen recht geben, Mike«, sagte Bony und erlaubte sich, still zu grübeln, bis sie in Manton ankamen.

Tanters Haus, hell gestrichen, lag inmitten großer, saftig grüner Weiden, auf denen die Schafe wie weiße Pünktchen wirkten. Tanter selbst war ein untersetzter, klug wirkender, ruhiger Mann.

»Ich will Ihnen nicht viel Zeit wegnehmen, Mr. Tanter«, sagte Bony, als sie in dessen Büro saßen. »Wie ich hörte, haben Sie bei den Answerths dieses Jahr die Wolle klassiert.«

»Das habe ich dort schon seit neun Jahren getan, Inspektor.«

»Die Schuppen sind hier wohl ebenso angelegt, und der Arbeitsprozeß ist gewiß genau derselbe wie auf den größten Schaffarmen draußen?«

»Ja, genauso.«

»Haben Sie zu irgendeiner Zeit gemerkt oder das Gefühl gehabt, daß mit den Vliesen und der Wolle, die über Nacht in den Behältern blieb, etwas nicht stimmte?«

Auf Tanters Gesicht war die Antwort schon abzulesen, ehe er sie aussprach. »Tja, es ist seltsam, daß Sie mich danach fragen«, sagte er rasch. »Ich hatte nur so ein Gefühl, daß da was nicht stimmte, nicht etwa die feste Überzeugung, sonst hätte ich mich entsprechend geäußert. So aber machte ich mir selbst Vorwürfe, bekam Zweifel an meinem Gedächtnis und hielt mich schon halb und halb für einen Versager.«

»Sie haben doch über diese – wie Sie sagten – Zweifel an Ihrem Gedächtnis mit niemandem gesprochen?«

»Nein. Wenn ich mit Sicherheit festgestellt hätte, daß Unreelles vorging, so hätte ich mich an Miss Mary Answerth gewandt.« Tanter zögerte. »Ich muß erwähnen, Inspektor, daß es keine leichte Aufgabe ist, mit Miss Answerth unerfreuliche Dinge zu besprechen. Sie ist . . .«

»Ich bin darüber ganz gut im Bilde. – Sie haben also, im natürlichen Arbeitsgang, die Wolle in die einzelnen Behälter gepackt?«

»Ja, selbstverständlich.«

»Der einzige Mann, der die Wolle aus den Wannen zu entnehmen hatte, war also der Presser?«

»Ganz recht.«

»Und die Pressen standen in demselben abgeteilten Raum im Scherschuppen wie Ihre Sortiertische und Behälter?«

»Ja.«

»Dort arbeitete außer Ihnen und dem Presser niemand?«

»Keiner.«

»Wenn während der Nacht jemand in den Raum gekommen wäre, die Hälfte der Vliese aus den Behältern genommen und dann in jedem ein paar Säcke unter die oberste Schicht geschoben hätte –, wäre Ihnen der Verlust aufgefallen?«

»Nein, die Wannen sind nicht groß und schon drei eingerollte Vliese würden eine Unterlage von Säcken vollkommen tarnen. Aber ...«

»Ja, bitte?«

»Die anstelle der entwendeten Vliese hineingelegten Säcke müßten doch so rechtzeitig wieder herausgenommen werden, daß der Presser sie nicht gleich morgens beim Arbeitsbeginn entdeckt.«

»Na, und?«

»Der Presser –?«

»Bei Anwendung dieser Methode zum Wollestehlen, Mr. Tanter, müßte der Presser als Komplice des Diebes fungieren, oder zumindest ein Komplice dasein. Ich habe allerdings die Methode nur als eine der Möglichkeiten erwähnt. Bisher bin ich noch gar nicht sicher, daß aus dem Answerthschen Schuppen Wolle gestohlen worden ist, also müssen wir vorsichtig zu Werke gehen. Sagen Sie mir mal: Sind die hier in der weiteren Umgebung gezüchteten Schafe sehr verschieden in der Qualität ihrer Wolle?«

»Groß sind die Unterschiede nicht.«

»Könnten Sie an einer Probe erkennen, von welcher Farm eine Wollsorte stammt?« Bony brachte seine Kuverts zum Vorschein. Es waren drei, obwohl Mike Falla nur zwei bemerkt hatte. Bony gab das erste Tanter, der die Wolle herausnahm und sie genau betrachtete.

»Die stammt von Answerthschen Schafen«, sagte er bestimmt, »ich könnte Ihnen sogar die Rasse näher beschreiben.«

»Nun bitte ich um Ihre Wertung dieser Probe«, sagte Bony. Tanter öffnete den zweiten Umschlag und erklärte, die Wolle käme ebenfalls von Schafen der Answerths.

Als er das dritte Kuvert geöffnet hatte, betrachtete er den Inhalt mit Erstaunen. Er legte die Probe wieder hinein und sagte: »Diese Wolle ist mit einem scharfen Messer vom Fell eines toten Hammels geschnitten worden, und zwar von einem Tier, das nicht den Answerths gehört, sondern aus einer Zucht von der Farm Lake Nearing stammt. Die Besitzer heißen Smythe.«

»Vielen Dank, Mr. Tanter«, sagte Bony lächelnd. »Ich habe diese Wolle selbst mit meinem Taschenmesser von einem Vlies geschnitten, und zwar lag dieses Vlies in dem Mrs. Carlow gehörenden Schuppen im Schlachthof. Stammt also offenbar von einem im normalen Geschäftsverlauf gekauften Tier. Ich hoffe, Sie mit meiner kleinen Prüfung nicht gekränkt zu haben.«

»Aber durchaus nicht, Inspektor.«

»Falls ich Sie in den nächsten Tagen telegrafisch bitten sollte, Wolle an einem bestimmten Ort – den ich jetzt nicht nennen will – auf ihre Herkunft zu prüfen, würden Sie mir den Gefallen tun?«

»Sehr gern sogar«, erwiderte der Klassierer. »Ich darf wohl den Schluß ziehen, daß Sie einer Partie vermutlich gestohlener Wolle auf die Spur gekommen sind, und da will ich Ihnen, wie es auch meine Nachbarn alle tun würden, bei der Entlarvung des Diebes gern behilflich sein.«

»Hat es denn hier viele Diebstähle von Wolle und Schafen gegeben?«

»Von Schafen, ja. Häufig, aber nur in geringeren Mengen, keine großen Raubzüge.«

»Vielleicht können wir der Sache einen Riegel vorschieben.« Bony stand auf, und Tanter begleitete ihn zum Wagen. Als er den lässig darinsitzenden Mike erkannte, begrüßte er ihn mit einer Herzlichkeit, die eine lange Bekanntschaft vermuten ließ.

Auf der Rückfahrt nach Edison sagte Bony: »Ich hätte gern gewußt, was Sie von Alfred Carlow halten, Mike.«

»Der ist noch nicht ganz ausgereift, Inspektor. Benimmt sich ziemlich albern, weil er sich schon für weiß wie erwachsen hält. Gestohlen hat er aber bestimmt nicht. Die Wolle in den Säcken hat schon eine ganze Weile in dem Schuppen gelegen.«

»Wirklich?«

»Ja–a. Ich habe nämlich meinen Denkapparat eingeschaltet.«

Bony bremste, stellte den Motor ab und fabrizierte eine seiner komischen Zigaretten. »Nur langsam, Mike«, sagte er. »Nicht zu toll denken, denn das ist meine Aufgabe. Außerdem ist es gefährlich, zu viel zu denken.«

Mike lachte lange, aber nicht laut. Er reckte die Arme und verschränkte die Hände hinter dem Kopf. »Haben Sie zufällig bemerkt, auf welche Weise die Wollsäcke zugebunden waren?«

»Selbstverständlich«, antwortete Bony. »Der Mann, der sie zugebunden hat, machte eine Verschnürung, die der Seemann den Reffknoten nennt. Edward Carlow ist doch Strandwächter gewesen, nicht wahr? Und verstand sich auf Segelboote?«

»Und ob! Sein Bruder Alfred hätte die Säcke so nicht binden können. Der hätte auch um keinen Preis der Welt in der See gebadet. Und ich dachte, ich hätte Ihnen mal was voraus! Schöner Reinfall!«

»Ganz richtig, Mike«, murmelte Bony, ehe er den Motor wieder anließ. Und setzte, als der Wagen volle Fahrt aufnahm, hinzu: »Ein schöner Reinfall.«

13

Nach Sonnenuntergang war es ungewöhnlich kalt, so daß Bony das Kaminfeuer in seinem Wohnzimmer zu schätzen wußte.

Jetzt arbeitete er an seinen Notizen, als Mawson hereinkam, dem er gleich Platz anbot. Sie unterhielten sich über die Theorie des Mordes. Bony erklärte:

»Fünfundneunzig Prozent der Mörder sind ihr Leben lang Sadisten gewesen, auch wenn sie sich in der Außenwelt wie die Kavaliere benehmen. Die anderen fünf Prozent morden, weil sie sich von zu großer Furcht oder ähnlichen Gefühlen unterkriegen lassen, und gehen uns hier nichts an. Unsere fünfundneunzig Prozent sind, wie ich schon feststellte, sadistische Bestien, von denen viele einen Heiligenschein der Würde zu tragen verstehen. Alle sind äußerst eitel, und gerade durch ihre Eitelkeit geben sie ihrem Verfolger die Chance, sie zu fassen. Ist das Verbrechen verübt, dann erreicht die Eitelkeit des Mörders ihren Höhepunkt, und der Verfolger braucht nur mit Geduld und Scharfsinn zu warten, bis der Mörder ihm durch alle möglichen Handlungen verrät, wie und weshalb er die Tat begangen hat.«

»Klingt, als sei's leicht«, bemerkte Mawson. »Darf ich mal dazwischenfunken?«

»Ich habe Ihre Urteile schätzen gelernt, Mawson.«

»Kann nicht der Mörder, während der andere wartet, daß er sich verrät, noch einen Mord begehen?«

»Aufgabe des Nachforschenden ist, festzustellen, wer einen Mord begangen hat. Mit vermutlichen weiteren Morden hat er sich nicht abzugeben.

»Ja.«

»Dann hat es für mich den Anschein, als ob Sie beide Verbrechen auf denselben Täter zurückführen wollen. Vielleicht haben Sie dafür Anhaltspunkte? Ich habe keine.«

»Beide wurden tot in Answerth's See gefunden«, sagte Mawson.

»Aber die Begleitumstände bei der einen Tat haben keinen Zusammenhang mit der anderen. Lassen Sie uns einmal den ersten Mord unter die Lupe nehmen.«

Als Bony nun berichtete, wie er dem Diebstahl eines Teils der Wollernte auf die Spur gekommen war und den Verbleib dieser Wolle festgestellt hatte, vergaß Mawson, an seiner Pfeife zu ziehen.

»Infolgedessen dürfen wir als sicher annehmen, daß die Wolle auf dem Schlachthof aus den Wannen im Scherschuppen der Answerthschen Farm stammt«, fuhr Bony fort. »Wir dürfen ferner sicher sein, daß der Diebstahl sich über eine gewisse Zeit erstreckte und die Wolle von Vliesen, nicht aus Ballen gestohlen wurde.

Nun folgen Sie mir in Gedanken zum Schauplatz des Verbrechens.

Nach den ersten Schertagen befanden sich mehrere Ballen Wolle in dem Schuppen, sie waren gestempelt und numeriert, und täglich kamen neue zu diesem Lagervorrat. Den Schuppen aufzubrechen konnte nicht schwer sein, aber Wolle ballenweise zu stehlen wäre sehr schwierig gewesen, es sei denn, man hätte gleich ein Transportfahrzeug dicht beim Schuppen gehabt, denn der Dieb hätte einen fast drei Zentner schweren Wollballen nicht bis zu seinem Fahrzeug bewegen können, das so weit vom Schuppen stand, daß es unverdächtig wirkte. Auch mehrere Diebe hätten das nicht gekonnt.

So stahlen er oder sie, im Einverständnis mit dem Wollpresser, am Schluß jedes Arbeitstages etwa fünf bis zehn Vliese aus den offenen Wannen im unverschlossenen Scherschuppen. Die gerollten Vliese konnten sie gebündelt ziemlich weit tragen, sogar bis zu dem bewußten Holzladeplatz. Männer, die tagsüber schwer gearbeitet haben, schlafen fest. Und das gilt auch für die Hunde, die nicht so wachsam waren wie sonst, weil sich jetzt so viele Fremde auf der Farm bewegten.

Die Schur begann, wie Sie sich erinnern werden, am dreißigsten

Juni und dauerte bis zum siebenundzwanzigsten Juli. Die aus den Wannen entwendete Wolle wurde schließlich zum Schlachthof des Edward Carlow geschafft, der entweder selbst zu den Dieben gehörte oder als Hehler für die gestohlene Wolle auftrat. Was trauen Sie ihm eher zu?«

»Daß er Hehler war«, entgegnete Mawson ohne Zögern.

»Bis wir den Beweis haben, können wir ihn weder so noch so beschuldigen, weil die Wolle ja auch in seinen Schuppen geschafft worden sein könnte, nachdem er schon getötet war. Nicht sehr wahrscheinlich, aber doch möglich.

Lassen Sie uns das zunächst als wahr unterstellen. Wir wollen annehmen, daß der Presser, allein oder mit einem Helfer, die Wolle stahl und sie zu Carlow brachte, der mit seinem Lieferwagen an einem Ort wartete, wo seine Bewegungen vom Arbeiterquartier aus nicht beobachtet werden konnten. Nachdem Carlow die Wolle erhalten hatte, schaffte er sie in seinen Schuppen und packte sie in Säcke. Diese Dieberei muß am siebenundzwanzigsten Juli aufgehört haben, denn an diesem Tage hat der Klassierer die letzten Vliese in seine Wannen gelegt. Und am fünften Abend nach dem siebenundzwanzigsten Juli wurde Edward Carlow angegriffen und mußte um sein Leben ringen. So groß und stark er auch war, er wurde überwältigt und unter Wasser gedrückt, bis er ertrank.

Diese Tatsache deutet darauf, daß er von mehr als einer Person angegriffen und getötet worden ist. Nehmen wir an, es waren zwei kräftige Männer, so hätten die ihn sehr wohl zum See schleppen und ersäufen können. An Stangen gebunden, auf einer Art Bahre, hätten sie ihn sogar sehr weit tragen können.

Das Motiv? War Carlow ein Betrüger? Hat er sich geweigert, den Dieben den Anteil auszuzahlen, den sie für angemessen hielten? Hatte das Motiv vielleicht keinerlei Beziehung zum Diebstahl der Wolle? War die Tat ein Racheakt? Oder lag ein anderes von vielen denkbaren Motiven zugrunde? Überlegen Sie bitte, daß die gestohlene Wolle in einem Schuppen lagerte, in den Diebe, die sich übervorteilt fühlen mochten, leicht eindringen konnten. Das Motiv für die Ermordung Carlows zu finden überlasse ich Ihnen, Mawson, und will versuchen, Sie daraufzustoßen.

Inzwischen warten wir, bis die Eitelkeit in dem Mörder Carlows zu wirken beginnt wie die Hefe im Brotteig. Sind wir intelligent genug, so werden wir ihn entdecken, weil ein Mörder nicht ganz stillhalten kann, Mawson. Die Polizei sucht ihn, und wenn die Leute ihn nicht erkennen, ruft er seinem zweiten Ich zu: ›Oh, wenn die ahnten ...!‹ Dann aber packt ihn Furcht. Wieviel weiß die

Polizei bereits? Was mag sie unternehmen? Wo mag in seinem Plan, unerkannt zu entkommen, ein Fehler stecken? Ach ja, da hatte er einen gewissen Fehler gemacht. So etwas Dummes! Nun gilt es, den Fehler noch rechtzeitig zu korrigieren. Anstatt sich still hinzusetzen und Witzblätter zu lesen oder einen guten Kriminalroman, fühlt er sich gezwungen – gezwungen – den Fehler zu verdecken.

Manchmal wird infolge des Fehlers kein zweiter Mord verübt. Wir können sagen, ohne freilich dazu sachlich berechtigt zu sein: daß der Mörder des Edward Carlow den Fehler gemacht hatte, nicht auch Mrs. Answerth umzubringen. Vier bis fünf Wochen hat er gebraucht, um diese Unterlassung zu erkennen, und dann glich er sie aus. Wir können sagen, daß der Mörder von Mrs. Answerth auch jetzt überzeugt ist, einen schweren Fehler begangen zu haben, und diesen alsbald ausgleichen wird, indem er eine weitere Person tötet, von der er annimmt, daß sie ihm höchst gefährlich werden kann.

Der Fehler kann in einer weiteren ›Unterlassungssünde‹ bestehen. Jedenfalls kann, wie ich dargelegt habe, der Mörder sich nicht still verhalten, Mawson. Er mag das ganze Leben lang besonders erfolgreich sein Licht unter den Scheffel gestellt haben, aber nachdem er einmal zum Mörder geworden ist, ist es mit dieser Tugend absolut aus.«

Mawson schwieg nachdenklich, als Bony seine Erklärungen schloß. Es berührte ihn sonderbar, daß der Inspektor gar nicht den Scharfsinn des Detektivs, sondern nur die Dummheit des Mörders hervorhob. Ihn beschäftigte der Diebstahl der Wolle und ihre Entdeckung im Schuppen des Ermordeten. Bony unterbrach seine Gedanken.

»Machen Sie sich über das Rätselhafte an der Sache nicht zu starke Kopfschmerzen«, riet er. »Legen Sie bitte noch Holz aufs Feuer und wenden Sie dann Ihre Gedanken dem letzten Mordfall zu. Ich habe bisher keine Verbindung zwischen den zwei Morden finden können, außer der Tatsache, daß, wenn beide Leichen unter Wasser geblieben wären, bis sie infolge der Verwesung hochkamen, die Merkmale der Gewaltanwendung bei der Leichenschau nicht entdeckt worden wären – so dachte wenigstens der Mörder.

Nach Dr. Loftys Ansicht wurde die Leiche von Mrs. Answerth entweder über den Damm oder dicht am Ufer entlang durch seichte Stellen geschleift und in tiefes Wasser gestoßen. Betrachten wir zunächst die Bewohner der Giftvilla. Wer von denen könnte Mrs. Answerth getötet haben? An sich kann es natürlich jeder gewesen sein. Sogar Morris könnte seine Mutter getötet haben.«

»Aber der kann doch nicht 'raus«, brachte Mawson zu dessen Entlastung vor.

»Einmal wurde seine Tür unverschlossen gelassen, Mawson. Sie könnte auch an dem Abend wieder ungesichert gewesen sein. Das Hängeschloß an dem Riegel ist von der gleichen Art wie das an der Tür zu Carlows Schuppen, und das habe ich in drei oder vier Sekunden mit einem Stück Draht geöffnet. Im übrigen hängt der Schlüssel zu dem Schloß vor Morris' Zimmer dicht neben der Tür an einem Nagel.

Werfen Sie einen Blick auf Mrs. Leeper. Da sie Krankenhausschwester und Oberin gewesen ist, müßte sie von der Wirkung der Verwesung bei unter Wasser befindlichen Körpern genug wissen. Sie konnte voraussetzen, daß nach Ermordung der beiden Schwestern Morris als der nächste Blutsverwandte das Besitztum erben würde, und konnte als erfahrene Betreuerin geistesschwacher Personen auch voraussetzen, daß die Vermögensverwalter sie zum Vormund für ihn bestellen würden.«

»Damit sind Sie vielleicht auf einer wichtigen Spur«, sagte Mawson, und Bony war nun zufrieden, ihn von der aus dem Schuppen eines Ermordeten gestohlenen Wolle abgelenkt zu haben. Mawson schob seinen Sessel zurück, stand auf und sagte: »Ich will mich jetzt lieber schlafen legen.«

Beide tranken noch den Kaffee, den ihnen Mrs. Nash brachte. Dann gingen sie auf ihre Zimmer. Bony war eben am Einschlummern, da schrillte im Flur das Telefon. Um Mrs. Nash nicht unnötig zu stören, warf er sich einen Hausmantel um und ging zum Apparat.

Der Anrufer war Mawson.

»Ihre Idee, daß Mörder sich nicht still verhalten können, ist absolut bestätigt«, sagte er aufgeregt. »Ein dritter Mordfall. In der Giftvilla. Jetzt ist es Miss Mary.«

14

Bert Blaze wartete mit dem Boot. »Miss Janet hat telefoniert, daß ich Sie 'rüberbringen soll«, verkündete er. »Miss Mary geht es noch schlecht.«

Mawson sagte scharf: »Mir hat Miss Janet gesagt, sie sei erdrosselt worden.«

»Das ist auch richtig«, stimmte Blaze gelassen zu, indem er das

Boot so hielt, daß die Herren gut einsteigen konnten, »nur nicht gründlich.«

Der kleine Koch kletterte, indem er das Boot abstieß, behende hinein und ergriff die Riemen. Im Wasser spiegelte sich der Lichtschein der in der Giftvilla brennenden Lampen.

»Wann wurden Sie durch Miss Janet alarmiert?« fragte Dr. Lofty.

»Vor knapp einer Stunde«, erwiderte Blaze.

»Und sie sagte –?«

»Daß Miss Mary erwürgt worden sei und sie schon Mr. Mawson angerufen habe, der ihr versprochen hätte, sich sofort auf den Weg zu machen. Dann sagte sie zu mir, ich sollte das Boot für Sie bereithalten. Ich fragte, wie es gekommen sei, daß Miss Mary erwürgt wurde, aber sie sagte nur, das wüßte sie nicht, und Miss Mary könne nicht sprechen. Klang mir nicht, als wenn sie tot wäre.«

»Wollen wir hoffen, daß sie noch lebt«, steuerte Bony bei.

»Die zu erwürgen erfordert allerhand Kräfte«, sagte Blaze in ehrlicher Überzeugung. »Hat ja einen Hals wie 'n Baumstumpf.«

Weiter wurde auf der Überfahrt nicht gesprochen. Still stiegen die drei Männer aus dem Boot und schritten über den Deich und den Rasen auf den Eingang des Herrenhauses zu.

Mawson pochte an die schwere Tür.

Als sie aufging, stand vor ihnen Janet Answerth in einem seidenen Hausmantel über ihrem Schlafanzug und hielt in der rechten Hand eine Waffe, wie Bony sie bisher nur aus dem Polizeimuseum kannte: eine schwere alte Reiterpistole.

Mawson, der zuerst eintrat, fegte Janet fast beiseite. Links von der Treppe kniete Mrs. Leeper neben Mary, die auf eine Matratze gebettet war. Dr. Lofty ging sofort zu ihr, und Bony, der die Pistole bedenklich hin und her schwanken sah, befreite Janet energisch von weiterer Verantwortung für das Ding. Blaze kam als erster schnell herein und schloß die Tür.

»Hals«, flüsterte Mary, »und Rücken.«

»Beinah erwürgt mit dieser Schnur«, sagte Mrs. Leeper. »Er hat Miss Mary zu Boden gerissen, sie ist auch am Rücken verletzt.«

»Na ja, na ja, wir werden Ihnen bald Erleichterung schaffen, Miss Mary«, tröstete der Arzt. »Ist das die Loggia?« fragte er Mrs. Leeper, indem er auf den erleuchteten Raum neben der Halle wies. »Wir wollen dort für die Patientin ein Bett aufstellen, anstatt sie in ihr Zimmer hinaufzutragen.«

Mrs. Leeper rief Blaze zu sich, und Mawson ging mit den beiden nach oben. Bony trat vor, blickte Dr. Lofty fragend an und bekam als Antwort ein bestätigendes Kopfnicken. Als er jetzt neben Mary Answerth niederkniete, war er entsetzt über ihr Aussehen. Aus dem mächtigen Busen unter der Decke kam ihr Atem stoßweise und laut rasselnd, aber ihr Mund war grimmig zusammengepreßt wie immer, und die dunklen Augen funkelten lebensstark.

»Bitte sprechen Sie nicht mehr als unbedingt nötig, Miss Answerth«, sagte er im Befehlston. »Wo sind Sie angegriffen worden?«

»Draußen«, brachte sie als erste Antwort heraus. »Jemand warf etwas gegen mein Fenster, und als ich den Kopf hinausstreckte, forderte eine Männerstimme mich auf, nach unten zu kommen. Ich hatte keine Lampe zur Hand, ging so hinaus, und kaum war ich von der Stufe getreten, da packte er mich.«

»Sahen Sie ihn, als das geschah?«

»Nein. Warf mir die Schnur von hinten über.«

»Hatten Sie, als er von unten rief, seine Stimme erkannt?«

»Nein.«

»Sagte er, warum er draußen mit Ihnen sprechen wollte?«

»Über gestohlenes Vieh wollte er reden. Hat's genau richtig angelegt, der Schweinekerl.«

Das von Dr. Lofty gegebene Beruhigungsmittel begann jetzt zu wirken, und Bony nickte verständnisvoll. »Sie waren also gerade von der Stufe vor der Haustür getreten, als er Ihnen den Hals mit der Schnur zuzog?«

»Ja. Er zerrte an mir, so daß ich rückwärts über die Stufe fiel.«

»Und auch dann haben Sie ihn nicht gesehen – nicht einmal seinen Kopf als dunklen Umriß?«

»Nein. Ich kann wa – warten, Inspektor. Eines Tages werde ich mir den Kerl schon schnappen. Dann werde ich – ach, lassen Sie mich jetzt ruhen.« Die Augenlider senkten sich, flatterten, schlossen, öffneten und schlossen sich wieder, als könne das Bewußtsein dieser Frau auch nicht durch medizinische Mittel ausgeschaltet werden. Ihr Atem ging jetzt anders, und Bony mußte, als er sie beobachtete, sich eingestehen, daß es Menschen ihres Typs zu danken war, wenn die ersten Siedler in diesem rauhen Lande durchgehalten und ein Reich gegründet hatten.

Mrs. Leeper kam und meldete dem Arzt, das Bett in der Loggia sei aufgestellt. Die Männer hoben die Patientin mit der Matratze auf und trugen sie hinüber. Dann gab Bony dem Wachtmeister und dem Koch einen Wink, mit ihm hinauszukommen. Die Tür wurde geschlossen.

Bony wiederholte den beiden Marys Angaben.

»Der Mensch könnte noch im Hause sein oder jedenfalls hier auf der Insel«, meinte Mawson, doch Bony erklärte das für unwahrscheinlich, da seit dem Angriff auf Mary schon eine ganze Stunde vergangen war.

»Er wird sich ebenso zurückbegeben haben wie er gekommen ist«, sagte er, »entweder in einem Boot oder schwimmend. Wir werden seine Fußspuren finden, wenn es draußen hell genug ist. Sie könnten aber schon im Parterre herumgehen, Mawson, und dafür sorgen, daß alle Türen verschlossen sind. Bringen Sie die Schlüssel her. Falls eine Hintertreppe vorhanden ist, bestreuen Sie die mit Mehl oder anderem Zeugs aus der Küche. Sie können Mr. Mawson begleiten, Blaze, da Sie das Haus gut kennen.«

»Das untere Stockwerk jedenfalls«, bestätigte der Koch. »Es gibt eine Hintertreppe, vor der unten eine schwere Tür sitzt. Vielleicht läßt sich die auch abschließen.«

Blaze führte den Wachtmeister durch den Flur, durch den Bony und Mawson wenige Tage vorher gegangen waren, und Bony arrangierte nach einem Blick auf die Flurlampe zwei Stühle so, daß er die Beleuchtung vorteilhaft ausnutzen konnte. Dann setzte er sich und drehte nachdenklich eine Zigarette. Das Haus war still und so kalt, daß ihn schauerte. Er fühlte sich erleichtert, als Janet aus der Loggia kam, und bot ihr sofort den Stuhl an, den er bereitgestellt hatte.

»Erzählen Sie mir nun genau, wie alles sich zugetragen hat, von Anfang an, Miss Answerth. Lassen Sie sich Zeit«, sagte Bony, »es war ja ein böses Erlebnis für Sie.«

»Grauenhaft, Inspektor«, sagte Janet. »Ich danke Ihnen, daß Sie so – rücksichtsvoll sind. Ich – bin ganz verstört vor Schrecken.«

»Das ist kein Wunder. Sie hatten vermutlich schon im Bett gelegen?«

»Ja, ich lag schon und träumte. Da vernahm ich ein sonderbares Geräusch, wie ich es noch nie gehört hatte. So konnte ich nicht wissen, was es war, und ging an die Tür, um zu lauschen. Nach einer Weile machte ich die Tür etwas auf, konnte jedoch nichts hören, bis Mrs. Leeper von unten nach mir rief.

Ich ging in den dunklen Flur bis zur Galerie über der Halle und blickte hinunter. Da sah ich Mrs. Leeper neben Mary knien. Neben ihnen auf dem Fußboden stand eine Lampe, die furchtbar qualmte. Ich ging in die Halle hinunter. Mrs. Leeper sagte mir, ich sollte die Haustür aufschließen und die Polizei anrufen.

Auf meine Frage, was passiert sei, antwortete sie, Mary sei gewürgt worden. So telefonierte ich nach Edison. Das Amt sagte mir, ich müsse warten, und ich mußte dann auch sehr lange warten, bis Wachtmeister Mawson sich meldete. Ich – ich ...«

»Einen Schluck Kognak vielleicht?« schlug Bony vor.

Mit Hilfe seiner Taschenlampe fand Bony eine Karaffe und ein Glas.

»Vielen Dank, Inspektor. Wo war ich? Ach ja. Nachdem ich Mawson berichtet hatte, was geschehen war, fragte Mrs. Leeper, ob es im Hause nicht eine Pistole gäbe. Mir fiel ein, daß im Schreibpult in der Loggia die alte Reiterpistole lag. Ich brachte es fertig, im Dunkeln dorthin zu gehen und eine Lampe anzuzünden. Zwar hatte ich schreckliche Angst, aber ich mußte das tun.

Mary stöhnte, und es sah aus, als hätte Mrs. Leeper mit einer Schlange zu kämpfen. Dann erkannte ich, daß es ein Stück von der Angelschnur war, die Morris benutzte, und als ich sie gerade fragen wollte, wie die dahin käme, sagte sie, ich müsse mit der Pistole Wache stehen und, falls ein Mann käme, sofort schießen. Sie ging in ihr Zimmer und kam mit einer Matratze und einem Kissen zurück. Es gelang uns, Mary auf die Matratze zu betten. Einmal schrie sie auf, sie hätte im Rücken schreckliche Schmerzen, und Mrs. Leeper sagte, die müsse sie aushalten, bis der Arzt käme. Wir fragten Mary, ob sie Kognak trinken möchte, doch sie erklärte, nicht schlucken zu können. Das heißt, wir meinten sie so zu verstehen, denn sie konnte nur undeutlich sprechen.«

»Als Sie herunterkamen, war, wie Sie sagten, die Vordertür offen. Stand sie weit auf?«

»Ja, Inspektor. Durch den Zug wird wohl Mrs. Leepers Lampe so gequalmt haben. Sie pustete die auch aus, sobald ich die Lampe in der Halle angezündet hatte.«

»Nachdem Sie heruntergekommen waren, hörten Sie keine sonderbaren Geräusche mehr im Haus?«

»Nein, überhaupt keine.«

»Wo liegt das Zimmer Ihrer Schwester?«

»Über der Loggia«, antwortete Janet. »Meins liegt über dem Eßzimmer. Und das von Morris über der früheren Bibliothek. Die ist schon seit Jahren verschlossen, ganz leer und ohne Bücher.«

Mawson kam mit Blaze zurück und meldete, er habe nichts Ungewöhnliches feststellen können. Die Tür zur Hintertreppe hatten sie verschlossen. Der Koch sagte mit einem Seitenblick auf die Karaffe: »Im Herd in der Küche ist Feuer. Soll ich nicht etwas Kaffee kochen?«

»O ja, bitte, Blaze«, sagte Janet, bevor Bony zustimmen konnte.

»Und machen Sie auch belegte Brote. Sie müssen doch alle sehr hungrig sein.«

»Was geschah mit dem Draht, den Sie für eine Schlange gehalten hatten?« fragte Bony, und Janet erklärte ihm, er läge zusammengerollt unter dem Telefon. Der Apparat hing im tiefen Schatten im Hintergrund der Halle. Mawson holte den Drahtknäuel.

»Weshalb wurde er gerade dorthin gelegt?« forschte Bony.

»Ach, Mrs. Leeper flüsterte mir zu, ich solle es Mary aus den Augen schaffen. Die Ärmste war so furchtbar erregt, daß wir dachten, ihr Zustand könne sich beim Anblick des Drahtes noch verschlimmern.«

Bony schüttelte den Knäuel auseinander, nahm das Ende mit der Schlaufe hoch und untersuchte, auf welche Weise sie mit Hilfe von Zwirn geformt war. Er schob das andere Ende hindurch, so daß er eine Schlinge bekam, und war erstaunt über die Biegsamkeit des doppelt geflochtenen Leitungsdrahts. Er mußte schon viel gebraucht worden sein, als Mrs. Leeper ihn zum Zubinden ihrer Koffer benutzte.

Er gab ihn Mawson, der auch das leichte Spiel der Schlinge prüfte, bevor er ihn neben die Pistole auf das Seitentischchen legte. Janet Answerth saß weiter stumm auf ihrem Stuhl und beobachtete abwechselnd die beiden Männer, während ihre schlanken Finger ein Taschentuch knüllten. Ein bestimmter Geruch drang Bony in die Nase, den er aber erst richtig ›registrierte‹, als er Mrs. Leeper gebeten hatte, den Stuhl von Janet einzunehmen, die er zu Blaze in die Küche schickte. Es war der Karbolgeruch, den Mrs. Leeper an sich hatte.

»Ich erwachte von einem Geräusch und meinte zuerst, es käme vom See her«, begann die Haushälterin ihre Aussage. »Als ich es zum zweitenmal hörte, schien es im Haus zu sein. Ich wunderte mich, was es bedeuten mochte, da hörte ich ein Klappen wie vom Zuschlagen einer Tür. Na, dachte ich mir, die sind mal wieder in voller Fahrt. Ich blieb still liegen ...«

»Wer, meinten Sie, war wieder in voller Fahrt?« unterbrach Bony.

»Die beiden Schwestern, Inspektor. Die streiten sich ja fortwährend«, erwiderte Mrs. Leeper. »Miss Janet reizt Miss Mary, die wird dann wütend, wirft Sachen umher, knallt Türen zu und stampft laut durch die Korridore. Manchmal beleidigt Janet sie mit bösen Worten, und dann flucht Miss Mary in ganz entsetzlicher Weise.«

»Hat sich dergleichen denn auch nachts ereignet?«

»Nein, nachts sind sie sonst ruhig, aber ich muß jede Nacht darauf gefaßt sein, plötzlich einer von ihnen im Finstern zu begegnen, wenn sie im Hause umherschleichen.

Wie ich schon sagte, Inspektor, würden Sie oder ich nachts in einem so großen Hause eine Lampe mitnehmen, aber die tun das nicht, und deshalb habe ich mich mehr als einmal erschreckt, wenn eine plötzlich aus einem Zimmer trat oder mir im dunklen Flur über den Weg kam.«

»Beunruhigend natürlich, Mrs. Leeper. Was geschah, als Sie das Geräusch einer knallenden Tür hörten?«

»Ich hörte dann jemand rufen. Da steckte ich eine Sturmlaterne an, die ich stets in meiner Nähe habe, und ging in den zur Halle führenden Korridor. Unterwegs hörte ich jemanden stöhnend meinen Namen rufen. Als ich in die Halle kam, fiel mir sofort auf, daß die Haustür weit offen stand, und dann sah ich Miss Mary unten vor der Treppe auf Händen und Knien kriechen.

Ich fragte sie, was passiert sei, und erfuhr, daß sie überfallen und gewürgt worden war. Das konnte sie nur mühsam und stockend berichten. Ich legte sie lang hin, wobei sie über Schmerzen im Rücken wimmerte. Nun bemerkte ich, daß sie etwas fest in der linken Hand hielt, und hatte den blöden Gedanken, es müsse eine Schlange sein. Erst als ich mit der Lampe genau zusah, erkannte ich, daß es ein Stück Draht war.«

»Hatten Sie solchen Draht schon früher einmal gesehen?«

Mrs. Leeper nickte. Sie glich einem dicken Koalabär, wie sie da lässig, in einen grauwollenen Hausmantel gehüllt, auf dem Stuhl saß.

»Ich glaube, dieser Draht, den Mary so fest in der Hand hatte, war ein Teil von dem, den ich zum Zuschnüren meines Koffers benutzt hatte, als ich hier eintraf.«

»Sie wissen nicht, daß Mrs. Answerth mit einem ähnlichen erdrosselt wurde?«

»N-nein.« Ihr Zögern in der Antwort konnte durch wachsende Angst bewirkt sein. Bony wiederholte seine Frage, und diesmal verneinte sie in scharfem Ton.

»Was haben Sie mit Ihrem Draht gemacht, als Sie ihn vom Koffer abgebunden hatten?«

»Weiß ich nicht mehr. Wahrscheinlich habe ich ihn in einen Schrank geworfen. Ich hatte keinen Grund, mir das zu merken.«

»Sie rief nach Miss Janet, sie solle herunterkommen, nicht wahr?«

»Ja.«

»Wie lange dauerte es dann, bis sie kam?«

»Sofort kam sie. Ich glaube, sie war sogar schon auf dem Wege nach unten, als ich rief. Vermutlich hat sie gehört, wie Miss Mary sich mühte, um Hilfe zu rufen. Jedenfalls, als sie herunterkam, bat ich sie, die Haustür zuzumachen und abzuschließen und dann die Polizei anzurufen.«

»Haben Sie Miss Janet, bevor oder als Sie sie baten, die Polizei zu benachrichtigen, erzählt, daß Miss Mary gewürgt worden war?«

Mrs. Leeper erklärte nach einigem Zögern, daran könne sie sich nicht erinnern.

»In welchem Augenblick ist Ihnen selbst klargeworden, daß Miss Mary fast erdrosselt worden war?«

»Nachdem ich ihre gestammelten Worte verstanden hatte, glaube ich. Und das Mal an ihrem Hals wurde ja auch deutlicher, es verfärbte sich.«

»Gut. Und dann?«

»Als Miss Janet die Polizei angerufen hatte, bat ich sie, bei Miss Mary zu bleiben, bis ich eine Matratze geholt hätte. Bis zum Eintreffen der Polizei mußte ja eine gewisse Zeit vergehen, und ich konnte sie nicht einfach auf dem Fußboden liegenlassen. Und, Inspektor, ich konnte ja nicht wissen, wie schwer ihre Verletzungen waren, und durfte sie bis zur Ankunft des Arztes nur so wenig wie möglich bewegen. Es gelang uns, sie auf die Matratze zu betten, so daß sie ein bißchen bequemer lag. Ich ging dann in die Küche, um den Herd anzumachen.

Dann kam ich wieder zu Miss Mary zurück, und Miss Janet meinte, sie sei wohl bewußtlos. Aber das stimmte nicht. Sie öffnete die Augen, und ich fragte sie, ob sie etwas Kognak haben wollte, doch sie wollte überhaupt nichts zu sich nehmen. Ich ging wieder in die Küche und füllte Wärmeflaschen, die ich ihr an die Füße legte. Weiter konnte ich nichts tun, bis der Arzt sie gesehen hatte.«

»Ihr Zimmer ist, wie Sie mir wohl schon sagten, neben der Küche? Wird die Hintertür abends zugeschlossen?«

Mrs. Leeper lächelte verbissen. »Wie die sich hier noch vor Einbrechern fürchten können, verstehe ich nicht, Inspektor, wo doch alles von Wasser umgeben und das einzige Boot am anderen Ufer festgemacht ist. Über den Damm kann ein Fremder gar nicht kommen, denn außer den beiden Frauen und dem Koch kennt sich da niemand aus. Trotzdem sehen die beiden jeden Abend vor dem Schlafengehen alle Fenster und Türen nach, ob sie verschlossen sind. Ich – aber nein, das ist nicht möglich.«

»Was ist nicht möglich, Mrs. Leeper?«

»Ich habe doch bei Morris solchen Draht gesehen, wie ich um meinen Koffer hatte. Er läßt daran einen Magneten aus seinem Fenster, um metallene Gegenstände zu angeln. Und eben im Moment hatte ich ihm Schlimmes zugetraut.«

Janet kam mit einem Servierwagen aus der Küche zurück, und Bony sagte zu Mrs. Leeper, er habe vielleicht später noch mehr Fragen an sie. Er ging an die Haustür und trat auf die Vorstufe hinaus. Die Lampe aus der Halle warf durch den Türrahmen und ein Stück über das Gras draußen ein breites Lichtband. Die Stufe lag direkt unterhalb des großen Buntglasfensters.

Bony setzte sich auf die Stufe, rollte eine Zigarette und zündete sie an, bevor er sich auszumalen suchte, auf welche Weise Mary Answerth hier zu Boden gerissen worden sein mochte. Sie behauptete, von rückwärts gewürgt worden zu sein, was bedeuten würde, daß der Täter rechts oder links neben der Tür gestanden haben mußte, als sie aus dem Hause kam. Nachdem er ihr die Schlinge über den Kopf geworfen hatte und dann merkte, daß er seine Tat nicht vollenden konnte, riß er an der Schnur und warf so die schwere Frau auf den Rücken.

Sein einziger Fluchtweg, auf dem er unerkannt oder ganz ungesehen entkommen konnte, mußte wohl der Weg zurück ins Haus gewesen sein, denn um ins Freie zu gelangen, hätte er über sein Opfer hinwegspringen müssen.

Nach der Theorie des Arztes war die Leiche der Mrs. Answerth an der um ihren Hals gelegten Schnur durch flaches Wasser gezogen worden.

Dr. Lofty kam vor die Tür, um ihm zu sagen, daß der Kaffee empfehlenswert sei. Bony bat ihn, sich neben ihm auf die kalte Stufe zu setzen.

»Ich will Sie nur eine Minute aufhalten«, sagte er. »Können Sie mir erklären, wie diese Frau ihr Leben gerettet hat?«

»Durch Glück und brutale Kraft, nach meiner Ansicht«, erwiderte Lofty. »Und ihren tierhaften Instinkt zu sofortiger Abwehr. Als die Drahtschlinge ihr über den Kopf fiel, muß sie das schon am Haar gefühlt haben und hat wohl noch im richtigen Moment die Hand zwischen Hals und Schlinge geschoben, denn der Draht hat auf dem rechten Handrücken einen Einschnitt hinterlassen, während der Nacken an dem Teil, wo die Hand gelegen haben muß, kein Würgemal zeigt.

Die Sehnen am Halse sind erheblich gezerrt, und an der Stufenkante hier hätte sie sich das Rückgrat brechen können. Aber sie wird in acht Tagen wieder in voller Form sein, während Sie oder ich zum Beispiel mit der Geschichte wohl zwei Monate im Krankenhaus gelegen hätten, falls es uns überhaupt gelungen wäre, dem tödlichen Zug der Schlinge zu entgehen.«

»Werden Sie die Patientin morgen wieder besuchen?«

»Ja, nachmittags, falls nicht vorher Komplikationen eintreten. Zum Glück ist ja diese Mrs. Leeper als Krankenschwester ausgebildet.«

»Bleibt Miss Mary für heute unter der Einwirkung Ihres Betäubungsmittels?«

»Ja, und zum Teil morgen noch. Sie muß vollkommen ruhig liegen. Wie denken Sie nun übers Kaffeetrinken?«

»Ich brauche drei Tassen.«

Sie gingen hinein. Bony schloß die Haustür wieder ab. Janet saß in der Halle, Mrs. Leeper stand neben dem Servierwagen und schenkte Kaffee ein. Blaze reichte die belegten Brote herum.

Als Dr. Lofty Janet ein Kompliment über den Kaffee machte, erklang ein leises Tappen auf den Stufen. Das Licht in der Halle reichte bis zur Mitte der Treppe, und aus dem Dunkel oben trat jetzt in diesen Lichtschein ein Fuß in Hausschuhen. Der zweite folgte, dann wurde ein Bein im Schlafanzug sichtbar. Bony trat zurück. Er spürte, daß Mawson sich hinter ihn stellte.

Die Treppe hinab kam langsam Morris Answerth. Er blinzelte in das Licht, auf seinem Gesicht lag ein Lächeln. Indem er erst allen Anwesenden zuwinkte und dann Bony mit einem besonderen Wink grüßte, sagt er: »Ich bin wieder draußen . . .«

15

Seine Stimme hatte nichts Unheimliches, in dem bärtigen Gesicht spielte keine wilde Erregung, in den dunklen Augen leuchtete kein Triumph über einen schlau errungenen Erfolg. Er hatte nur eine Tatsache ausgesprochen, deren Wichtigkeit er beim Anblick der niedrig über dem Fuß der Treppe hängenden Lampe vergaß. Die Menschen, denen er zugewinkt hatte, waren schon vergessen. Er war stehengeblieben, preßte die Hand in die Seite und starrte mit zurückgelegtem Kopf die Lampe an. »So etwas Herrliches!« rief er.

Janet Answerth glitt an Bony vorbei und griff Morris mit beiden Händen am Arm. Sie sprach sanft, aber eindringlich mit ihm, die gedämpfte Stimme hatte einen stahlharten Beiklang. »Morris, du hättest doch nicht im Schlafanzug und Hausmantel herunterkommen dürfen! Siehst du denn nicht, daß wir Gäste haben? So geht das auf keinen Fall. Komm sofort mit, wieder in dein Zimmer, bitte.«

Sie hätte ihn beinahe umgestoßen, ehe er recht merkte, daß sie neben ihm stand. Als er sah, wie Mrs. Leeper vortrat, zog er die Stirn in Falten. Auf ein Kopfschütteln blieb Mrs. Leeper stehen. »Komm bitte sofort mit, Morris«, wiederholte Janet, indem sie seinen Arm fest gegen ihre Rippen drückte. Sie flüsterte ihm etwas zu, was die anderen nicht hören konnten, und er sagte: »Wirklich, Janet, tust du's? Oh, ich danke dir.«

Zusammen gingen sie die Treppe hinauf. Alles schwieg. Dr. Lofty stierte düster in seine Kaffeetasse, Mawson stand wie angewurzelt und hielt abwartend den Blick auf Bony gerichtet. Blaze zündete seine Pfeife an, Mrs. Leeper setzte sich. Nach wenigen Augenblicken kam Janet wieder die Treppe herab. »Ich verstehe das nicht, Inspektor«, sagte sie, »Ich hatte bestimmt das Vorhängeschloß an seinem Türriegel zuschnappen lassen und den Schlüssel an den Nagel gehängt.«

»Wann war das?« fragte Bony, worauf sie mit weit aufgerissenen Augen erwiderte: »Heute abend kurz nach zehn. Ich hatte das Tablett mit seinem Abendessen nach oben gebracht und mich überzeugt, daß sein Bett gut gemacht war. Ich weiß doch genau, daß ich sein Tablett und die Lampe, als ich hinausging, auf den Fußboden stellte, um die Tür abriegeln zu können. Dann habe ich den Schlüssel an den Nagel gehängt, das Tablett und die Lampe aufgenommen und bin hinuntergegangen.«

»Wo ist der Schlüssel jetzt?«

»An seinem Nagel.«

»Wo war er, als Sie eben Morris nach oben brachten?«

»Er steckte im Schloß. Irgendwer ... Ich weiß nicht – ich hatte seine Tür bestimmt abgeschlossen.«

»Dann müssen wir doppelt aufmerksam suchen, ob kein Fremder im Hause ist. Bitte gehen Sie zu Ihrer Schwester und bleiben Sie an ihrem Bett. Mrs. Leeper, Sie sind so freundlich, hier sitzen zu bleiben, bis wir wiederkommen. Und Sie, Doktor, stehen vielleicht Posten an der Haustür. Ziehen Sie den Schlüssel heraus und stecken Sie ihn in die Tasche. Falls ein Fremder erscheint, rufen Sie laut. Mawson, Sie begleiten mich jetzt. Blaze, holen Sie bitte die Sturmlaterne und folgen Sie mir.«

Sie untersuchten im ersten Stock alle Räume außer den von Morris bewohnten, anschließend sämtliche Räume im Parterre und sogar die beiden Keller, fanden aber nichts von Interesse, abgesehen davon, daß mehrere Zimmer lange unbewohnt gewesen sein mußten, wie Mawson sagte, hundert Jahre. Dann bat Bony Mrs. Leeper, ihn in Mary Answerths Zimmer zu führen.

Wieder im ersten Stock, wurde er nach links, zum ersten Raum an der linken Seite geleitet. Als Beleuchtung hatten sie nur seine Taschenlampe. Er ging zuerst hinein, der Lichtstrahl der Lampe huschte zum zweitenmal an diesem Abend durch das Zimmer und machte halt, als er die einfache Petroleumlampe auf dem Nachttisch erfaßte.

»Bitte zünden Sie diese Lampe an, Mrs. Leeper. Streichhölzer? Hier.«

Der Lichtschein löschte die Silhouetten, er schuf Schatten hinter den Möbelstücken. Die massiv gebaute Bettstatt mit dem Baldachin aus schwerem Stoff paßte zu dem wuchtigen Schrank und der ebenso massiven hohen Kommode. Der Frisiertisch hätte aus dem Boudoir einer Kaiserin stammen können, die auf ihm stehende moderne Petroleumlampe aus Messing war eine Beleidigung.

In dem Bett hatte jemand geschlafen, die Decken waren zurückgeschlagen, wie Menschen sie hinlegen, die ohne Hast aufstehen. Auf einem Stuhl lagen weibliches Unterzeug und Männerhosen aus Tweed, neben dem Stuhl standen Golfschuhe für Männer.

Das Fenster war offen. Es war ein Flügelfenster mit rautenförmigen Zwischenrahmen und in Blei gefaßten Scheiben. Eine Sperrklinke hielt es offen. Die ins Zimmer dringende kalte Luft bewegte die schweren Vorhänge ein wenig.

Bony lehnte sich übers Fensterbrett und richtete den Strahl seiner Taschenlampe nach unten. Im Lichtschein glitzerte das tauige Gras wie mit Diamanten besät. Er drehte die Lampe, bis das Licht auf die breite Stufe vor der Haustür fiel, und weiter über den taufunkelnden Boden, wo er die Spuren sah, die er und seine Begleiter auf dem Wege vom Boot zur Haustür gemacht hatten. Dann wanderte der Lichtstrahl zurück auf den Platz unmittelbar unter dem Fenster, wo keine Spuren erkennbar waren.

Dicht unter dem Fenster hatte also niemand gestanden, um Mary Answerth durch sein Rufen zu wecken und nach draußen zu locken, doch mußte Bony mit der Möglichkeit rechnen, daß der Betreffende direkt unterhalb der Haustürstufe gestanden hatte, wo seine Spuren dann durch die andern, von ihm selbst, dem Arzt, Mawson und Blaze hinterlassenen, verwischt sein mußten.

»Glauben Sie es denn?« fragte Mrs. Leeper, als er das Fenster wieder einschnappen ließ.

»Ob ich was glaube?«

»Dieses Gerede, daß ein Mann Steine oder dergleichen gegen ihr Fenster geworfen und sie gebeten habe, herunterzukommen?«

»Bis jetzt habe ich keinen Grund, Miss Mary nicht zu glauben«, widersprach er. »Sie vielleicht?«

»Ich mißtraue ihr grundsätzlich«, erklärte Mrs. Leeper. »Glauben Sie nichts, was diese Menschen Ihnen erzählen, kein Wort davon. Sie hat doch gesagt, sie sei hinuntergegangen, um mit jemandem über gestohlenes Vieh zu sprechen, nicht wahr?«

»Ja, das sagte sie.«

»Weshalb sollte ausgerechnet zu so einem Gespräch jemand mitten in der Nacht herkommen? Genügt dazu nicht der Tag? Zwar wünschen die Damen hier keine Besucher, aber so menschenfeindlich sind sie schließlich auch nicht, daß sie einen seltenen Gast gleich über den Haufen schießen würden.«

»Hm. Wie oft kommt denn so ein seltener Gast?«

»Alle Jubeljahre einmal. Eigentlich ist's immer nur Mr. Harston, dann und wann Blaze oder der Alte, der im Garten und Hof aushilft.«

»Sind denn Blaze und dieser Alte als Besucher zu betrachten?«

»Könnte man sagen, weil sie so selten erscheinen. Ich hatte aber nicht gemeint, daß sie durch die Vordertür ins Haus kommen. Zweimal in diesem Jahr sind die Rechtsanwälte gekommen, diese allerdings durch den vorderen Eingang. Und vor fünf bis sechs Wochen kam der Schlachter aus Edison, der Miss Janet sprechen wollte.«

»Sie meinen Edward Carlow?«

»Ja, den«, erwiderte Mrs. Leeper. »Er wollte von Miss Janet seine Einkommensteuererklärung ausgefüllt haben. Sagt sie jedenfalls.«

»Und Sie sind der Meinung, daß Miss Mary nicht außerhalb des Hauses überfallen worden ist?«

»Ganz recht, bin ich. Sie muß den Täter ins Haus gelassen haben, und zwar, weil sie ihn kannte, und die ganze Geschichte, die sie erzählt hat, ist erfunden, weil sie nämlich vorhat, sich selbst an dem Mann zu rächen, verstehen Sie. Ich glaube, es ist Morris gewesen. Bedenken Sie doch, daß Miss Janet vergessen hatte, seine Tür abzuschließen! Niemals aber würde Miss Mary zugeben, daß Morris versucht hat, sie zu erdrosseln.«

»Ihre Darstellung birgt vielleicht wichtige Fakten«, gab Bony zu.

Sie gingen wieder in die Halle, wo Bony den Koch beauftragte, sich neben die Haustür zu setzen. Er nahm Dr. Lofty beiseite. »Würden Sie bitte mit mir zusammen Morris aufsuchen? Ich möchte gern Ihr ärztliches Urteil hören. Wir werden Mawson mitnehmen, für den Fall, daß mehr Körperkräfte benötigt werden. Einverstanden?«

»Ja, gewiß – ich will Ihnen gern mein Gutachten geben – unter Vorbehalt.«

Mawson bekam Auftrag, die Petroleumlampe aus Marys Schlafzimmer zu holen. Als er damit vor der mit Riegel und Schloß gesicherten Tür stand, klopfte Bony an. Morris meldete sich sofort, seine Stimme kam durch die Ritze unter der Tür. »Wollen Sie zu mir hereinkommen?«

»Ja. Haben Sie drinnen eine Lampe?«

»Janet nimmt sie immer wieder mit 'raus, wenn sie zu Bett geht, aber ich kann auch so sehen.« Sie hörten ihn leise lachen. »Ich treibe meine Spiele im Dunkeln, wenn Janet schon im Bett liegt. Sie ist ja jetzt nicht hier bei Ihnen, das weiß ich. Sie sind zu dritt und dürfen hereinkommen.«

Das Schloß wurde vom Riegel abgenommen, die Männer traten ein, Bony hielt die Lampe über seinem Kopf. Morris stand mit dem Rücken an den Tisch gelehnt. Als Bony näher kam, blinzelte er in dem grellen Licht, sein Gesicht war schneeweiß, Haar und Bart wirkten schwarz im Kontrast. Als Bony an ihm vorbeiging, um die Lampe auf den Tisch neben die Eisenbahn zu setzen, drehte Morris sich um und betrachtete gespannt die Flamme und die das Licht widerspiegelnde Messingscheibe.

»Schönes Licht, wie?« fragte Dr. Lofty in heiterem Ton.

»Ich ...« Morris trat zurück und rieb sich wie verzückt die Hände. »Ist das Ihre? Würden Sie mir die schenken?«

»Da müssen wir erst Miss Mary fragen«, warf Bony ein. »Aber vielleicht möchten Sie sich von Doktor Lofty erklären lassen, wie sie funktioniert?«

»O ja, gern.« Morris betrachtete noch so begeistert die Lampe, daß er Bony völlig ignorierte, der darüber froh war und dem Arzt zunickte, er möge anfangen. Dr. Lofty hielt einen regelrechten Vortrag über Petroleum und seinen Leuchtwert, indessen Bony ganz still mit seiner Taschenlampe zu forschen begann.

Das Zimmer neben diesem großen, der Schlafraum des jungen Mannes, war sauber und ordentlich. Das Bett war an diesem Abend schon benutzt worden, und Bony versuchte abzuschätzen, wie lange Morris wohl schon heraus war. Durch Abtasten und sein feines Gefühl für Wärme und Kälte kam er zu dem Schluß, daß es schon vor mehreren Stunden verlassen sein mußte.

Dieser Raum hatte nur ein Fenster und eine Tür, die in ein kleines Badezimmer mit Toilette führte. Das Fenster war von derselben Bauart wie die Fenster in dem größeren Zimmer und ließ sich nur bis an das stählerne Gitter öffnen, kaum mehr als zwanzig Zentimeter. Bony prüfte die Eisenstäbe. Das Gitterwerk war in der Außenwand fest verankert. Er tastete es ab und spürte einen kleinen Vierkant, der zum Aufsetzen eines Schraubenschlüssels diente.

Er vermochte den Bolzen mit Daumen und Zeigefinger loszudrehen und nahm ihn heraus. Ebenso leicht ließen auch die übrigen Bolzen sich lösen, so daß er das ganze Gitter vom Fenster abdrükken und es nun so weit öffnen konnte, daß ein Mensch zum Hinausklettern genug Platz hatte. Er befestigte die Bolzen ebenso leicht wie schnell, wie er sie abgenommen hatte, und schloß das Fenster wieder. Fünf Minuten suchte er im Schlafzimmer und der Badestube nach einem Seil, das Morris zum Hinausklettern haben mochte, fand aber keins.

Die Schuhe im Kleiderschrank waren trocken, auch das Linoleum unterhalb des Fensters. Die Kleidungsstücke im Schrank waren sauber und hatten keine abgeschabten Stellen. Es waren fünf Etonjacketts verschiedener Größe und mehrere graue Hosen aus kräftigem Stoff. In der Kommode fand Bony nichts Interessantes, abgesehen von der untersten Schublade, die mit Spielzeug vollgepfropft war. Auch unter der Badewanne lag nichts, und die Fußbodenbretter waren hart und fest wie Beton.

Als er jetzt wieder neben Morris stand – Dr. Loftys Petroleumvortrag wurde schon dürftig, weil ihm nichts mehr einfallen wollte –, drehte er sich eine Zigarette und ließ dabei seine Streichholzschachtel fallen. Rasch bückte er sich, um sie aufzuheben, und berührte dabei ganz vorsichtig die Hausschuhe von Morris. Sie waren trocken. Und dann endlich sah er sein Suchen belohnt.

Unter der Tischplatte waren Zeugstreifen mit Reißnägeln so angebracht, daß sie ein Geflecht bildeten, und auf dieser ›Trage‹ lagen, fest gegen die Platte gedrückt, ein Seil aus geflochtenen Zeugstreifen, eine Hose und ein Paar Segeltuchschuhe. Auch noch einige andere Dinge lagen da, die Bony aber gleich als unwichtig erkannte. Die alten leinenen Tennisschuhe waren merklich feucht. Einen Augenblick sah er wieder das Bild vor sich, wie Morris Answerth hinkniete und den Tisch auf Kopf und Hände stemmte, und machte sich Vorwürfe, dieses Versteck unter der Platte nicht bemerkt zu haben, als der Tisch damals so hoch angehoben war. Er hörte jetzt Morris mit der erstaunlichen, naiven Sicherheit eines Kindes sagen: »Ich möchte die Lampe haben.«

»Übrigens, Morris«, sagte er, als er wie Phönix aus der Asche unter dem Tisch hervorkam, »zeigen Sie doch mal Dr. Lofty, wie Sie den Lasso werfen können. Ich habe ihm nämlich erzählt, wie großartig Sie das verstehen.«

»Werden Sie mir dann die Lampe schenken? Sie ist ja so schön, ich möchte sie gern behalten. Nie durfte ich eine Lampe für mich haben, und ich habe keine Lust mehr, immer nur im Dunkeln zu spielen.«

»Wir werden erst Miss Janet um die Erlaubnis fragen müssen«, belehrte ihn Bony.

»Wenn ich Janet sage, daß Sie mir die Lampe geschenkt haben, wird sie mir erlauben, sie zu behalten. Das wird sie bestimmt.«

»Aber sie gehört doch Miss Mary, Morris, und der ist es vielleicht nicht recht, wenn wir sie bei Ihnen lassen. Was würde die wohl sagen, wenn wir ihr erzählen, was wir mit ihrer Lampe gemacht haben?«

»Mary wird das nie erfahren.« Morris reckte sich. Seine enttäuschte Miene ging in Lächeln über. Das Lächeln verschwand, und jetzt bewegte er sich so schnell, daß keiner der Männer ihm rechtzeitig wehren konnte: Mit der Linken riß er die zischende Lampe in die Höhe und hielt sie über sich. Er war Ajax – wenn Ajax rotes Haar, einen roten Bart und blaue, vor Wut ganz blanke Augen gehabt hätte. »Wer mir die Lampe wegnehmen will, den schlage ich mit ihr zu Boden!« rief er.

Langsam und mit betrübtem Kopfschütteln streckte Bony die Hände vor.

»Wir werden später sehen, was sich da tun läßt, Morris. Sie müssen zu Ihren Freunden stets Vertrauen haben. Bitte, geben Sie mir die Lampe.«

Der Zorn verflog, die Lippen zitterten, die Augen füllten sich mit Tränen. Bony nahm die Lampe entgegen und stellte sie wieder auf den Tisch . . .

16

»Wir hatten nicht gesagt, daß Sie die Lampe nicht bekommen können«, erklärte Bony. »Seien Sie jetzt nett und sprechen Sie über andere Dinge, wie neulich, als ich Sie zum erstenmal besuchte. Die Lampe gehört Miss Mary, nicht uns, und wir können Ihnen doch nicht etwas schenken, was uns nicht gehört.«

»Nein, das können Sie nicht. Ich bedaure sehr, mich so schlecht benommen zu haben. Wollen Sie mir für diesmal verzeihen?«

»Selbstverständlich. Jetzt zeigen Sie Dr. Lofty mal Ihr Lassowerfen. Ob Sie die Lampe bekommen können, werden wir nachher mit Miss Mary besprechen.«

Morris kniff die Unterlippe ein und musterte seine Besucher der Reihe nach. In seinem Gesicht standen Zweifel. »Sie könnten sie mir aber doch hierlassen, denn Mary wird ja lange krank sein. Haben Sie denn nicht gehört, daß sie gewürgt worden ist?«

»Ja. Wie haben denn Sie das erfahren?«

»Ein kleiner Piepvogel hat's mir gesagt. Der erzählt mir überhaupt viel.« Die kindliche Offenheit, das schlicht Knabenhafte war verschwunden. In den blauen Augen lauerte Verschlagenheit, sie schienen Freude auszudrücken, daß die Männer schwiegen, denn für Morris war Schweigen gleichbedeutend mit atemloser Neugier. »Möchten Sie denn nicht gern wissen, wer sie zu töten versucht hat?«

»Vielleicht wissen wir das schon«, sagte Bony.

»Ach! Wer denn?«

»Sagen Sie's uns.«

Morris schüttelte lachend den Kopf. Er blickte wieder auf die Lampe, und Bony hoffte, das helle Licht möge nicht wieder sein ganzes Denken in Anspruch nehmen. Doch Morris rieb sich die Hände und schaute seine Besucher wieder lachend an. »Dann möchten Sie aber wohl gern wissen, wer Mutter getötet hat?«

»Ich weiß mit Bestimmtheit nur eins, Morris: daß Dr. Lofty gern sehen möchte, wie Sie mit dem Lasso umgehen können.«

»Wirklich?«

»Aber sicher«, sagte der Arzt. »Wer hat denn eigentlich Ihre Mutter getötet?«

»Das erzähle ich nicht.« Diesmal lachte Morris lange.

»Ach, das soll uns jetzt gleich sein, wer Ihre Mutter getötet hat«, rief Bony ungeduldig. »Den Lasso wollen wir in Tätigkeit sehen. Nun mal los, Morris!«

»Ich weiß gar nicht, wo mein Lasso hingekommen ist.«

»Das ist ja schade, zumal ich dem Doktor schon so viel davon erzählt habe. Na, ich glaube, wir gehen jetzt lieber, Morris, es ist schon längst über Ihre Schlafenszeit.«

»Ja, da haben Sie recht, Bony. Tut mir leid wegen des Lassos. Ich kann mich selbst mächtig ärgern, daß ich nicht weiß, wo ich den gelassen habe. Den Magneten habe ich wiedergefunden. Hatte ihn da auf dem Kaminsims liegenlassen. Ich habe mir aus Bindfaden eine andere Schnur gemacht, aber die ist als Lasso nicht stark genug.«

»Was Sie eigentlich haben müßten, ist ein leichtes Seil, Morris«, erklärte Bony ruhig. »Soll ich Ihnen eins mitbringen, wenn ich wiederkomme?«

»Vielen Dank, Bony«, sagte Morris plötzlich ganz ernst, »das würde sich sehr gut eignen.«

»Den Magneten haben Sie auf dem Kaminsims gefunden?«

»Ja. Muß ihn da liegengelassen haben.« Morris ging zum Kamin und zeigte mit dem Finger genau auf die Stelle. Bony war neben ihn getreten.

»Haben Sie hier schon mal ein Feuer gehabt?« fragte er.

»O nein. Ich hasse Feuer. Einmal hat's gebrannt, von einem Streichholz in einer Schachtel, die Janet mitgebracht hatte. Ich sagte ihr, daß sie die vergessen hätte, und da meinte sie, ich sollte mal eins anzünden, und da habe ich mich verbrannt. Nein, ich mag mit Feuer nichts zu tun haben.«

»Aber Lampen sind auch Feuer, und Lampen mögen Sie doch gern, nicht wahr?«

»Ja, aber Lampen verbrennen einen nicht, wenn man mit ihnen umzugehen weiß. Janet sagte freilich, ich verstände nichts davon, und deshalb wollte sie mir ja auch keine geben.«

Bony prüfte wieder am Holz der Cloisonnévase die vom ständigen Anschlag des Lassos abgeschabten Stellen. Dann kniete er nieder, blickte auf den leeren Kaminrost und in den Schornstein hinauf. Er glaubte, innen ein Spinnengewebe hängen zu sehen, holte seine Taschenlampe hervor und leuchtete nach oben. Ungefähr in Höhe des Simses befanden sich im Schornstein zwei über Kreuz gesetzte eiserne Stangen, die früher zum Aufhängen von Haken für die schweren Kochkessel gedient hatten. Das vermeintliche Spinnengewebe war ein Strang roten Leitungsdrahts, und auf den Stangen lag zusammengerollt der ganze Draht. Er zog ihn herunter und schüttelte ihn auf dem Fußboden auseinander: Es war weder Ruß noch Staub daran, aber der Draht war viel kürzer als früher.

»Das also haben Sie mit Ihrer Angelschnur, Ihrem Lasso gemacht«, sagte er zu Morris, doch der hörte gar nicht hin, ihn faszinierte die Taschenlampe. Als Bony sie wieder in die Tasche steckte, rief er: »Oh, bitte tun Sie das nicht weg! Was ist das, Bony? Lassen Sie es mich doch sehen, ja?«

»Wissen Sie nicht mehr, daß Sie Ihren Lasso in den Schornstein geschoben haben?« fragte Bony beharrlich, doch es war vergebliche Mühe, denn Morris wollte jetzt nur die Taschenlampe sehen. Bony nahm sie wieder hervor, knipste sie mehrmals an und aus und sagte freundlich: »Möchten Sie nicht diese Lampe geschenkt haben?«

»Geschenkt? Die ist ja prächtig, schöner als die andere. O ja, die hätte ich gerne. Vielen Dank, Bony.«

»Wenn ich sie Ihnen gebe, müßten Sie mir aber ein Gegengeschenk machen.«

»Gewiß. Ich werde Ihnen mein Lasso schenken.«

»Ich gebe Ihnen die Lampe, wenn Sie mir sagen, wer Ihre Mutter getötet hat.« Die Lampe verschwand in Bonys Seitentasche. Morris trat einen Schritt zurück und hob langsam den Blick von der Tasche, um Bony in die Augen zu sehen. »Ich gebe Ihnen für die Lampe den Lasso«, sagte er hartnäckig.

»Aber den will ich ja gar nicht haben.«

»Dann schenke ich Ihnen etwas anderes. Was möchten Sie denn gern?«

»Daß Sie mir erzählen, wer Ihre Mutter getötet hat.«

Morris benagte mit den weißen Zähnen seine Unterlippe. Der innere Kampf war deutlich, und Bony fühlte sich siegesgewiß.

»Ich darf nicht – ich darf nicht verraten, wer Mutter totgemacht hat.«

»Das ist aber schlimm, Morris.« Bony wandte sich von ihm ab an den Arzt, der dicht beim Tisch stand. Er war, als er Morris den Rücken zudrehte, ganz froh, Mawson in seiner steifen Bereitschaft an der Tür stehen zu sehen. »Nun, Doktor, wir wollen jetzt lieber gehen«, sagte er. »Morris scheint sich nicht entschließen zu können, Ihnen seine Lassokünste vorzuführen.«

Eine große, starke Hand legte sich leicht auf seine Schulter. Als er sich wieder umdrehte, blickte er in ein kindlich bittendes Gesicht. »Ich darf's nicht verraten«, sagte Morris weinerlich. »Habe versprochen, es nicht zu tun. Darf es Ihnen nicht erzählen – ich darf es nicht. Wenn ich's täte, würde ich wieder ausgepeitscht, und das kann ich nicht ertragen.«

»Wer würde Sie denn peitschen, Morris?«

»Janet.«

»Aber Sie sind doch viel stärker als Janet«, widersprach Bony, »die könnte Sie doch nicht auspeitschen.«

»Oh, aber wenn Mary mich festhält, würde sie das tun.«

»Wer hat Ihnen erzählt, daß Mary heute abend gewürgt worden ist?«

»Nein – das will ich nicht sagen. Ich werde es nicht sagen, Bony.«

»Haben Sie selbst Ihre Mutter erwürgt und es bei Mary auch versucht? Heraus mit der Sprache!« donnerte Bony.

Morris weinte und stand da wie ein sterbender Baum im Sturm. Kopfschüttelnd murmelte er immerzu: »Ich darf es nicht, ich darf es nicht ...«

Bony gab dem Arzt einen Wink, die Petroleumlampe vom Tisch zu nehmen, und sagte, als Dr. Lofty zu Mawson an die Tür gegangen war, in mildem Ton: »Lassen Sie es gut sein, Morris, wir wollen weiter Freunde bleiben. Ich werde Sie bald wieder besuchen. Diesmal werde ich Ihren Lasso annehmen, und Sie dürfen meine Lampe haben.«

Die in dem bärtigen Gesicht aufflammende Freude war rührend anzusehen. »Schauen Sie her: So müssen Sie die halten«, erklärte Bony. »Ja, richtig. Nun auf den kleinen Knopf drücken. Jetzt den Finger vom Knopf nehmen, und schon ist das Licht weg. Gute Nacht.«

Er ging rückwärts zur Tür und beobachtete, wie Morris die Lampe an- und ausknipste, indem er sie so vor sich hielt, daß der Lichtstrahl ihm zu seinem Entzücken in die Augen fiel. Das Zimmer wurde dunkel, als Dr. Lofty die Petroleumlampe in den Flur trug. Auf der Schwelle blieb Bony noch einen Moment stehen und sah zu, wie Morris sich in den Lichtblitzen badete, dann schloß er die Tür, schob den Riegel zu und hängte das Schloß davor. Nachdem er den Schlüssel an seinen Nagel gehängt hatte, sagte er: »Ich würde es als Gefälligkeit betrachten, wenn Sie beide nichts von diesem Besuch bei Morris Answerth erwähnten.«

Sie konnten Morris singen hören, als sie durch den Korridor zur Galerie über der Halle gingen, und das Echo klang ihnen noch in den Ohren, als sie die Treppe hinunterschritten. Dr. Lofty sagte, er wolle jetzt nach seiner Patientin sehen, und Bony spürte, daß der kleine Arzt eigentlich nur Zeit gewinnen wollte, um zu einem richtigen Urteil über Morris zu gelangen.

Der Koch erhob sich von seinem Stuhl neben der Tür.

»Na, was ausgerichtet?« fragte Blaze, der nicht sicher war, ob er richtig sah, daß der Polizist Leitungsdraht in der Tasche des Arztes verstaute, in der sich schon der Draht befand, mit dem Mary Answerth fast erdrosselt worden wäre.

»Nach Tagesanbruch werden wir gewiß mehr ausrichten«, erwiderte Bony. »Schauen Sie doch mal hinaus, ob es nicht allmählich hell wird. Aber gehen Sie nicht von der Haustür weg.«

Bony saß in dem von Mrs. Leeper verlassenen Stuhl, als Blaze wieder hereinkam und sagte, in knapp einer halben Stunde werde es so hell sein, daß sie Pilze sammeln könnten. Als Bony es sich bequemer machte und die Augen schloß, ging der Koch wieder zu seinem Stuhl an der Haustür. Bony hörte die Tür zur Loggia auf und zu gehen, kümmerte sich aber nicht darum, wer herauskam. Er zermarterte sein Gehirn mit Fragen, auf die er nur unbestimmte Antworten finden konnte, da er bisher nur ein unvollkommenes Bild vom Schauplatz des Mordversuchs hatte. Gewiß hatten sich während des letzten Besuchs bei Morris neue Tatsachen ergeben, so zum Beispiel: daß Morris sich angewöhnt hatte, sein Zimmer durchs Fenster zu verlassen, draußen umherzustreifen und auf demselben Wege zurückzukehren. Zweitens, daß Morris Answerth kein so simpler und höflicher kleiner Junge war, wie es nach dem ersten Eindruck schien.

Und nicht zuletzt die Tatsache, daß Morris zugab, zu wissen, wer seine Mutter umgebracht und seine Halbschwester zu erdrosseln versucht hatte. Mary Answerth hatte behauptet, sie habe Morris den Tod seiner Mutter mitgeteilt, und es bestand kein Zweifel, daß Janet ihm von dem Überfall auf Mary erzählt hatte, als sie ihn in sein Zimmer zurückbrachte.

Morris konnte in beiden Fällen draußen gewesen und so zum Zeugen sowohl des Mordes wie des Mordversuchs geworden sein, so daß er den Täter kannte. Freilich hatte er, als Mary ihm vom Tode seiner Mutter berichtete, keinerlei Erregung gezeigt und auch nur kindlichen Triumph zur Schau getragen, als er fragte, ob er, Bony, nicht gern wissen wolle, wer seine Mutter getötet habe. Das war zweifellos kein Zeichen großer Liebe zu ihr.

Es leuchtete auch ein, daß Morris sich gezwungen gefühlt hatte, jemandem zu erzählen, er wisse, wer den Mord und den Mordversuch begangen habe, und das paßte ganz in den Bereich einer abnormen Psyche. Sehr wahrscheinlich wußte niemand, daß Morris sein Zimmer durchs Fenster verlassen konnte und es vielleicht abends, als der Angriff auf Miss Mary erfolgte, verlassen hatte. Er konnte seine Mutter umgebracht und ihre Leiche über den Damm gezerrt haben, und es blieb, im Gegensatz zu den Behauptungen, daß nur die Damen Answerth und der Koch Blaze den sicheren

Weg auf dem überfluteten Damm kannten, die unumstößliche Tatsache, daß Morris sie von seinem Fenster aus wiederholt beim Übergang, hin wie zurück, hatte beobachten können und sich daher den richtigen Weg genau gemerkt haben konnte. Er konnte also auch Carlow aufgelauert, ihn bewußtlos geschlagen, ihn dann in den See gezerrt und ertränkt haben. Auch konnte er der Mann gewesen sein, der Mary veranlaßte, aus dem Hause zu kommen.

Dann war da der Draht. Die kleine Schlinge an dem einen Ende des für den Mordversuch an Mary Answerth benutzten Drahtes war, obwohl mit Zwirn zusammengehalten, von derselben Größe wie die mit Bindfaden hergestellte an der Angelschnur beziehungsweise dem Lasso von Morris. Die Exaktheit, mit der beide Schlingen gearbeitet waren, deutete darauf, daß dieselbe Person sie gemacht hatte.

Janet konnte wissen, wer Mrs. Answerth getötet hatte, und konnte alles Mögliche tun, um zu verhindern, daß der Täter bekannt wurde. Mary wiederum konnte wissen, daß Morris sie überfallen hatte, und beide Schwestern konnten, aus demselben Grunde oder aus verschiedenen Gründen, entschlossen sein, ihren Stiefbruder unter allen Umständen zu decken. Sie haßten sich zwar, aber bis jetzt hatte Bony keinen Beweis, daß eine von beiden Morris haßte. Die Prügel, die er nach seinem Ausbruch bekommen hatte, waren vielleicht nur als Erziehungsmittel gedacht.

Bony begann die Kälte der großen Halle zu spüren. Er stand auf, reckte sich und unterdrückte ein Gähnen.

»Bißchen frisch heute morgen«, sagte Blaze, und Bony bemerkte zum erstenmal, daß der Koch nur Hemd und Hose trug.

»Als wenn's draußen friert.«

»Kalt genug ist es dazu.«

»Weshalb haben Sie denn das nicht eher gesagt? Ohne Mantel müssen Sie ja halb erfroren sein.«

Blaze lächelte, während er seine untere Gebißhälfte mühsam zurechtschob. »Ihr Stadtfräcke seid zu weich«, brachte er heraus, »ganz anders als wir alten Buschklepper. Wollen Sie nach draußen?«

»Muß ja allmählich hell werden. Zeigen Sie, wie abgehärtet Sie sind, indem Sie mitkommen.« Bony öffnete die Tür. Stahlgrau war der Morgenhimmel. Sie traten vor die schwere Haustür, die Bony schloß. Die Luft war stechend kalt, das betaute Gras glitzerte wie Rauhreif, und die toten Bäume im See hinter dem Deich standen wie weiße Splitter gegen den fernen Hintergrund des mannigfachen Grüns.

»Ich bitte Sie, mich zu begleiten«, sagte Bony, »denn ich möchte, daß Sie sehen, was ich sehe, und mir Ihre Meinung sagen. Und denken Sie an die Angaben von Miss Mary, die ich Ihnen ja wiederholt habe. Zunächst beachten Sie, daß die Spuren, die von dieser Haustür zum Deich führen, von Ihnen, von Dr. Lofty, Mawson und mir stammen.«

»Direkt unter Miss Marys Fenster scheinen aber gar keine zu sein«, sagte Blaze, indem er Tabak für seine Pfeife zerrieb.

»Glauben Sie, daß jemand von der Eingangsstufe aus etwas gegen ihr Fenster werfen könnte?«

»Mit einer Art Streifschuß, ja.«

»Aber jedenfalls könnte einer, der das verräterische nasse Gras nicht betreten will, es tun. Unsere vier Spurenpaare sind ja deutlich genug, löschen aber nicht ganz die aus, die Miss Mary gemacht hat, als sie von der Stufe heruntertrat. Klar?«

»Vollkommen.«

»Es konnte jemand dicht links neben der Tür gestanden haben, den sie beim Herauskommen nicht bemerkte. Wenn der Betreffende mit einem Lasso umzugehen verstand, brauchte er zum Wurf seinen Platz gar nicht zu verlassen. Er konnte auch im Dunkeln an der Frau vorbeischleichen, als sie auf dem Rücken vor der Haustür lag und sich anstrengte, von der Schlinge loszukommen, finden Sie nicht auch?«

»Auch das ist mir klar«, antwortete Blaze. »Und ich sehe vor dem Hause entlang noch Spuren nach beiden Richtungen, kommend und gehend, oder gehend und kommend. Das Gras muß schon betaut gewesen sein, als sie hinterlassen wurden, und nachdem sie hinterlassen waren, ist noch viel Tau darauf gefallen.«

Sie verließen die Haustür und verfolgten die zwei Spurenpaare in vorsichtiger Entfernung bis zur Hausecke und um die Ecke bis zum zweiten Fenster, unter dem sie stehenblieben. »Na, was meinen Sie nun?« fragte Bony.

Der Koch betrachtete das Haus, das Fenster im Parterre und dann das darüberliegende, durch ein Stahlgitter geschützte. Indem er auf das untere deutete, sagte er: »Er ist aus diesem Zimmer gekommen. War früher eine Bibliothek. Ist jetzt leer, wie mir gesagt wurde. Er kam also aus der Bibliothek, schlich um die Ecke und von da zur Haustür. Zurück denselben Weg.«

Bony bückte sich und zeigte auf ein paar kurze Striche dicht bei den klar umrissenen Schuhspuren. »Glauben Sie, daß diese Striche von einem Seil herrühren können?«

»Das müßte schon ein ganz anständig dickes Seil gewesen sein«, meinte Blaze, der die Augen eng zusammenkniff und die Stirn runzelte, weil Bony ihn so zweifelnd anblickte.

»Ein aus zerrissenen Decken angefertigtes Seil«, legte Bony ihm nahe, worauf er sofort rief: »Um Himmels willen! Doch nicht er?«

»Diese kurzen Striche stammen von einem solchen Seil, wie es aus dem Fenster von Morris' Schlafzimmer heruntergelassen wurde.«

Der Koch zog hörbar die Luft ein. Er folgte Bony zur Haustür zurück, wo er gebeten wurde, den Spuren bis zum Deich nachzugehen, um festzustellen, ob das Boot noch da war. Als er wiederkam, konnte er beobachten, wie Bony tief gebückt die Spuren nahe der Haustürstufe untersuchte, und sprach vor sich hin: »Das ist denen angeboren, diesen Wilden. Die legt im Leben keiner 'rein!« Als er hinter Bony ankam, meldete er ihm, das Boot sei noch da.

»Sehen Sie sich diese Spuren noch einmal an, Blaze«, sagte Bony. »Was erkennen Sie daraus?«

»Er ist um die Ecke gekommen«, begann Blaze schließlich sein Urteil zu formulieren. »Bis hierher kam er am Hause entlang und trat dann über die Stufe an die Haustür. Dann ist er wieder von der Stufe heruntergetreten und denselben Weg zurückgegangen. Komisch! Er trat rückwärts von der Stufe herunter und ging rückwärts bis dorthin, ehe er kehrtmachte und richtig weiterging.«

»Zeigen Sie mir, wo er kehrtgemacht hat.«

»Hier, an dieser Stelle, reichlich drei Meter von der Stufe.«

»Und?«

»Und als er umgekehrt war, hat er sich fast im Laufschritt entfernt.«

»Stimmt«, bestätigte Bony. »Bis zur Ecke hat er es eilig gehabt. Von der Ecke bis zu seinem Seil ging er im normalen Schritt. Ein höchst interessantes Faktum, nicht wahr?«

»Ja. Auf ihn hätte ich überhaupt zu allerletzt getippt.«

»Ob Sie mir wohl noch eine Frage richtig beantworten können, Blaze?«

»Werde mein Möglichstes tun.«

»Weshalb, frage ich Sie, weshalb ist Morris Answerth rückwärts von der Stufe getreten?«

»Weshalb? Herrjeh, wie soll ich das denn wissen?«

»Habe ich auch gar nicht erwartet«, entgegnete Bony

17

Mawson öffnete die Haustür. Dr. Lofty fragte, ob er nun in seine Praxis zurückkehren könne.

»Gewiß doch, Doktor«, sagte Bony, »Blaze wird Sie sofort hinüberrudern. Mawson, Sie können auch mit zurückfahren.«

Am Deich zog er den Arzt beiseite. »Sie werden ja Miss Answerth weiter behandeln. Wann machen Sie den nächsten Besuch?«

»Heute im Lauf des Nachmittags noch. Im Moment hat sie Ruhe, und ich habe Mrs. Leeper entsprechend instruiert.«

»Haben Sie ihr irgendwelche Arzneien oder Beruhigungsmittel hinterlassen?«

»Nur Schlaftabletten. Die Abschürfungen habe ich behandelt und werde noch eine Spezialsalbe mitbringen. Ein gutes Einreibemittel für den Rücken hatten sie im Hause.«

»Wie viele Tabletten sind vorhanden?«

Dr. Lofty zog die Brauen hoch. Ein bißchen frostig erwiderte er, in der Flasche, die er Mrs. Leeper gegeben habe, seien zwölf Stück.

»Was halten Sie von Morris?«

»Intellektuell gehemmt. Aber bedenken Sie, daß ich kein Spezialist bin. Seine körperliche Konstitution ist wunderbar, ungewöhnlich gut für einen Menschen, der sein ganzes Leben lang in zwei Zimmer eingesperrt war.«

»Halten Sie es für erforderlich, daß er ständig in geschlossenen Räumen bleibt und nie an die frische Luft darf? Ist das seines geistigen Zustandes wegen notwendig?«

»Da mir seine Krankengeschichte nicht zur Verfügung steht, fühle ich mich nicht kompetent, darüber zu urteilen. Nach der ziemlich oberflächlichen Prüfung des Patienten möchte ich mich eigentlich Ihren Zweifeln anschließen.«

»Ihre Meinung über Mrs. Leeper? Ist sie tatsächlich als Krankenschwester ausgebildet?«

»Aber ja. Ich habe ihre Eignung geprüft. Sie hat in Krankenhäusern gearbeitet. Ich überlasse ihr ohne Bedenken die Patientin.«

»Die, wie Sie erwähnten, eine Woche im Bett bleiben muß.«

»Ja, eine Woche mindestens. Ich bezweifle allerdings, ob sie sich damit abfinden wird, so lange zu liegen, doch Mrs. Leeper wird schon dafür sorgen, daß sie die Anordnungen befolgt.«

»Danke sehr. Ich werde hierbleiben, bis Sie nachmittags wiederkommen.« Er wandte sich an Mawson. »Ich bleibe hier, Mawson. Rufe Sie an, falls nötig. Widersprechen Sie allen in Edison kursierenden Gerüchten. Miss Mary fehlt gar nichts, nicht das geringste, verstehen Sie? Wo befindet sich Mrs. Leeper im Augenblick?«

»In der Küche. Sie bereitet das Frühstück zu.«

»Und Miss Janet?«

»Die ist bei ihrer Schwester. Ich hörte, daß sie bei Miss Mary bleiben wollte, bis Mrs. Leeper sie zum Frühstück ruft und sie ablösen kann.«

»Na schön, das wäre wohl alles. Blaze! Ich rufe Sie an, falls ich doch schon übergesetzt werden will, bevor Dr. Lofty wiederkommt.«

Der Koch nickte lächelnd und verlor beinah seine leere Pfeife, während er das Boot für die Passagiere im Gleichgewicht hielt, ehe er abstieß. Bony beobachtete das Fahrzeug eine ganze Minute, dann ging er ins Haus zurück. Er schlenderte mit Besitzermiene durch die Halle und blickte in den Raum gegenüber der Loggia, der jetzt als Krankenzimmer diente. Er hatte ihn schon früher mit Mawson und Blaze betreten, war bei der Gelegenheit aber an der Tür stehengeblieben, während die beiden mit seiner Taschenlampe den Raum durchsuchten. Trotz der großen Entfernung von der Küche diente er als Eßzimmer und enthielt außer einem ungewöhnlich langen und starken Tisch aus Zedernholz nebst zwölf Stühlen einen riesigen Frisiertisch, der auch aus Zedernholz war, aber mit seinen antiken Formen nicht zu den andern Möbeln paßte. Über dem Kamin hing das Ölporträt eines Mannes aus einer früheren Epoche, der ebensogut Pirat wie öffentlicher Auspeitscher gewesen sein konnte. Da Mary Answerth ihm ähnlich sah, vermutete Bony, daß er einer ihrer Vorfahren war.

Bony ging nicht in den Seitenflügel, in dem Morris sein Zimmer hatte, sondern in den auf der anderen Seite. Er betrat das sonst von Mary bewohnte Zimmer, prüfte wieder das Fenster und beugte sich hinaus, um die Lage zur Haustür richtig beurteilen zu können. Der nächste Raum mußte nach Mrs. Leepers Angaben das Zimmer der Mutter gewesen sein. Es war sauber und staubfrei, aber das Himmelbett war abgezogen, und der Bettkasten enthielt weder Laken noch Decken. Am Fenster stehend beobachtete Bony das Ruderboot, das sich jetzt dem jenseitigen Ufer näherte. Er löste den Riegel und lehnte sich hinaus, um die Entfernung bis zum Fenster von Mary Answerths Schlafzimmer zu schätzen.

Noch in vier andere Zimmer blickte er, die zu dem Flügel gehörten. Räume, die jahrzehntelang nicht benutzt worden waren. Am Ende des Korridors lag eine durch einen Vorhang verdeckte Nische, die aber nur zwei Eimer und einige Schrubber und Besen neben einem Wasserhahn enthielt. Die Eimer waren verstaubt, die Besen sahen aus, als würden sie nie benutzt.

Er ging über die Hintertreppe nach unten und bemerkte gleich, daß Mawson den Schlüssel wieder in die Treppentür gesteckt hatte. In der Küche hörte er Mrs. Leeper hantieren. Er ging gemächlich weiter, in das geradezu aufheiternd moderne Zimmer, in dem er zuerst Janet Answerth begegnet war.

Dieser Raum unterschied sich von den übrigen im Hause so kraß, daß Bony beim Eintreten das Gefühl hatte, aus einem Kerker in einen sonnigen Garten zu kommen. Die inzwischen aufgegangene Sonne warf über die Teppiche breite goldene Bänder, die fast schon den Stutzflügel aus Nußbaumholz erreichten.

Es war da noch eine Tür. Als auf sein Klopfen niemand antwortete, trat Bony ein, in ein Zimmer, dessen Außenwand ganz aus Glas war. Das Parkett war gebohnert, die wenigen Möbel waren üppig. Mehrere Staffeleien trugen Gemälde in verschiedenen Entwicklungsstadien, und die Wand gegenüber dem Fenster war die reine Kunstgalerie. Alle Bilder waren unsigniert. Ausnahmslos waren es Landschaftsszenen, aber ohne jeden Reiz. Bony fand keine Waffe, kein Giftfläschchen, keinen Leitungsdraht, keine Schrift über die Kunst des Erdrosselns. Er blickte in die Schubladen des Rollschreibtisches und fand auch keinen Bericht über Sektion von Ertrunkenen.

Wieder ins Wohnzimmer zurückgehend, war er überzeugt, daß beide Räume ausschließlich von Janet benutzt wurden, denn es befand sich in ihnen nichts, was an ihre Schwester Mary erinnert hätte. Sogar der Spucknapf, den Mary hereinbrachte, als er mit den Schwestern hier gesprochen hatte, war verschwunden.

Zwei Schwestern, die noch verschiedener waren als diese, gab es gewiß nicht.

Er schlenderte in die Küche. Mrs. Leeper, die an dem riesigen, mit Holz geheizten Herd stand, blickte ihn unverhohlen erstaunt an. Ihr Hauskleid war fast ganz von der gestärkten Schürze verdeckt, so daß Bony wieder einmal an ein bestimmtes Reklameplakat für Putzmittel erinnert wurde.

»Ich dachte, Sie wären fort, Inspektor«, sagte sie.

»Der Duft von Lammkoteletts mit Speck hat mich zurückgehalten, Mrs. Leeper. Bin ich Ihnen im Wege?«

»Nein. Wollen Sie zum Frühstück hierbleiben?«

»Das ist im Augenblick mein Ziel.«

»Also werde ich noch mehr Koteletts braten. Das ist ein großer

Vorteil in diesem Haushalt, daß viel selbstgeschlachtetes Fleisch zur Verfügung steht.«

»Inzwischen ist Ihnen nicht eingefallen, was aus dem Draht wurde, mit dem Sie Ihren Koffer zugebunden haben?«

Mrs. Leeper seufzte, als werde ihre Geduld durch einen zweiten Geisteskranken auf die Probe gestellt. Nach einem Seufzer äußerte sie sich.

»Als ich die Stelle in einer Irrenanstalt annahm, habe ich die Kunst der Selbstverteidigung gelernt. Druck auf gewisse Halsnerven bewirkt zeitweilige Lähmung. Wird der Druck auf einen bestimmten Nerv fünf Sekunden ausgeübt, so überlebt der Patient das nicht. Mir war oft so zumute, daß ich einen Mord hätte begehen können, Inspektor, aber wenn ich das jemals tun sollte, dann nicht mit Leitungsdraht.«

»Ich habe von diesem Griff auch gehört«, sagte Bony freundlich. »Den müssen Sie gelegentlich mal an mir ausprobieren. Vorher darf ich Sie aber darauf hinweisen, daß es recht verschiedene Hälse gibt. Es gibt Schwanenhälse und Bullenhälse, Mrs. Leeper, auch Nilpferdhälse. Ich möchte glauben, daß es schwierig ist, den Druck auf den gewissen Nerv am – beispielsweise – am Hals von Miss Mary Answerth auszuüben.«

»Mir würde das keine Schwierigkeiten machen«, rühmte sich die Haushälterin.

»Ich war nicht so unhöflich, zu unterstellen, daß Sie etwa den Versuch gemacht hätten, Miss Answerth umzubringen«, fuhr Bony fort und fügte nachdenklich hinzu: »Obgleich Sie den Besen mit dem langen Stiel, der oben steht, benutzt haben könnten, um vom Fenster des Nebenzimmers aus an Miss Marys Fenster zu klopfen und dann hinter ihr her die Treppe hinab zur Haustür hätten gehen können. Sind Sie übrigens ganz sicher, daß die Haustür, als Sie Miss Mary in der Halle am Boden liegend fanden, weit offenstand?«

»Ja, die war weit offen. Und einem Nilpferd kann man leichter den Hals brechen als einem Schwan.« Mrs. Leeper hatte inzwischen ein Tablett vollgepackt. »Wenn Sie sich die Hände waschen wollen, bitte im Flur links. Das Frühstück ist fertig.«

Bony bedankte sich. Als er die Küche verließ, hörte er hinter sich die gestärkte Schürze der Frau rascheln und hatte das Gefühl, von einem Menschen getadelt worden zu sein, dem Sauberkeit noch wichtiger war als Leben und Tod. Durch kaltes Wasser erfrischt und mit dem Taschenkamm sauber frisiert, betrat er das Eßzimmer, wo ihn Janet, vom Tisch aufstehend, begrüßte. »Welche

Überraschung, Inspektor!« rief sie. »Kommen Sie essen, Sie müssen ja großen Hunger haben.«

Sie trug ein weißes Leinenkleid mit einem chinesischen Kragen, ihr Haar hatte in der matten Beleuchtung des Zimmers die Farbe von altem Kupfer. ›So ein zierliches und lebendiges Frauenzimmer‹, dachte sich Bony, ›merkwürdig, daß die nicht verheiratet ist.‹

»Wie geht es Miss Mary?« fragte er, indem er eine leichte Vorspeise nahm.

»Sie schläft noch, Inspektor. Wenigstens ist sie so betäubt, daß ich ihren Zustand für Schlaf halte. Doktor Lofty meinte, sie würde gegen elf aufwachen und sagte, wir sollten sie energisch am Aufstehen hindern, falls sie etwa schon aus dem Bett will. Sie muß eine Woche liegenbleiben.«

»Soweit ich sie kenne, wird sie dagegen wohl rebellieren.«

»Mrs. Leeper setzt sich durch«, sagte Janet, »die ist sehr energisch.«

»Ganz meine Meinung. Im übrigen hat sie, wie sie mir erklärte, den Ehrgeiz, sich eine eigene Klinik für Geisteskranke zu kaufen. Die Erfahrungen besitzt sie.«

»Von ihrem Plan wußte ich nichts, doch ihre Erfahrungen kann ich beurteilen. Sie ist eine gute Köchin und zuverlässige Haushälterin, sonst aber interessiert sie mich nicht. Weit mehr interessieren Sie mich.«

»Ich?« Bony stellte sich viel bestürzter als er war.

»Ja«, sagte Janet langsam. »Sie sehen nämlich absolut nicht wie ein Detektiv aus. Sind Sie eigentlich Australier?«

»Ich repräsentiere Australien«, behauptete Bony, jedes Wort betonend.

»Aber Sie haben eine so wunderbare Aussprache.«

»Das mag daran liegen, daß ich in einer Missionssiedlung aufgewachsen bin, gemeinsam mit Kindern der eingeborenen Rasse, die englisch sprechen wie die Leute im irischen Dublin. Da ich noch nicht in Dublin gewesen bin, kann ich dafür nicht bürgen.«

»Und Sie haben tatsächlich dienstlich dieselben Befugnisse wie Inspektor Stanley?«

»Madame, ich habe zwar denselben Rang wie Inspektor Stanley, stehe aber geistig auf weit höherem Niveau als er.«

»Davon bin ich überzeugt, Inspektor Bonaparte. Den Inspektor Stanley fand ich ziemlich beschränkt. Glauben Sie, daß Sie den Mörder unserer armen Mutter ermitteln werden?«

»Aber sicher, Miss Answerth.«

»Haben Sie Gründe, so siegesgewiß zu sein?«

»Ja.«

»Oh, dann sagen Sie mir doch Näheres, ja?«

»Ein Grund ist, daß ich bisher noch jeden Mordfall aufgeklärt habe.«

Sie hielt den Mund leicht geöffnet, in ihren großen Augen konnte er die Bewunderung lesen, bis ein mißtrauisches Glänzen in ihnen aufkam. »Aber manche Mörder sind doch sehr schlau, finden Sie nicht?« sagte sie. »Nicht alle Morde werden aufgeklärt.«

»Sie würden aber aufgeklärt, wenn es ein Dutzend Napoleon Bonapartes gäbe anstatt nur einen.«

»Selbstverständlich. Und Sie glauben, in diesem Fall keinen Mißerfolg fürchten zu müssen?«

»Bestimmt nicht. Der Mörder hat schon einen Fehler begangen und wird weitere machen. Das tun sie alle, Miss Answerth, doch häufig kommt der Mörder trotzdem davon, wenn Leute wie Inspektor Stanley auf ihn angesetzt werden. Nebenbei gesagt, bin ich auf meinem Rundgang durchs Haus, vor dem Frühstück – als ich mich überzeugen wollte, daß der Mann, der Miss Mary überfallen hat, nicht im Hause ist – auch in Ihrem Wohnzimmer gewesen und habe Ihr Atelier betreten. Haben Sie alle die Bilder selbst gemalt?«

»Ja. Gefallen Ihnen die Bilder?«

»Sehr sogar. Vor allem die von Ihrem See. Ich finde besonders schön die Lichter, die Sie den im Wasser abgestorbenen Bäumen aufgesetzt haben. – Klavier spielen Sie auch?«

»Und wie gern! Neben Morris sind die Musik und die Malerei mein Lebensinhalt. Vater hat uns klug erzogen, Inspektor. Mich hat er nach Brisbane auf die hohe Schule geschickt. Die arme Mary blieb freilich so bäuerisch, daß das bei ihr zwecklos gewesen wäre. Sie ist ja oft gräßlich ordinär. Aber nun erzählen Sie mir bitte, welche Fehler der Mörder gemacht hat.«

Bony zog eine bedenkliche Miene. Ihm gefiel es gar nicht, daß diese Janet Answerth in ihrer Frechheit glaubte, ihn durch ihre weiblichen Reize, ihre Schönheit betören zu können. So lächelte er sie an und ging in seiner überlegenen Art auf ihr Spiel ein. »Versprechen Sie, es keinem weiterzusagen?« fragte er.

»Sie dürfen mir Vertrauen schenken, Inspektor.«

»Ich fühle, daß ich das kann, Miss Answerth. Die Sache ist so: Der Mann, der Ihre Mutter umbrachte, hat auch versucht, Ihre Schwester zu töten. Sein Fehler war, zweimal einen Lasso dazu zu benutzen, wodurch er verriet, daß er damit gut umzugehen weiß. Sobald ich den Mann entdecke, der ein Künstler im Lassowerfen ist, werde ich ihn sofort verhaften.«

18

Als Bony nach dem Frühstück mit Janet Answerth aus dem Hause kam, sah er, daß die Sonne chinesisch gelb und nicht australisch golden leuchtete. Der Wind kam aus Nordwesten, und schon klopften kleine Wellen an die Insel um die Giftvilla.

Auf dem Deich stehend, konnte er am Ufer die Vertiefung sehen, die der Bug des Bootes gemacht hatte, und noch mehr ähnliche, die sicher schon älter waren als einen halben Tag. Aber Spuren, die ein Schwimmer gemacht haben konnte, der zum Deich gewatet und an ihm hochgeklettert war, entdeckte er nicht. Um sicher zu sein, daß in der vorigen Nacht niemand schwimmend oder im Boot zur Insel gekommen war, ging er um den ganzen Deich.

Aus Erde und Gestein gebaut, war der Deich so stark, daß oben ein wasserfreier Weg von zwei bis zweieinhalb Meter Breite blieb. Ein halbes Dutzend Schafe grasten innerhalb des Deichbogens und folgten ihm, wie Tiere tun, die auch von Menschenhand gefüttert werden, bis an ein Gitter, das sie aufhielt.

Hinter dem Gitter lagen der Gemüsegarten, die Hühnerställe, der Brennholzstapel und, durch Hüllen geschützt, der Sägebock und der Dieselmotor zum Treiben der Kreissäge. Hier befand sich Bony hinter dem Hause. Er blieb stehen und merkte sich die Lage der Hintertüren und des Küchenausgangs. In der Nähe der Küchentür war ein Schuppen ohne Vorderwand angebaut, in dem das gehackte Holz lagerte. Vielleicht lohnte es sich, auch den Mann, der speziell zum Sägen und Holzhacken und zu anderer Gelegenheitsarbeit hierherkam, einmal unter die Lupe zu nehmen? Im Augenblick kam es Bony mehr darauf an, sich die Lage des zugedeckten Sägebocks und des Dieselmotors im Windschutz des Stapels von ungesägtem Holz zu merken.

Schließlich gelangte er bei seinem Rundgang auf dem Deich an die Ostseite des Hauses, gegenüber der Ecke, in der Morris seine Zimmer hatte. Das Stahlgitter vor dem Schlafzimmerfenster war nicht von der Stelle gerückt, das Fenster ein paar Zentimeter geöffnet, aber er konnte Morris nicht entdecken, denn der schlief gewiß nach seiner aufregenden Nacht.

Als er wieder an die Stelle kam, wo der Damm begann, war er überzeugt, daß kein Fremder und kein Unbefugter mit einem Boot gelandet oder aus dem See aufgetaucht war, um Mary Answerth aus dem Hause zu locken, und so blieb als Ergebnis seiner Überlegungen die unbestreitbare Tatsache, daß der Angreifer zu den Bewohnern der Giftvilla gehörte.

Bony drehte sich um und betrachtete noch einmal die Fassade. Er bildete sich ein, von der Loggia her beobachtet zu werden. Die Haustür stand offen, wie er sie gelassen hatte, doch der Tau im Grase war längst verdunstet, und die Fußspuren, die er so leicht wie gedruckte Seiten entziffert hatte, waren verschwunden. Am ersten der beiden Wohnzimmerfenster von Morris bemerkte er eine kleine Bewegung und sah die Hand, aus der eine bräunliche Schnur an der grauen Steinfassade hinabkroch. Morris schlief also nicht, er angelte. Dann mußte es Janet sein, die ihn aus der Loggia beobachtete, da Mrs. Leeper offenbar in der Küche tätig war.

Was mochte der wirkliche Grund sein. Morris Answerth auf die zwei Räume zu beschränken? Da er nicht schwimmen konnte, war die Insel schon an sich ein Gefängnis für ihn. War dieses ewige Einsperren notwendig, weil er zeitweise gewalttätig wurde und selbst zwei Frauen wie Mary und Mrs. Leeper nicht mit ihm fertig werden konnten? Außer der einen Äußerung von Jähzorn, als Morris mit der Lampe zu werfen drohte, hatte Bony an ihm nichts bemerkt, was auf die Notwendigkeit, ihn einzusperren, schließen ließ.

Als er damals aus dem Haus entwichen war, hatte er das Boot genommen, war ziellos über den See gerudert und nur an Land gegangen, um mit Lämmern zu spielen. So hatte es Blaze, abgesehen von Mrs. Leeper, jedenfalls dargestellt. Mit dem Gedanken, daß Morris vielleicht, weil er beobachtet hatte, wie seine Schwester oder sonst jemand über den Damm watete, auch den in dem mulmigen Wasser unsichtbaren richtigen Weg kannte, hatte Bony sich schon beschäftigt. War es Morris vielleicht auch noch bei anderen Gelegenheiten gelungen, aus dem Hause zu entweichen? Das würde natürlich bedeuten, daß dann seine Tür zufällig unverschlossen geblieben war, und das wiederum legte die Vermutung nahe, es könne gewohnheitsmäßig vergessen worden sein, sie zu verschließen. Daß von seinem Ausbruch durch das Fenster niemand wußte, durfte als gewiß angenommen werden.

Das Versteck des Seils, der alten Hose und Strandschuhe war Beweis genug, daß er schlaue Pläne machte, um seine Schwestern zu überlisten. Er war alles andere als ein gehorsamer und manierlicher Junge von zehn oder zwölf Jahren, und Bony fragte sich, wieviel wohl seine Mutter – wenn sie überhaupt Einfluß gehabt hatte – in dieser Hinsicht auf seinen stehengebliebenen Verstand eingewirkt haben mochte.

Er ging an den Magneten, der aus dem oberen Fenster herabgelassen wurde. Sobald er den Erdboden berührte, bewegte der Angler ihn so weit, wie es die Fensteröffnung erlaubte, und hob mit ihm eine Schiene von der Spielzeugeisenbahn, zwei Schrauben und einen von einem Sessel stammenden Metallknopf auf. Obgleich er die Kontakte beim ›Fangen‹ nicht gespürt haben konnte, zog er den Magneten prompt hinauf und ins Fenster.

Bony sah viele metallene Gegenstände so weit vom Hause liegen, daß der Angler sie unmöglich fangen konnte. Als der Magnet wieder niedersank, bewegte er die Schnur sanft weiter, bis so viele ›Fische‹ an ihr hingen, daß sie geradezu strotzte.

Dieser Fang wurde auch bald eingezogen, eine Hand wurde weit aus dem Fenster geschoben und winkte ihm zu. Wieder tastete der Köder hin und her und wieder gab es einen vollen ›Fischzug‹. Nun fielen kleine Gegenstände in Massen aus dem Fenster, und das Spiel wurde fortgesetzt.

Eine halbe Stunde wurde es getrieben und hätte vielleicht noch länger gedauert, wäre nicht Janet Answerth an der Haustür erschienen, um sich zu vergewissern, was da vorging. Feierlich belud Bony den Magneten und sah feierlich zu, wie der Angler ihn vorsichtig hochzog.

»Was machen Sie denn da, Inspektor? Na, aber – spielen Sie Angeln mit dem armen Morris?«

»Ihr Bruder ist glücklich«, sagte Bony, »weil er noch nie so viele Fische in so kurzer Zeit und mit so wenig Mühe gefangen hat.«

»Morris wird nun den ganzen Tag so spielen wollen, Inspektor«, sagte Janet. »Und ich muß Ihnen berichten, daß Blaze soeben angerufen und erklärt hat, es sei ratsam, sich jetzt von ihm abholen zu lassen, weil der See bald für das Boot zu wild sein wird.«

»Oh! Wenn es so ist, will ich lieber seinen Rat befolgen. Das bedeutet freilich auch, daß Dr. Lofty seine Patientin nachmittags nicht besuchen kann. Ist Miss Mary schon wach?«

»Nein, noch nicht. Mrs. Leeper sagt, ihr würden auch telefonische Anordnungen des Arztes genügen. Sie ist ja eine tüchtige Krankenschwester.«

Nach dem Sonnenstand war es zehn Uhr dreißig, und Janet merkte an der Art, wie Bony mit den Augen den Schatten des Hauses abschätzte, daß er sich auf diese Methode der Zeitfestsetzung mehr verließ als auf seine Armbanduhr.

»Der Doktor hat uns erklärt, Mary würde ungefähr um elf aufwachen«, sagte sie gelassen. »Sie können natürlich so lange bei uns bleiben wie Sie wollen, doch wenn der Seegang für das Boot zu grob wird, müssen Sie vielleicht bis morgen hierbleiben. Uns wäre das eigentlich ganz lieb.«

Sie hatte ihre Augen und ihr Gesicht gut in der Gewalt, aber ihre

Stimme hatte einen unechten Beiklang wie bei Gastgeberinnen, wenn sie insgeheim den Besuch zum Kuckuck wünschen. Bony nahm sich vor abzufahren, sobald Blaze ihn holen kam. Inzwischen wurde er in Janets Wohnzimmer zum Tee gebeten.

Er konnte später, wenn er an diese Situation dachte, nichts Verdächtiges daran finden. Janet versuchte weder, ihn auszuhorchen, weshalb er so lange dablieb, noch hatte sie Angst, er könne darüber sprechen. Sie unterhielten sich über ihre Gemälde.

Als Puffer zwischen drei Frauen fühlte Bony sich geistig nicht ganz so rege wie sonst, denn in dieser Lage wurde ihm bewußt, wie wenig er von der weiblichen Psyche verstand.

Drei Weiber unter demselben Dach! Die eine fähig, jemanden durch Druck auf einen Halsnerv zu töten, die zweite fähig, einem wütenden Bullen mit der Peitschenspitze auf die Nase zu knallen, und die dritte ihrer Macht über die Männer so sicher, daß sie in ihrer Anmaßung glaubte, jeder Mann müsse sich ihr beugen. Und mit diesen drei Frauen zusammen unter einem Dach ein geistesgestörter Mann von siebenundzwanzig Jahren, der koboldhaft frohlockend behauptete, zu wissen, wer seine Mutter erdrosselt hatte. Wenn das nicht eine verrückte Situation war!

Von der Haustür winkte Janet ihm nach. Als er zurückwinkte, machte auch Morris am Fenster grüßende Handbewegungen. Der alte Koch Blaze schrie ihm förmlich zu, um im Brausen des Windes gehört zu werden: »Eine nette Verabschiedung. Und bei mir sind Sie gewissermaßen hoch willkommen. Ich kann Ihnen nämlich was zeigen.«

»Das klingt ja erfreulich.«

»Und so werden Sie's auch finden. Robin Foster und der junge Bursche sind nicht da, sie müssen Schafe auf den Koppeln umsetzen, also können Sie sich Zeit lassen. Hat sie Ihnen 'ne Tasse Tee angeboten?«

»Hat sie. Sind in diesem See eigentlich Fische?«

»Massenhaft. Angeln Sie gern?«

»Ja. Ist mein Lieblingssport.«

Bei dem Wind kamen sie rasch über den See. Nachdem Blaze das Boot an dem Baumstumpf festgemacht hatte, führte er Bony zur Arbeiterunterkunft. An der Küchentür sagte er: »Was ich Ihnen zu zeigen habe, ist im Wollschuppen. Ich hab's entdeckt, als ich ein bißchen herumstöberte.«

»Können wir da hinein, ohne vom Haus aus gesehen zu werden?«

»Leider nicht. Soll uns aber egal sein, ja?«

»Richtig, soll egal sein. Sagen Sie: Ist der Wasserpfad über dem Damm schwer zu begehen?«

Blaze blieb zwischen der Küche und dem Wollschuppen stehen, um zu sehen, wie seine nächsten Worte auf Bony wirkten. »Haben Sie etwa vor, ihn nachts mal zu gehen?«

»Vielleicht. Was halten Sie von der Idee, daß Morris Miss Mary und Sie beim Waten in beiden Richtungen beobachtet und sich den unsichtbaren Wasserweg genau gemerkt hat, daß er ihn gehen konnte?«

»Darüber muß ich erst ein bißchen nachdenken.« Der kleine Koch schritt weiter, und nebeneinander gingen sie durch die breite Tür in den Wollschuppen. Er war leer. Blaze erklärte:

»Um über den Damm zu kommen, muß man einen Kniff kennen. Wenn Sie von dieser Seite losgehen, müssen Sie die linke Ecke des Hauses anpeilen, und auf dem Rückweg die rechte Kante vom Scherschuppen. Unterwegs sind vier große Löcher und ein kleines, an denen Sie vorbei müssen. Nein, ich glaube nicht, daß Morris das schaffen könnte, einerlei, was er sich da am Fenster auskalkuliert hat. Und bestimmt könnte er's nicht nachts bei Dunkelheit. Ich und Miss Mary, wir müssen im Dunkeln auch mächtig aufpassen, daß wir nicht umgeschmissen werden oder ausrutschen und ins tiefe Wasser fallen.«

»Danke. Genügt mir. Was wollten Sie mir hier zeigen?«

»Das da.« Blaze wies auf die Wand, wo jemand Zahlen mit blauer Kreide angeschrieben hatte. Ganze Reihen waren ausgestrichen, andere darübergesetzt. Auch die mit der Anzahl der geschorenen Schafe übereinstimmende Ziffer stand da. Viele kleine Posten waren addiert oder dividiert. Und mehrmals kam die ›94‹ vor.

»Also hat Miss Mary den Diebstahl der Wolle genauso nachgerechnet wie wir«, murmelte Bony.

»Dachte mir, daß Sie sich das gern ansehen würden«, sagte Blaze selbstzufrieden. »Warum aber, in Dreiteufelsnamen, hat sie über die gestohlene Wolle keinen Mucks von sich gegeben?«

»Na, bitte, sagen Sie mir das.«

»Ich könnte Ihnen eher sagen, wieviel kleine Bier ein Wirt aus einem Hektoliter ausschenken kann, Inspektor. Lieber sagen Sie's.«

»Eines Tages werde ich das. Inzwischen geben Sie mir noch eine andere Auskunft: Wer kommt zum Herrenhaus, um Holz zu sägen und zu hacken.«

»Ein alter Knaster namens Winter. Ungefähr jedes Vierteljahr hilft der hier mal aus. Schon seit Jahren. Hat in seinem Leben sehr viel Pech gehabt.«

»Wirklich?«

»Ja. Als er jung war und zur See fuhr, stürzte er in ein Ladeluk und biß sich im Fallen die Zunge ab. Konnte seitdem kein Wort reden. Er blieb aber weiter Seemann, bis er so taub wurde, daß er keinen Befehl mehr hören konnte. So fing er eine Ananasplantage an, da brannte ihm eines Nachts das Haus ab, und er konnte seine Frau und Tochter nicht aus den Flammen retten.

Das war vor zwanzig Jahren. Er verkaufte die Plantage und kam nach Edison, um in der Nähe des Meeres zu sein. Verdingte sich als Stallknecht beim Gasthaus. Die Stellung hat er gehalten, zwischendurch kommt er hierher, indem er sich selbst ein Floß aus Baumstämmen bindet und es über den See stakt. Eine anständige alte Haut.«

Bony dankte dem Koch herzlich für seine Hilfe und machte sich auf den Weg ins gut sieben Kilometer entfernte Edison. Nachdem er etwa einen Kilometer hinter sich hatte, dachte er über den tauben und stummen Holzhacker Winter nach.

19

Bony hatte Answerth's Folly kurz nach 11 Uhr 15 verlassen. Um 11 Uhr 45 machte er sich am Ufer eines Bachs ein Lager aus Blättern, auf dem er bis drei Uhr schlief. Da er nachher das Glück hatte, von einem Wagen mitgenommen zu werden, traf er um 3 Uhr 30 in Edison ein, wo er sich die Zeit zum Baden und Rasieren nahm, so daß er zur Zusammenkunft mit Mr. Samuel Harston um 4 Uhr 05 bereit war.

»Bitte sehr, Inspektor, was können wir für Sie tun?« fragte der große, kahlköpfige Mann mit den scharfen dunkelbraunen Augen.

Mr. Harstons Privatkontor war wie er selbst: groß, freundlich und gemütlich. Zudem unterstrich das mit zwei Buchhaltern besetzte Vorzimmer noch die Wohlhabenheit, deren er sich erfreute. Bony setzte sich mit der Miene eines Mannes, der es sich für mehrere Stunden bequem machen will. Nachdem er eine Zigarettenwurst gerollt hatte, blickte er, bevor er sie anzündete, dem Makler für Landwirtschaft und Viehzucht ins Gesicht und eröffnete das Duell, das der andere schon zu ahnen schien. »Wieviel Stück Vieh haben die Answerths in diesem Jahr verloren?«

»Das weiß ich nicht. Haben Sie einen Grund zu der Frage?«

»Ich suche nie Informationen zu erlangen –« Bony paffte erst ein paar Züge, ehe er hinzufügte: »ohne meine Gründe zu haben.«

»Ja, selbstverständlich, Inspektor. Ich dachte nur, Miss Mary Answerth wäre eher in der Lage, Ihnen diese Auskünfte zu geben.«

»Miss Mary Answerth geht es zur Zeit nicht gut.«

»Tut mir leid, das zu hören. Ich wußte nichts davon.«

»Ich habe es durch den Wachtmeister Mawson vertuschen lassen«, versicherte Bony ihm wie ein allmächtiger Zensor. »Gestern abend ist Miss Mary Answerth stranguliert worden.«

Die Wirkung, die der Satz auf den Makler hatte, war recht auffallend. Bonys Worte hoben ihn aus dem Sessel: Er stützte sich auf seinen mit Papieren bedeckten Schreibtisch und starrte sekundenlang den Besucher an. Und er blickte ihm ebenso starr ins Gesicht, bis er die Augen senkte.

»Stranguliert!« hauchte Harston. »Das begreife ich nicht.«

»Sie wird es wohl überstehen«, verkündete Bony ruhig.

Mr. Harston setzte sich wieder. Er wartete auf Einzelheiten, die Bony ihm gleich servierte.

»Miss Answerth konnte, nachdem ihr ein Lasso aus Leitungsdraht um den Hals geworfen und sie rückwärts zu Boden gerissen worden war, schlecht sprechen. Das heißt: bevor ihr Dr. Lofty ein Sedativ gab, unter dessen Wirkung sie heute vormittag, als ich das Grundstück verließ, noch bewußtlos war. Es hatte sie jemand mitten in der Nacht aus dem Hause gerufen und dann den Mordversuch gemacht. Nur ihre außerordentliche Körperkraft und ihr Instinkt haben sie gerettet. Ich hoffe, Sie lassen die Sache nicht bekannt werden.«

»Natürlich, Inspektor, selbstverständlich ... Verdammt und zugenäht – diesen Verbrechen muß ein Ende gesetzt werden!«

»Mein einziges Interesse an diesen Verbrechen«, sagte Bony kalt, »ist, den Täter zu finden. Da Miss Mary zur Zeit außer Gefecht ist – verzeihen Sie diesen Ausdruck –, mußte ich wegen der Auskünfte, die sonst sie mir sicher gegeben hätte, bei Ihnen vorsprechen. Wieviel Stück Vieh haben also die Answerths dieses Jahr verloren?«

»Soweit ich unterrichtet bin, fehlen bis heute neunundzwanzig, aber wie viele tatsächlich gestohlen wurden und wie viele nur streunen und sich später wieder einfinden, muß die Zeit beweisen. Nicht wenige Farmer und Weidegutbesitzer haben dieses Jahr Verluste gehabt. Im vorigen Jahr übrigens auch.«

»Sind seit dem Tode von Edward Carlow noch Verluste gemeldet worden?«

Der Makler warf Bony einen scharfen Blick zu und schüttelte den Kopf.

»Wie ist es mit den Verlusten an Schafen, Mr. Harston?« fiel die nächste Frage.

»Da ist die Zahl weit höher.«

»Wie viele Schafe haben die Answerths dieses Jahr eingebüßt?«

»Erst kürzlich erzählte mir Miss Mary, sie schätze die Verluste seit dem sechzehnten März, als alle Herden zur Zählung eingeholt wurden, auf gut hundert Stück.«

»Wissen Sie, ob sie eine bestimmte Person verdächtigt?«

»Ich glaube ja«, erwiderte der Makler, »allerdings macht sie darüber keine präzisen Angaben. Und Verdacht ist natürlich noch kein Beweis.«

»Es würden weniger Verbrecher frei herumlaufen, wenn der bloße Verdacht schon genügte, Mr. Harston. Sagen Sie bitte: Dieser Edward Carlow hat doch als Schlachter viel Geld verdient, nicht wahr?«

Bony erkannte in den braunen Augen seines Gegenübers die wachsende Vorsicht.

»Ja, hat er, Inspektor, denn er hatte sein Geschäft gerade eröffnet, als Edison dringend eine Schlachterei brauchte.«

»Würden Sie sagen, daß er außerordentlich gut verdiente?«

»Ich glaube, das behaupten zu dürfen.«

»Verzeihen Sie meine Hartnäckigkeit: Ging es ihm besser als das durchschnittlich für diesen Geschäftszweig gilt?«

»Wir leben in einer Prosperität, Inspektor, in Zeiten, wo jeder gut verdient.«

»Ausgenommen ich, Mr. Harston. Lassen Sie uns über Wolle sprechen. Sie haben doch die Answerthsche Schur zum Verkauf gestellt, ja?«

»Ganz recht.«

»Wie viele Ballen sind das gewesen?«

Die braunen Augen blinzelten. »Zweiundneunzig. Sie sollen auf der Auktion in der zweiten Serie angeboten werden.«

»Haben Ihnen Miss Mary oder Miss Janet erzählt, daß sie Wolle verloren hätten?«

»Miss Mary hat mir gesagt, sie habe den Verdacht, daß während der Schur Wolle gestohlen sei«, fühlte er sich zu antworten genötigt.

»Wann hat sie Ihnen das gesagt?«

»Es muß eine Weile nach der Schur gewesen sein, wir verglichen damals die Zahlen, vielmehr überprüften wir die von Miss Mary ausgerechneten.«

»Indem Sie die Anzahl der Schafe und Lämmer nahmen, ein Durchschnittsgewicht per Vlies zugrundelegten und damit auf einen Verlust von ungefähr zwei Ballen kamen?«

»Sehr richtig.« Mr. Harston verhehlte sein Erstaunen jetzt nicht, und Bony sagte: »Auch ich bin intelligent. Wurde der Verlust der Polizei gemeldet?«

»Meines Wissens nicht.«

»Weshalb nicht? Zwei Ballen stellen einen beträchtlichen Geldwert dar.«

»Tja, um es etwas genauer zu sagen, Inspektor: Die ganze Geschichte war undurchsichtig. Früher wurden Viehverluste der Polizei gemeldet, später jedoch, nachdem ein Teil der Tiere, die sich nur von den Herden entfernt hatten, wiedergeholt werden konnte, wurden sie nicht mehr gemeldet. Miss Mary ist schwer zu beeinflussen. Ich riet ihr, die Wollgeschichte dem Wachtmeister Mawson zu melden, doch davon wollte sie nichts hören, sondern erklärte mir, sie würde den Dieb, oder die Diebin, selbst ausfindig machen.«

»Wie können Sie so bestimmt behaupten, daß sie es nicht getan hat?«

»Nun, ich – bestimmt kann ich das freilich nicht sagen, Inspektor. Aber so wie ich die Damen Answerth kenne, viele Jahre schon, bin ich fest überzeugt, daß Miss Mary diese Rederei nicht ernst gemeint hat. Will sagen, wenn sie eine bestimmte Person nur in Verdacht hätte, wäre sie nicht zu Mawson gegangen, doch wenn sie Beweise gehabt hätte, wäre sie hingegangen und hätte sein Einschreiten verlangt.«

»An welchem Tage hat Miss Mary Ihnen erklärt, daß sie selbst Strafgericht halten wolle?«

»An das genaue Datum kann ich mich wirklich nicht mehr besinnen«, erwiderte er schließlich.

»Versuchen Sie's, Mr. Harston, es ist nämlich von Bedeutung.«

»Nun geben Sie bitte mal acht, Inspektor. Ich sagte Ihnen doch schon, daß ich die Answerths seit vielen Jahren kenne. Der Ahnherr der Familie war ein Schurke, wie er im Buche steht, und sein Sohn wie auch sein Enkel standen ihm nicht nach. Diese beiden Frauen aber, Mary und Janet, sind im Grunde gutmütige Menschen. Miss Janet ist weithin für ihre Großzügigkeit und ihre guten Taten bekannt, und Mary – na ja, wenn die auch manchmal ihre

Probleme auf ausgefallene Weise zu lösen versucht und unbedingt mit dem Kopf durch die Wand will, so würde sie doch nicht –«

»Das Datum bitte, Mr. Harston.«

Der Makler seufzte. »Es war einen Tag nach der Schafschur.«

»Als Miss Mary mit Ihnen an Hand ihrer Zahlen über den Verlust der Wolle sprach?«

»Ja.«

»Und fünf Tage später wurde die Leiche von Edward Carlow im See gefunden. Haben Sie da nicht an die Möglichkeit gedacht, daß Miss Mary ihre private Justiz ausgeübt haben könnte? Verzeihung, die Frage ist so nicht ganz fair. Halten Sie Miss Mary für körperlich fähig, es mit einem Mann von der Kraft und dem Gewicht dieses Carlow aufzunehmen?«

»Die Frage muß ich mit ›ja‹ beantworten, Inspektor. Eines Nachmittags hat sie es im Hotel da schräg gegenüber mit einer ganzen Bar voller Männer aufgenommen. Fünf mußten sich von Dr. Lofty behandeln lassen! Aber Mord? Nein, das würde ich von ihr nie erwarten. Das wäre – wäre ruchlos.«

»Zugegeben«, murmelte Bony. »Ich muß aber jede Möglichkeit in Betracht ziehen und abwägen. Was meinen Sie, wenn ich Ihnen sage, daß Edward Carlow die aus dem Answerthschen Schuppen gestohlene Wolle in seinem Schuppen auf dem Schlachthof liegen hatte?«

»Ich lehne trotzdem die Möglichkeit ab, daß Miss Mary den Mann getötet haben könnte. Wenn sie angetrunken ist, läßt sie sich gern auf Schlägereien ein, doch Mord? Nein! Kaltblütiger Mord, das ist einfach absurd.«

»Miss Mary behauptet, sie sei dadurch aufgewacht, daß jemand Erde gegen ihr Schlafzimmerfenster warf. Ein Mann habe unten gestanden und sie gebeten, zu ihm zu kommen, weil er mit ihr über die Viehdiebstähle sprechen wollte.«

Mr. Harston fühlte sich sofort wieder beruhigt. Er ahnte nicht, daß Bony noch wichtige Fragen in petto hatte. Schon kam er mit einem anderen Thema. »Sagen Sie mir bitte, weshalb der Damm im See nicht in Ordnung gehalten worden ist«, fragte er eindringlich. »Das Besitztum scheint doch, wenn es auch verhältnismäßig klein ist, gut verwaltet zu sein, und bei den heutigen Preisen für Fleisch und Wolle müßte allerhand Geld einkommen.«

Mr. Harston antwortete: »Ich glaube, diese Frage kann ich nicht beantworten, Inspektor, weil ich das selbst nicht recht verstehe. Wie Sie erwähnten, fehlt es an Geld nicht. Das Vermögen der beiden Frauen muß beträchtlich sein, ich habe keine Ahnung, wie groß es heute ist. Mir ist nicht entgangen, daß sich in den letzten zehn Jahren gewisse Veränderungen vollzogen haben, und zwar im Verhalten der Damen gegen mich. Veränderungen, die sich nicht ergeben haben, weil sie mir Vorwürfe zu machen hätten, sondern weil sie selbst sich verändert haben.«

Als Harston eine Pause machte, ermunterte ihn Bony: »Vielleicht sind Sie so freundlich, das näher zu erläutern.«

»Will's versuchen. Als der alte Jacob Answerth noch lebte, ging meine Arbeit als Makler und geschäftlicher Berater bei ihm immer glatt. Er hatte feste Grundsätze und richtete sich meistens nach meinem Rat. Nach seinem Tode waren die Töchter ganz zufrieden, die Wirtschaft unter meiner Aufsicht weiterzuführen, das heißt: Ich besorgte die Verkäufe und Geldangelegenheiten, die eigentliche Viehwirtschaft aber lag nicht in meiner Kompetenz. Mit der Zeit jedoch handelten die Töchter oft auch, ohne sich von mir beraten zu lassen. Allmählich schienen in ihrem ganzen Wesen Veränderungen vor sich zu gehen, die ich nicht genauer definieren kann. Ich kann nur sagen, daß Mary noch intoleranter geworden ist und Janet jetzt verschlossener zu sein scheint.«

»Janet soll doch sehr menschenfreundlich sein, eine echte Philanthropin«, warf Bony ein.

»Das stimmt«, bestätigte Mr. Harston, »sie hat am wenigsten von der Answerthschen Art. Hat Verstand, Kultur, ein umgängliches Wesen. Wir haben in Edison drei Kirchen, und sie hat jederzeit allen dreien, wenn sie gebeten wurde, mit Geld und persönlichen Dienstleistungen geholfen. Als der alte Carlow starb, der als Farmer bankrott gemacht hatte, wollte Miss Mary die Wirtschaft sofort an Fremde weiter verpachten, während Miss Janet der Familie Carlow aus der Not half und ihr eine neue Existenz schuf, indem sie Edward den Schlachterladen einrichten ließ.«

»Wie verhielt sich Miss Mary, als ihre Schwester Mrs. Carlow mit den zwei Söhnen sozusagen unter ihre Fittiche nahm?«

»Hier in diesem Büro hat sie Janet deswegen als heuchlerische Hexe beschimpft. Die beiden waren gekommen, um den Vertrag mit den neuen Pächtern der früheren Carlowschen Farm abzuschließen. Mary sagte auch – was mich sehr stutzig machte – Janet ginge es bei ihrem Interesse für die Carlows einzig und allein um Edward. Darüber war sie sehr böse.«

»Hm.« Bonys Gesicht blieb maskenhaft starr. »Wer führt die Bücher über Haushaltskosten und dergleichen?«

»Miss Janet. Sie ist ein kluges Persönchen. Als sie von der Schule in Brisbane wieder nach Hause kam, lernte sie Buchführung, und als ihr Vater starb, konnte sie selbständig die Bilanzen der Viehwirtschaft und die Steuerabrechnungen machen. Das ist auch der Grund, weshalb ich die derzeitige Vermögenslage nicht kenne.«

»Für den Damm wollten sie kein Geld ausgeben, sagten Sie, glaube ich.«

»Ja. Als sich herausstellte, daß er neu aufgeschüttet werden mußte, sagten sie, die Gemeinde solle die Kosten tragen, oder die Regierung müsse die Flußmündung wieder öffnen lassen. Das letztemal hatten die Arbeiten am Damm tausend Pfund gekostet, diesmal war die dreifache Summe veranschlagt. Ich regte als vernünftigen Plan an, rechts neben dem Arbeiterquartier ein Haus bauen zu lassen, und zwar ein modernes mit neuzeitlichem Komfort, doch davon wollten sie nichts hören. Mary sagte, was der erste Answerth gebaut habe, würden sie nie im Stich lassen, und Janet hatte die lächerliche Idee, das Wasser würde, wenn es hoch genug stiege, von selbst ins Meer abströmen. Als ob dadurch der Damm ins Trockene gehoben würde!

Schließlich beauftragten sie einen älteren Mann, einen gewissen Winter, ein Boot zu bauen. Der Alte ist zwar taub und stumm, aber auf Bootsbau und Handwerkerei versteht er sich. Wenn es erforderlich ist, bringt er Holz als Floß zum Hause hinüber und sägt es dort nach Bedarf zu.«

»Wie viele Jahre ist der Mann schon für die Giftvilla tätig?« fragte Bony.

»Oh, mindestens zwölf, vielleicht schon länger.«

»Mrs. Leeper scheint gern dort zu bleiben. Wieviel Geld bekommt sie wohl?«

»Das Doppelte, was sonst für die Tätigkeit als Köchin und Haushälterin üblich ist.« Mr. Harston sah jetzt grimmig aus. »Ich glaube, die bildet sich ein, soviel wert zu sein.«

»Mir hat sie erzählt, daß sie spart, um sich eine eigene Klinik für Geisteskranke zu kaufen«, sagte Bony obenhin, und der Makler stimmte ihm ein wenig zu schnell bei. »Tüchtig scheint sie zu sein.«

»Sehr tüchtig. Genau die Richtige, um diese Familie in Schach zu halten.«

»Stimmt es, daß Jacob sein ganzes Vermögen seinen Töchtern hinterließ und seine Frau und der Sohn leer ausgingen?«

»Das ist Tatsache. Ich wußte von seinen Absichten nichts, bis das Testament verlesen wurde. Da habe ich die Töchter aufgefordert, für Mrs. Answerth eine Jahresrente auszusetzen, doch sie wünschte das gar nicht, sondern erklärte, daß sie von Jacobs Geld nichts haben wolle. Übrigens besaß sie selbst ein kleines Vermögen.«

»Ich nehme an, daß die Schwestern Answerth dann auch ihr Testament aufsetzen ließen?«

»Ja. Sie ersuchten mich um entsprechende Vorschläge.«

»Wen haben sie zum Testamentsvollstrecker ernannt?«

»Das weiß ich nicht.«

»Wer erbt die Hauptmasse des Vermögens?«

»Auch das ist mir absolut unbekannt. Ich denke aber, es wird in Treuhänderschaft für Morris gehalten. Das hatte ich jedenfalls empfohlen.«

»Also muß er einen Vormund haben«, murmelte Bony. »Wer ist dazu bestellt?«

Harston hustete und stand auf, als wolle er andeuten, daß das Gespräch beendet sei. Sein Blick war unstet, das Gesicht rot geworden. Als Bony seine Andeutung ignorierte, sagte er ärgerlich:

»Sie müssen verstehen, Inspektor, daß ich gerade über diesen Punkt nicht mehr sagen darf, denn das käme auf einen Vertrauensbruch hinaus. Die Notare mögen darüber anders denken. Die Anwaltfirma heißt Mark & Mark, in Manton.«

Bony blickte den Makler freundlich an und gab ihm lässig den Wink, wieder Platz zu nehmen. Und Mr. Harston setzte sich verblüfft.

»Mit Notaren ist immer schwer umzugehen«, sagte Bony, »denn ihre Ausbildung und Praxis erstickt in ihnen die kostbare Gabe Phantasie. Ich darf wohl voraussetzen, daß Ihnen das Wohlergehen der Familie Answerth am Herzen liegt?«

»Selbstredend, natürlich! Ich kenne die Damen ja schon seit ihrer Babyzeit.«

»Ich freue mich über diese Zusicherung, Mr. Harston. Ich verfolge nämlich zwei Ziele. Das eine ist: festzustellen, wer Mrs. Answerth ermordet und wer Miss Mary zu töten versucht hat; das zweite ist: zu verhüten, daß noch ein Mitglied der Familie Answerth ermordet wird. Ich glaube daher, auch behaupten zu dürfen, daß mir das Ergehen dieser Familie am Herzen liegt. Darf ich bei meinen Bemühungen, einen weiteren Mord abzuwenden, auf Ihre bereitwillige Mitwirkung rechnen?«

Nicht fähig, zu sprechen, nickte Mr. Harston stumm, als sei er beim Zählen.

»Die Aufgabe eines Detektivs besteht darin, jeden zu verdächtigen, bis sich seine Unschuld erwiesen hat«, fuhr Bony fort. »Die Aufgabe verlangt, daß er beweiskräftige Einzelheiten sammelt, die ihm die Gewißheit geben, daß eine bestimmte Person schuldig ist.

Zu den vielen, die ich im Rahmen meiner Aufgabe verdächtigen muß, Mr. Answerth erdrosselt zu haben, gehören – auch Sie.«

Wieder war der Makler aufgesprungen. »Ich!« Er schrie das Wort fast. »Weshalb ich?«

»Habe ich das nicht erklärt? Ich verdächtige jeden Menschen hier in Edison, jeden in der Giftvilla und jeden in der Umgegend, und werde sie alle so lange verdächtigen, bis der Mörder von Mrs. Answerth mit Namen genannt werden kann. Sie können sie getötet haben, Mr. Harston, das läßt sich wohl nicht leugnen. Auch Wachtmeister Mawson könnte es getan haben, oder Robin oder Henry Foster, oder ein Arbeiter des Gutes oder ein Answerth, sogar der im Testament der Töchter bestellte Vormund. Wer ist der Vormund?«

Mr. Harston wedelte hilflos mit den Händen. Er sah von Bonys Gesicht nur die großen blauen Augen. Dessen Stimme wirkte auf ihn wie ein Dolch, der gleich in sein Gehirn dringen mußte. »Den Namen des Vormundes, Mr. Harston!«

»Mrs. Leeper«, raunte der Makler.

20

Der Schlachterladen machte einen sauberen Eindruck. Er sollte gerade geschlossen werden. Das Fleisch war aus dem mit Marmorplatten ausgelegten Fenster entfernt und von den schweren Haken an den stahlblanken Laufschirmen abgenommen worden. Ein junger Mann kratzte einen Hauklotz säuberlich ab.

»Gerade noch zur Zeit«, sagte der junge Mann, ohne von seiner Arbeit aufzublicken, zu Bony. »Was wünschen Sie?«

»Sie.«

Der Jüngling richtete sich auf und blickte Bony an. Er war groß, athletisch gebaut, ein hübscher Mensch. Das dunkle Haar und die dunklen Augen strahlten Kraft und Gesundheit aus. Sein Blick war jetzt frech. Bony blickte nach der Ladentür und sagte: »Schließen Sie lieber schon ab, ich werde eine Weile hierbleiben.«

»Und wer sind Sie, zum Donnerwetter?«

»Oh, entschuldigen Sie. Ich vergaß, zu erwähnen, daß ich der Inspektor Napoleon Bonaparte bin.«

Mrs. Carlow kam aus dem Büro, nahm ihre Brille von den müden grauen Augen und blieb wartend am Ende des Ladentisches stehen. Sie fragte in bescheidenem Ton: »Bitte, Inspektor?«

»Ich nehme an, Sie sind Mrs. Carlow und Sie Alfred Carlow«,

sagte Bony. »Ich bin dabei, den Todesfall Ihres Sohnes aufzuklären, Mrs. Carlow, und ich dachte mir, daß es Ihnen lieber ist, nicht in die Polizeiwache gerufen zu werden, wo ich zeitweilig mein Quartier habe. Ich werde Sie nicht lange aufhalten.«

Mrs. Carlow seufzte. »Ich hoffe, Sie werden Edwards Mörder entdecken«, sagte sie und wartete auf weitere Eröffnungen.

»Werde ich, letzten Endes. Vielleicht wollen Sie erst Ihre Buchungen fertigmachen, während ich mit Ihrem Sohn spreche?«

»Danke schön, das werde ich tun.«

»Nun, Mr. Carlow, habe ich mehrere Fragen und hoffe, daß Ihre Antworten mir eine große Hilfe sein werden«, sagte Bony zu dem jungen Mann, als seine Mutter wieder ins Kontor gegangen war. »Ich habe gehört, daß Sie nach dem Verlassen der Schule den Metzgerberuf ergriffen und seit dem Tode Ihres Bruders einen großen Teil seiner Arbeit übernommen haben. Soviel ich weiß, hat Ihr Bruder früher zumeist geschlachtetes Vieh gekauft oder, wenn er es lebend kaufte, selbst geschlachtet?«

»Richtig, Inspektor. Wir schlachten selbst, kaufen aber auch Fleisch vom Großhändler.«

»Ich nehme an, daß Sie manchmal mit Ihrem Bruder zusammen zum Schlachten gegangen sind?«

»Höchstens zweimal, öfters nicht. Er sagte, das könnte er gut allein, meine Aufgabe wäre, im Laden zu bedienen, wenn er nicht da ist.«

»Und Sie haben hier schon bald, nachdem Ihr Bruder das Geschäft eröffnete, zu arbeiten begonnen, ja?«

»Ein bis zwei Jahre danach.«

»Und dann, nachdem er getötet worden war, wurde ein Mann zum Schlachten angestellt, und Sie fuhren den Lieferwagen, um das Fleisch für den Laden zu holen?«

»Ganz recht.«

»Auf dem Schlachthof gibt's einen Schuppen mit einem Vorhängeschloß. Wo befindet sich der Schlüssel dazu?«

Obwohl darauf vorbereitet, entdeckte Bony keine Veränderung in den dunklen Augen, die ihn bisher so offen und wißbegierig angeblickt hatten. Ohne Zögern erwiderte Alfred Carlow, der Schlüssel sei im Kontor.

»Wann sind Sie zuletzt in dem Schuppen gewesen?«

Carlows Zögern war jetzt begreiflich. »Ich weiß nicht«, antwortete er. »Mag ein Jahr her sein.«

»Seit dem Tode Ihres Bruders jedenfalls nicht?«

»Nein.«

»Weshalb nicht? Sie waren doch häufig auf dem Schlachthof, um Fleisch abzuholen?«

»Ich hatte keine Veranlassung, den Schuppen zu betreten. Die Aufsicht über den Schlachthof hat der alte Jim Matthews. Der sagt uns telefonisch durch, was an Schlachtvieh jeweils vorhanden ist, und wir sagen dann, wie viele Tiere er für uns schlachten soll.«

Jetzt las Bony deutlich Besorgnis und Neugier in den dunklen Augen. Er erklärte dem jungen Mann, nun mit seiner Mutter sprechen zu wollen. Carlow setzte seine Säuberungsarbeiten fort, während Mrs. Carlow im Kontor Bony den einzigen noch freien Stuhl anbot.

»Ich hoffe, Sie werden nicht böse, wenn ich sehr offen rede, Mrs. Carlow«, sagte er. »Kann ich auf Ihre volle Mitwirkung rechnen?«

»Ja, Inspektor.«

»Sprechen wir jetzt über Ihren Sohn. War er ein guter Sohn?«

Langsam nickend sagte die Frau: »Immer. Wir haben auf der Farm schwer gearbeitet, aber mein Mann vertrank alles, was wir verdienten. Nach seinem Tode sorgte Edward für uns und arbeitete zwanzig Stunden am Tage, um dieses Geschäft auf die Beine zu stellen.«

»Hat es, nachdem Ihr Sohn starb, Schwierigkeiten mit der Finanzbehörde gegeben?«

Wieder nickte Mrs. Carlow langsam, ehe sie antwortete: »Edward muß sich wohl jeden Abend, bevor er mir die Tageseinnahmen zum Verbuchen gab, Geld aus der Kasse genommen haben. Nicht sehr viel. Nach unserer Meinung ungefähr fünf Pfund pro Tag. Eigentlich hat er das ja auch verdient gehabt.«

»Die Bücher haben Sie selbst seit der Geschäftseröffnung geführt?«

»Ja, an diesen hatte die Behörde auch nichts auszusetzen.«

»Wer hat die Einkommensteuererklärungen ausgefüllt?«

»Das machte Edward. Miss Answerth half ihm dabei. Miss Janet Answerth. Miss Janet hat dieses Grundstück für uns gepachtet und uns das Geld für Einrichtung vorgeschossen. Außerdem hat sie Edward noch Geld geliehen zum Kauf seines ersten Lieferwagens. Er kaufte dann ein Haus für uns und möblierte es gleich. Die ganze Schererei mit den Steuern ist nur durch das Geld entstanden, daß er dafür ausgegeben hat.«

»Wann haben sich denn, nach der Ermordung Ihres Sohnes, die Steuerfahnder auf Sie gestürzt?«

»Jetzt vor drei Wochen fingen sie an. Sie stellten fest, daß die Einnahmen seit Edwards Tod viel höher waren als vorher. Ich verstehe die ganze Sache nicht, Inspektor. Mein Mann ist ja ein Tunichtgut gewesen, doch er war grundehrlich. Aber ein paar Äußerungen der Finanzbeamten über das Haus, die neuen Möbel und den neuen Lieferwagen – daß das doch nicht alles im Laden verdient sein könnte, und in so kurzer Zeit, noch dazu, wo das Darlehen an Miss Janet zurückbezahlt war – das brachte mich erst darauf, schlecht von meinem armen Edward zu denken.«

»Leider hat er auch gewisse nicht gerade reelle Geschäfte gemacht«, erklärte Bony sanft. »Zweifellos hat er mehr Geld ausgegeben, als das Geschäft abwerfen konnte. So bedaure ich, Ihrer ungünstigen Meinung beipflichten zu müssen, Mrs. Carlow. In dem verschlossenen Schuppen auf dem Schlachthof ist Wolle gelagert, von der man weiß, daß sie zur Schurzeit aus den Answerthschen Beständen gestohlen wurde.«

»Aber ...« Mrs. Carlow weinte.

Bony sprach gedämpft weiter: »Der Diebstahl dieser Wolle hat mit meinen Ermittlungen nicht viel zu tun. Ich will wissen, wer Ihren Sohn getötet hat. Irgend jemand hat ihn so gehaßt, daß er es fertigbrachte, ihn zu ermorden, und wahrscheinlich ist dieser Mensch, der zu seinem Bekanntenkreis gehörte, auch Ihnen nicht fremd.«

»Keiner, den ich kenne, kann ihn so gehaßt haben, Inspektor.«

»Ein Mensch, der so haßt, daß er zu morden vermag, läßt das selten merken, Mrs. Carlow. Sagen Sie mir jetzt, ob Ihr Sohn sich bei Ihnen einmal beklagt hat, von jemandem beleidigt worden zu sein.«

»Nein. Beleidigt fühlten wir uns alle, als Miss Mary uns von der Farm vertrieb, aber sie hatte ja das Recht auf ihrer Seite. Mein Mann hatte vier Jahre keine Pacht mehr bezahlt.«

»Hatte Ihr Sohn Freunde oder Geschäftspartner, die Ihnen als Umgang nicht ganz gefielen?«

»Nein. Nur die Leute, die ihn zum Wetten und zum Trinken verführten.«

»Ist es wahr, daß er Ihnen an dem Abend, als er getötet wurde, gesagt hatte, er wolle in Manton ein Mädchen besuchen?«

»Ja.«

»Wer ist dieses Mädchen?«

»Ich kenne in Manton keins, das ihn interessierte.«

»War er denn hinter einer von hier her?«

»Mag sein. Die waren ja alle ganz verrückt nach ihm. Er war doch ein hübscher Junge, Inspektor.«

»Ich habe sein Bild gesehen. Alfred ist ihm sehr ähnlich. Glauben

Sie, daß seine Bekanntschaft mit Janet Answerth einen tieferen Hintergrund hatte?«

»So richtig klar hat er sich darüber nie geäußert. Ich glaube aber, er machte sich Hoffnungen.«

»Sprechen Sie so, wie Sie denken, Mrs. Carlow.«

Sie spielte mit einem Bleistift und schien ihre wirbelnden Finger zu betrachten, aber ihre Gedanken waren anderswo. Bony, der zu warten verstand, wenn es angebracht war, wartete. Plötzlich blickte sie ihn an und sah ihn wirklich.

»Ich glaube, es ging mehr von ihrer Seite aus als von seiner. Als Edward zur Wahlzeit in der Stadthalle sprach, saß Miss Janet neben mir. Als ich sie mal zufällig betrachtete, fiel mir auf, wie sonderbar sie ihn betrachtete.«

»Glauben Sie, daß sich weiter nichts zwischen den beiden ereignet hat?«

»Nein, weiter nichts.«

21

Halb sieben Uhr abends. Die Dämmerstunde über Edison war bei dem herrschenden Wind fast unheimlich. Die lange Wolkenbank im Norden war mattrot, und die tiefergelegene Umgebung der Stadt lag in mysteriösem Dunkel.

Mawson hatte gerade beschlossen, nicht länger zu warten, da kam Bony herein.

»Will Sie nicht länger als zwei Minuten aufhalten, Mawson«, sagte er. »Was hat der Schlachter ausgesagt?«

»Er sagt, daß er natürlich den Schuppen sehr gut kennt, erinnert sich aber nicht, ihn einmal unverschlossen gesehen zu haben. Hat die Carlows nie danach gefragt und brauchte den Schlüssel sowieso nicht, da er keinen Anlaß hatte, den Schuppen zu betreten. Die Häute und Felle von den Tieren, die er schlachtet, verstaut er in offenen Schuppen.«

»Ihren Eindruck von dem Mann, bitte?«

»Er spricht die Wahrheit.«

»Paßt ins Bild, Mawson. Wie ist es nun mit Ihrer Nichte im Fernsprechamt?«

Mawsons verwirrtes Gesicht zog sich in die Breite, mit einer knorrigen Hand fuhr er lässig durch sein semmelblondes Haar und berichtete: »Na, ich fragte sie, ob sie die für die Giftvilla angemeldeten Gespräche abhört. ›Nein, Onkel, auf keinen Fall‹, gab sie zur Antwort. Ob sie denn sonst nicht mal ein Gespräch mithörte? ›Was erlaubst du dir, Onkel?‹ hieß es da gleich. Ob sie nicht, als besondere Gefälligkeit und mir zuliebe, von jetzt ab die Anrufe in der Giftvilla abhören und den Inhalt ihrem liebenden Onkel mitteilen würde? Ach, er war nicht mehr ihr liebender Onkel, nachdem er versucht hatte, sie zum Bruch ihrer Dienstgeheimnisse zu überreden. Ja, sie hätte durchaus Interesse an der Aufrechterhaltung von Gesetz und Ordnung. Ja, sie mochte den Inspektor Bonaparte, der bei ihrer Mutter in Pension wohnte, gut leiden, aber – oh – na schön, als ganz besondere Gefälligkeit wollte sie die Uhrzeit der Anrufe und die Namen der die Giftvilla anrufenden Teilnehmer notieren. Aber weitergehen? Nein und tausendmal nein! Zweimal hat sie mit dem Fuß aufgestampft. So ist die Sache verlaufen.«

»Um welche Zeit haben Sie mit ihr gesprochen?«

»So gegen zwölf Uhr.«

»Ich werde sie ja beim Abendessen sehen. Haben Sie die Indizien überprüft?«

»Ja. Möchten Sie die selbst noch einmal anschauen?«

»Nein. Ihre Schlußfolgerungen?«

»Zwei Lassos, eins vier Meter, eins dreieinhalb Meter lang, beide auf dieselbe Weise gemacht: eine kleine Schlaufe oder Öse an einem Ende. Bei dem längeren Lasso besteht die Befestigung aus leichtem Bindfaden, bei dem anderen aus starkem Zwirn.«

»Der längere war bis vor kurzem im Besitz von Morris Answerth und wurde im Kamin gefunden«, betonte Bony.

»Ja. Mit dem kürzeren wurde Miss Mary halb, mit dem langen Mrs. Answerth ganz erdrosselt. Ich würde so ein Zeugs wohl nicht benutzen, wenn ich jemanden erwürgen wollte. Die Pistole war nicht geladen und ist nicht abgefeuert worden.«

»Der Krach des Schusses muß fürchterlich gewesen sein«, sagte Bony, indem er aufstand. »Na, wir wollen lieber jetzt gehen, sonst komme ich zu spät zum Essen. Haben Sie heute abend etwas vor?«

»Ich wollte eigentlich im Radio meine Lieblingssendung hören.«

»Hoffentlich ist das nicht eine Unterhaltung von Schwachköpfen für Schwachköpfe, Mawson? Ich werde meinen Abend in Verfolgung höherer Ziele zubringen.«

»Und das wäre?«

»Will die Sterne befragen. Über die Schwäche des Mannes und die Launen der Frau nachdenken. Und ich glaube, es gibt hier keinen besseren Ort zum Meditieren als den alten Holzstapelplatz.

Ich wäre Ihnen dankbar, wenn Sie mich nach dem Essen hinfahren würden.«

»In einer halben Stunde bin ich fahrbereit«, antwortete Mawson, indem er die Beweisstücke in den Geldschrank einschloß.

Bony empfahl sich. Er schritt flott die Straße hinauf zu seinem Quartier, wo er am Tor von Mrs. Nashs Tochter begrüßt wurde. Sie hatte die Augen ihrer Mutter und von ihrem Onkel Mawson das sympathische Lächeln. »Guten Abend, Inspektor Bonaparte.«

»Ah! Sie dürfen mich Bony nennen, wie alle meine Freunde.«

»Hatten Sie vielleicht meinen Onkel gebeten, mich zum Abhorchen von Telefonaten zu verleiten?«

»Vorgeschlagen hatte ich das«, gab Bony mit ernster Miene zu.

»Und weshalb haben Sie mich nicht direkt gebeten?«

Bony fand es lustig, wie sie ihn mit ihren ehrlichen Augen zu durchbohren versuchte. Wie ein kleiner Junge, der eine erzürnte Lehrerin besänftigen will, erwiderte er: »Wissen Sie, Miss Nash, das war doch höchst wichtig für meine Arbeit hier, so wichtig, daß ich meinte, die Sache müsse Ihnen mit dem bestmöglichen persönlichen Einsatz vorgetragen werden. Und weil ich wußte, wieviel Ihr Onkel von Ihnen hält, und Sie von ihm, da – nun . . .«

»Jetzt kommen Sie mit 'rein zum Essen. Sie haben sich schon schrecklich verspätet. Bedaure, ohne Genehmigung des Postmeisters nicht tun zu können, was Sie gern wollten. So habe ich das Bestmögliche getan und hier die Anrufe in der Giftvilla notiert.«

»Das finde ich aber nett von Ihnen. Heute abend haben Sie keinen Dienst, nicht wahr?«

»Nein, ich fange erst morgen früh um acht wieder an.«

»Vielleicht würden Sie aber morgen weiter –?«

»Ja, vielleicht Bony.«

»Ah, das höre ich lieber. Nun ist alles in Ordnung.«

In seinem Wohnzimmer studierte er das Notizblatt und las ab:

›16 Uhr 51 Mr. Harston ruft die Giftvilla an.
18 Uhr 19 Mrs. Carlow ruft die Giftvilla an.‹

Giftvilla! Jeder Mensch hier bezeichnete das Haus am See wie selbstverständlich als ›Giftvilla‹.

Als er zur Polizeiwache ging, war der Tag zu Ende, und die Nacht wurde sehr lebendig.

»Fertig«, sagte Mawson hinter dem Steuer, und Bony, der neben ihm saß, schaltete die Beleuchtung des Armaturenbretts ab. Leise löste Mawson die Bremse, so daß der Wagen bei abgestelltem Motor die Straße hinab und aus der Stadt rollte. Bevor er den Motor anließ, machte er noch eine Bemerkung über Bonys Anzug:

»Leichte Schuhe mit Gummisohlen, schwarzer Schal anstatt weißer Krawatte, alter Anzug, alte Mütze. Taschenlampe in der Brusttasche des Jacketts. Und wo haben Sie Ihren Revolver?«

»Ein Revolver ist so gangsterhaft, so plump, Mawson. In der Nähe des Holzabladeplatzes habe ich einen Haufen von altem deutschem Zaundraht gesehen. Halten Sie dort an, dann will ich mir ein ungefähr vier Fuß langes Stück holen und an einem Ende einen Haken als Handgriff machen.«

Mawson kicherte. »Ich glaube, Sie stechen lieber einen tot, als daß Sie schießen.«

»Wenn man jemandem mit einem Stück dicken Draht eins über die Kehle haut, geht das ganz geräuschlos ab, Mawson. Und der Betreffende auch.«

»Was haben Sie denn vor?« fragte der Wachtmeister, von Neugier geplagt.

»Offiziell bin ich vielleicht ein paar Tage abwesend. Unter uns gesagt, gehe ich ›in den Busch‹ und werde vielleicht während meiner Wanderungen das bei mir vermutete Talent als Einbrecher praktisch demonstrieren. Bitte bleiben Sie für drei Tage möglichst in der Nähe Ihres Telefons. Falls Sie die Stadt verlassen müssen, versuchen Sie, in engem Kontakt mit Ihrer Nichte im Fernsprechamt zu bleiben.«

»All right. Nur weiter, mir macht das Spaß.«

»Ihre Nichte war uns behilflich.«

»Wie hat das Mädel Ihnen geholfen?«

»Nachdem ich mich mit Mr. Harston gründlich ausgesprochen hatte, verließ ich ihn heute nachmittag um sechzehn Uhr fünfzig. Um sechzehn Uhr einundfünfzig hat er die Giftvilla angerufen. Meine Unterhaltung mit Mrs. Carlow hatte sich um die gleichen Fragen gedreht. Ich verließ ihren Laden um achtzehn Uhr siebzehn, und um achtzehn Uhr neunzehn rief sie die Giftvilla an. Da Mr. Harston, bis ich es ihm sagte, noch nicht gewußt hatte, daß Miss Mary gewürgt worden war, wollte er sich mit seinem Anruf ohne Zweifel nach ihrem Befinden erkundigen. Bei Mrs. Carlow dagegen, die auch nichts von dem Überfall wußte, habe ich davon gar nichts erwähnt.«

»Na, und was folgern Sie daraus?« fragte er nach längerem Schweigen.

»Oh, richtig überlegt habe ich mir das noch nicht. Die Schuhe, sage ich Ihnen – ganz prächtige Modelle.«

Mawson platzte laut los. »Sie meinen also, die Auskünfte sind diesen Preis wert?« brachte er schließlich heraus.

»Aber ja.«

»O nein, so geht das nicht ab, Bony. Die Schuhe können Sie selber bezahlen. Wir sind schon dicht beim Holzplatz. Wo soll der Draht ungefähr liegen, den Sie haben wollen?«

»Linker Hand. Bremsen Sie hier und schalten Sie die Scheinwerfer aus. Lassen Sie sie, wenn ich gegangen bin, noch eine ganze Minute abgestellt, dann fahren Sie nach Hause und setzen Sie sich an Ihr Radio. Wenn Sie im Laufe von sieben Tagen nichts von mir hören, lassen Sie den Answerthschen See nach mir abfischen.«

»Hm. Klingt ja recht heiter.«

»Keine Sorge. So unvorsichtig werde ich nicht sein. Wenn mein Präsidium sich bei Ihnen telefonisch nach mir erkundigt, sagen Sie den Leuten, ich sei zum Angeln und würde ein bis zwei Wochen fortbleiben. Wenn sie zu frech werden, sagen Sie: eine schöne Empfehlung von mir, sie sollten sich nicht kindisch benehmen. Unter uns gesagt, Mawson: Ich rechne mit einem weiteren Mordversuch und möchte rechtzeitig zur Stelle sein. Die geringste Einmischung von dritter Seite würde den Versuch verzögern, vielleicht um mehrere Wochen, und so lange kann ich hier nicht herumspuken. Falls während dieser Zeit Robin Foster oder sein Bruder in die Stadt kommen sollte, behalten Sie den im Auge. Beobachten Sie auch das Benehmen der Carlows, besonders das des Sohnes. Und geben Sie acht, ob Janet Answerth oder Mrs. Leeper in der Stadt erscheinen, wen sie besuchen, um welche Zeit, und so weiter. Ich gehe jetzt.«

Es war 19 Uhr 45 geworden. Eine Stunde später lag Henry Foster auf dem Bett in seinem Zelt und las beim Licht einer Sturmlaterne, die er auf eine Kiste gestellt hatte. Neben der Lampe lagen Pfeife, Tabak und Streichhölzer und ein Blechbecher mit Kaffeeresten. Draußen lag, durch ein halbrundes Stück Eisenblech gegen den Wind geschützt, sein Hund. Er war an einen Pfahl gekettet und wand sich, als sei er einem Floh auf der Spur. Daß der Hund jetzt nicht anschlug, sollte Foster lange im Gedächtnis bleiben, denn sein Hund war wirklich kein vollgefressenes, faules Tier. Jedenfalls merkte Foster von Bony nichts, bis die Zeltklappe sich hob und er bei ihm eintrat mit einem höflichen »Guten Abend!«

»Gut' Ta-ag«, antwortete Foster, sich aufrichtend.

»Kommen Sie vors Feuer, ich möchte mit Ihnen sprechen.«

»Zum Donnerwetter, wem gehört dieses Zelt?«

»Ihnen, wenigstens für diese Nacht.«

Bony ging nach draußen, Foster fand seine Stiefel und zog sie an. Als er hinaustrat, hockte sein Besucher auf den Fersen vor dem Feuer.

»Ich bin Inspektor Bonaparte«, sagte Bony. »Sie sind bekannt unter dem Namen Henry Foster und haben im Schuppen bei Answerth die Wolle gepreßt. Wie Sie sich gewiß denken können, Foster, ist meine Aufgabe, den Mörder von Edward Carlow zu finden.«

Keine Antwort.

»In einem langen Bericht, den ich dem Wachtmeister Mawson hinterlassen habe«, fuhr Bony fort, »habe ich genau ausgeführt, wie Sie den Wollklassierer getäuscht und eine große Anzahl von Vliesen aus seinen Wannen gestohlen haben. In dem Bericht sind auch die Besuche erwähnt, die ich, begleitet von einem sachverständigen Zeugen, in dem Schuppen auf dem Schlachthof gemacht habe, der früher Edward Carlow gehörte; ferner das Ergebnis meines Besuchs bei dem Wollklassierer, der einwandfrei festgestellt hat, daß die Wolle aus der Answerthschen Schur stammt. Weiterhin: daß Sie vor sechs Jahren auf der Farm der Gebrüder Jonton gearbeitet haben und damals einer Verurteilung wegen Viehdiebstahls nur knapp entgangen sind, während zwei Männer zu drei Jahren verurteilt wurden.

Wie gesagt, ich bin mit der Aufklärung des Mordes an Edward Carlow beschäftigt. Am Diebstahl der Wolle bin ich amtlich nicht interessiert, und das ist von Bedeutung für das, was ich Ihnen jetzt sagen will. Wieviel hat Carlow Ihnen für die Wolle bezahlt?«

»Was bilden Sie sich eigentlich ein, wer ich bin?« fragte Foster bedrohlich ruhig. Er beobachtete, wie Bony lässig mit einem Stück starken Zaundrahts spielte, und da diese Waffe im allgemeinen von Leuten benutzt wird, die eine Begegnung mit Schlangen erwarten, wunderte es ihn, daß dieser Inspektor sie zu einer Zeit trug, in der die Schlangen sich noch gar nicht zeigen.

»Die Situation, Foster, ist zu ernst für spaßige Fragen«, sagte Bony scharf, beschrieb die Einzelheiten des Diebstahls und schloß mit den Worten: »Und wenn im Camp alles schlief, haben Sie und Ihr Bruder die Tagesbeute in Säcken fortgetragen und sie Carlow ausgehändigt, der mit seinem Lieferwagen bereitstand. Wieviel hat Carlow Ihnen für die Wolle gezahlt?«

»Also hat Robin geschwatzt, wie? Wir sollten die Hälfte von Carlows Verdienst kriegen.«

»Edward Carlow wurde schon zu früh nach dem Empfang der letzten Partie Wolle ermordet, als daß Sie hätten annehmen können, er habe Sie übers Ohr gehauen. Daher bin ich, weil mich nur der Mordfall Carlow interessiert, bereit, mein Beweismaterial gegen Sie in der Diebstahlsaffäre einzuhandeln gegen gewisse Auskünfte.«

Foster überlegte, bevor er sagte: »Die Sache muß einen Haken haben.«

»Sie hat keinen. Ich habe es nur eilig, darum geht's.«

»Wer kann einem Polypen trauen?«

»Mir ist es egal, ob Sie mir trauen oder nicht. Ich biete Ihnen die Chance, einer Gefängnisstrafe zu entgehen. Behalten Sie im Auge, daß der Richter, wenn er Sie für schuldig befindet, auch Ihren fragwürdigen Freispruch im Falle Jonton in Betracht ziehen wird. Sollen wir uns einmal in seine Lage hineindenken und die Strafe auf fünf Jahre schätzen?«

»All right. Was wollen Sie also wissen?«

»Ich möchte wissen, was Miss Mary zu Ihnen über den Verlust der Wolle gesagt hat.«

»Damit ich ins Krankenhaus gefahren werden muß, was? Nee, nee, da ziehe ich fünf saftige Gefängnisjahre noch vor. Mann Gottes, Sie kennen dieses Weib nicht.«

»Die braucht Sie nicht in Angst zu versetzen, denn sie ist vorige Nacht gewürgt worden.«

In den Augen, die Bony anstierten, spiegelte sich rötlich der Feuerschein.

»Sie werden die Sache mit der Wolle nicht an die große Glocke hängen, wenn ich rede?« sagte Foster nach einer Weile völliger Erstarrung.

»Das habe ich versprochen.«

»Also gut, ich werde reden. Am Tag, nachdem mir mein Lohn für das Scheren ausgezahlt wurde, war ich in der Stadt, wo ich meine Rechnungen bezahlte und mit Robin und den Kumpels ein paar Gläser trank. Robin wollte mit mir noch weiterzechen, aber ich trank dann nicht mehr, weil ich mir gern ein Stück Land kaufen und ein Haus bauen will. Gegen halb sechs verließ ich das Lokal und fuhr aus der Stadt, und als ich auf dem halben Wege zum Holzstapelplatz war, überholte mich Miss Mary mit ihrem Kombiwagen.

Sie sagte: ›Wo ist meine Wolle, du Schuft?‹ Sie wollte mich zu einer Schlägerei herausfordern, und ich hätte mir das auch sonst nicht bieten lassen, doch in diesem Falle hatte ich ja ein schlechtes Gewissen. Na, jedenfalls wäre ich, wenn ich ihr eine geklebt hätte, halb totgeschlagen worden. Also habe ich sie aufgeklärt, was mit ihrer Wolle passiert war.«

Foster zündete seine Pfeife neu an.

»Na, dann hat sie mich beschuldigt, ich hätte ihr Schafe gestohlen, und das war mir zuviel, denn ich habe nie ein Schaf von den Answerths gestohlen, das kann ich beschwören. Ich wußte allerdings, wer's getan hatte, wollte ihr das aber nicht sagen, um es mit gewissen Burschen nicht zu verderben.«

Ich war platt, wie sie das mit der Wolle 'rausgekriegt hatte. Na, sie wußte jedenfalls Bescheid, und ich konnte mit ihr nicht fertig werden. Sie sagte zu mir: ›Hör zu, Henry Foster, wenn du mir erzählst, wer die gestohlenen Schafe gekauft und wer die Rinder bekommen hat, dann sage ich kein Wort mehr über die Wolle.‹ Na, die Geschichte endete damit, daß ich ihr sagte, wer sehr wahrscheinlich die Schafe und Rinder ausgeschlachtet von den Dieben bekommen hatte, die das draußen im Busch besorgten, und dieser Kerl war der Schlachter in der Stadt, Ed Carlow.

Da sagte sie: ›Foster, wenn du ein Wort von dem verlauten läßt, was du mir da eben erzählt hast, dann packe ich dich und schaffe dich persönlich ins Gefängnis. Ich halte selbst Gericht, wann es mir paßt und wie es mir richtig erscheint, und deshalb will ich auch nicht mehr mit dir über deinen Wolldiebstahl reden. Wenn du das allerdings noch ein einziges Mal riskierst, dann werde ich dich . . .‹«

Foster unterbrach sich lachend. Aber er wurde gleich wieder ernst.

»›Ed Carlow!‹ rief sie, und dann legte sie los mit ihrer Meinung über den Mann! Diese Frau ist eine Hexe, Inspektor, eine Hexe! So ein Weib hat's noch nie gegeben. Den armen Ed hätte jemand warnen sollen, aber ich – ich bin noch vor keiner Rauferei bange gewesen, aber mit Mary Answerth? Nee. Die wendet Tricks an bei der Schlägerei, die unfair sind gegen einen Mann. Mich hat sie vorn am Hemd gepackt und gesagt: ›Mischst du dich in meine Geschäfte, Henry Foster, dann werde ich dafür sorgen, daß du künftig nur noch auf allen vieren kriechen kannst!‹ Und damit gibt sie mir einen Stoß, daß ich platt auf den Rücken fliege. Und ich bin ja kein junges Hündchen, was?«

Foster schwieg. Wenn er gehofft hatte, Bony werde jetzt reden, mußte er enttäuscht sein. Allmählich war ihm die innere Unruhe anzumerken, deshalb blieb Bony noch still.

»Und dann«, fuhr Foster fort, »dann wurde Ed Carlow ertrunken im See gefunden, in flachem Wasser, und dabei war er der beste Schwimmer in der Gegend. Sie hatte gesagt, sie wollte selber das Strafgericht vollziehen, und ich habe auch geglaubt, sie hätte das getan, das heißt: bis jetzt, wo Sie mir sagen, daß sie gewürgt worden ist.«

»Und weshalb glauben Sie das jetzt nicht mehr? Sie kann ja Carlow gezwungen haben, ihr zu gestehen, von wem er ihre Schafe und Rinder gekauft hatte«, sagte Bony.

»Ja, das kann sie gemacht haben, ehe sie ihn in den See geschleppt hat«, gab er zu. »Und dann kann sie Jagd auf die Kerle gemacht haben, die ihre Schafe geklaut haben, und die sind dann über sie hergefallen. Wo wurde sie denn umgelegt?«

»Direkt vor der Tür der Giftvilla«, erklärte Bony. »Anscheinend hat jemand Erdbrocken gegen ihr Schlafzimmer geworfen, und sie ist dann 'runtergegangen, um mit dem Betreffenden zu sprechen. Jemand hat ihn sagen hören, daß er mit ihr über gestohlenes Vieh reden wollte.«

»Na, das genügt mir jetzt.« Foster stand auf. »Sieht mir aus, als wenn Mary Answerth tatsächlich den Carlow erledigt hat und ein paar Freunde von ihm sich an ihr gerächt haben. Darauf will ich's nicht ankommen lassen, daß die Brüder sich mit mir noch anlegen. Nee, ich werde verduften, und daran werden auch Sie mich nicht hindern.«

»Ich werde Sie nicht hindern, Foster, und auch mein Versprechen wegen der Wolle nicht brechen. Entfernen Sie sich bis nach Südaustralien.«

»Südaustralien!« rief Foster wie ein Echo. »Nee, ich werde noch 'n bißchen weiter verschwinden.«

Bony stand auf, indem er den Draht, der einem dünnen Stoßdegen glich, unter den Arm klemmte. »Lassen Sie sich raten und machen Sie sich noch vor Tagesanbruch auf den Weg«, sagte er eindringlich.

22

Wer sich in finsterer Nacht unbemerkt vorwärtsbewegen will, muß zweierlei unbedingt beachten: Er darf nirgends anstoßen und dadurch ein Geräusch erzeugen und darf seinen Schatten nicht auf eine hellere Stelle fallen lassen, so daß er gesehen werden kann – denn solche Schatten sind sogar verräterisch, wenn dicke Wolken den Nachthimmel bedecken.

An Fosters Hund vorbeizukommen, ohne daß das Tier nur einen einzigen Laut von sich gab, war schon ein Kunststück gewesen, doch noch schwerer war, in die Küche zu gelangen, ohne daß einer der Hunde aufmerksam wurde, die nachts angekettet in mehreren Hütten in der Nähe lagen.

Blaze knetete gerade Brotteig in einer großen Blechschüssel, als er merkte, daß ihn jemand beobachtete. Während er die Hefe mit dem Teig mischte, strengte er sein verfeinertes Gehör an. Der stumme Beobachter konnte nicht draußen sein, vor der Tür oder vorm Fenster, sondern mußte in der dunklen Speisekammer stehen. Blaze bedeckte den Teig mit einem Tuch, trug ihn auf einen Stuhl neben dem Herd und umwickelte den Packen mit einem Jutesack, um die Temperatur bis zum Morgen zu halten. Erst dann wandte er sich zur Speisekammer, wo er Bony dicht hinter der Tür spürte.

Er wußte nun, daß der Geist durchs Speisekammerfenster gekommen war und wohl Grund haben mußte, diesen Weg zu wählen. So steckte er seine Pfeife in Brand, schloß die Küchentür und zog das Rouleau am Fenster herab, bevor er in die Speisekammer eintrat. »Na, wieder fleißig auf dem Kriegspfad?« fragte er.

»Ab und zu muß ich ja arbeiten«, gestand Bony. »Würden Sie mir ein bißchen helfen?«

»Soviel Sie wollen.«

»Ich möchte Proviant für drei Tage haben, und zwar in einem Zuckerbeutel mit einem Strick, den ich über die Schulter schlingen kann.«

»Brot, Fleisch und Kuchen, wie? Tee, Zucker und einen kleinen Kessel Wasser?«

»Nein. Ich muß mich mit Wasser aus dem See begnügen. Ich glaube, der See ist momentan ziemlich wild?«

»Ja. Wollen Sie zum Herrenhaus 'rüber?«

»Ja.«

Die alte Pfeife des Kochs brodelte. Scheinbar gleichgültig fragte er: »Wenn in dieser Nacht der Premierminister hier wäre und mich bitten würde, ihn zur Giftvilla zu bringen, täte ich's nicht, selbst wenn er verspräche, mich in den Adelsstand zu erheben. Über den Damm zu waten ist ganz unmöglich, und das Boot würde sehr wahrscheinlich kentern und sinken.«

»Ich muß aber den Versuch machen«, sagte Bony mit Nachdruck. »Bringen Sie mir nur den Proviant im Beutel, dann werde ich selbst das Boot hinrudern und lasse es nachher treiben, so daß es aussieht, als habe es sich losgerissen.«

Blaze ging in die Küche und kam mit einem wohlgefüllten Proviantsack wieder. Bony sah gleich, daß er seine Pantoffeln ausgezogen hatte.

»Danke schön«, sagte er, »und auf Wiedersehen in ein, zwei Tagen.«

»Geht es mit Ihrem Job gut voran?« fragte Blaze, während er einen alten Rock aus grobem Kattun anzog.

»Die Sache kommt bald zum Kochen.«

»Fein. Je eher, um so ruhiger wird die alte Dame im Grabe schlafen. Steigen Sie zuerst durchs Fenster, ich komme nach.«

Nach Verlassen des kleinen Hauses ging Bony zunächst etwa hundert Meter am hohen Ufer entlang, bevor er den Hang hinab ans Wasser ging. Blaze wußte, daß er nicht den Hunden in den Wind kommen wollte. Das Boot war von dem Baumstumpf losgekettet und hoch aufs Land gezogen worden. Als sie es zu Wasser schoben, übernahm Blaze plötzlich das Kommando: »Da ich weiß, wie die Strömung hier einwirkt, werde ich den Bugriemen nehmen. Wir müssen aufpassen, daß wir nicht auf den Damm geraten.«

»Sie wollen doch nicht etwa mit?«

»Aber sicher. Kann mir doch das Boot nicht zerschlagen lassen. Jeder Mensch wüßte dann gleich, daß es nicht von allein abgetrieben und zerschellt ist. Wir wollen es drehen, damit der Bug nach vorn kommt. Nehmen Sie rechtzeitig den Heckriemen. Wir dürfen nicht breitseits gegen die Wellen zu liegen kommen, sonst sackt das Ding ab wie ein Alligator mit einer Kugel im Balg.«

Bony war schon völlig durchnäßt, ehe er sein Ruder einlegen konnte. Unsichtbare Riesen hieben gegen das Fahrzeug. Es kam ihm vor, als müsse es auf jeden Meter zehn furchtbare Wellen in Kauf nehmen.

»Nach Osten!« knurrte der Koch. Und dann im Befehlston: »Feste 'ran! Pullen!«

Wie Gespenster erschienen die Wellen an einer Seite und verschwanden an der anderen. Nichts war zu sehen, weder Himmel noch Erde, noch See, nur diese gräßlichen Gespenster. Bony meinte, schon eine Woche zu rudern, da verschwanden ganz plötzlich die Wellengespenster, das Boot lief leicht übers Wasser, und über die Schulter sah er ein Lichtpünktchen, das hundert Meilen entfernt zu sein schien.

Mit hartem Ruck lief das Boot am Deich auf Sand. »Geben Sie mir Ihre Ruderklampe und den Riemen 'rüber!« befahl Blaze. »Auf der Rückfahrt habe ich den Wind von achtern. Soll ich für Sie noch was erledigen?«

»Nein. Und vielen Dank.«

»Stoßen Sie mich jetzt ab.«

Im Nu war das Boot außer Sicht. Bony kletterte über den Deich und ging auf das Licht zu, das nicht größer und nicht heller wurde. Es erwies sich als Mittelpunkt in einem länglichen Rahmen: das Fenster des Alkovens in der Giftvilla.

Das Licht spendete ein winziges Lämpchen auf einem kleinen Tisch neben einem niedrigen Bett. Schwach hob sich die Gestalt Mary Answerths von den Bettlaken ab. Am Kopfende des Bettes stand ein Stuhl, aber eine Krankenpflegerin war nicht da. Die Tür war halb offen, in der Halle brannte kein Licht.

Nachdem Bony den Fenstergriff probiert hatte, ging er an der Fassade entlang zur Haustür. Sie war verschlossen. Die Eßzimmerfenster auf der anderen Seite vom Eingang waren geschlossen, auch das Bibliotheksfenster hinter der Ecke. Nur durch langes und geduldiges Hinsehen konnte Bony, wenn er zum Dach hochblickte, so daß die Konturen sich gegen den kaum sichtbaren Himmel abhoben, feststellen, daß das vergitterte Fenster des Schlafzimmers von Morris Answerth nicht weit geöffnet war.

Um nicht im Dunkeln hinter dem Hause über etwas zu stolpern, ging er zum Deich und folgte diesem zur Rückseite. In drei Hinterzimmern brannte Licht. Im ersten saß Mrs. Leeper an einem Tisch und schrieb. Das zweite war die Küche, in der sich niemand aufhielt. Im dritten spielte Janet Answerth auf ihrem Flügel.

Auf dem feuchten Deich sitzend, konnte er alle drei Räume im Auge behalten. Vom See schlug ihm Gischt gegen den Rücken, doch er war längst so naß, daß ihn das nicht störte.

Janet hörte zu spielen auf. Sie schloß den Deckel über den Tasten und schritt langsam ans Fenster.

Sie konnte nichts erkennen außer dem Abglanz des Lichtscheins auf dem Glas. Langsam rauchend blieb sie dort so lange stehen, bis sie die kurz gewordene Zigarette zum Aschenbecher bringen mußte. Ohne Eile drückte sie die Glut aus, ging zur Tür und entschwand Bonys Blick.

Mrs. Leeper, in ihrem Zimmer, legte den Federhalter beiseite und lauschte. Janet erschien in der Küche, wo sie eine Tasse mit Untertasse, ein Schale mit Keksen und zwei Äpfeln, die sie schälte und vierteilte, auf ein Tablett stellte. Mit einem Löffel tat sie aus einer Blechdose etwas in die Tasse, goß kochendes Wasser hinein und verließ mit dem Tablett die Küche.

Mrs. Leeper erhob sich vom Tisch und schlich auf Zehenspitzen zur Tür, öffnete sie ein wenig und blieb horchend stehen. Dann machte sie sie ganz auf und ging tänzelnd wie eine Marionette hinaus.

Bony, der gleich ahnte, wohin Janet ging, eilte am Deich entlang, um Stellung gegenüber der Hausecke zu beziehen, an der er beide Zimmer von Morris im Auge behalten konnte. Er kam gerade rechtzeitig, um zu sehen, wie eine Lampe durch das Wohnzimmer ins Schlafzimmer getragen wurde.

Janet blieb ungefähr eine Stunde dort, und als die Lampe wieder durch das Wohnzimmer getragen wurde, begab Bony sich näher an die vordere Haustür und beobachtete, wie Licht auf das Buntglasfenster fiel und allmählich schwand, während Janet die Halle verließ.

Die Beleuchtung im Alkoven wurde plötzlich heller. Bony rannte fast an das Fenster. Janet stand mit einer Sturmlaterne am Fuß des Bettes, hielt die Laterne aber so tief, daß kein Licht auf das Gesicht ihrer Schwester fiel. Mary schlief noch. Janet ging auf den Tisch zu. Ihr zartes Gesicht war ausdruckslos, sie stand so still, daß es schien, als lausche sie auf das Atmen ihrer Schwester. Die Bewegung an der Tür nahm sie nicht wahr, als diese langsam, nur wenig mehr als handbreit, geöffnet wurde.

Neben der kleinen Lampe auf dem Tisch, wo eine Rolle Watte, Mullbinden und eine kleine Salbendose lagen, standen auch eine Karaffe mit Wasser und kleine Flaschen mit Tabletten. Janet blieb, wie es Bony schien, lange Zeit unbeweglich stehen, indem sie die Sachen nur betrachtete. An die Lampe in ihrer Hand dachte sie offenbar nicht. Die Tür schloß sich ein wenig mehr.

Langsam schob sich Janets linke Hand vor und ergriff eine der Tablettenflaschen. Es sah aus, als zählte sie die Tabletten. Bonys Blick wurde durch Bewegung auf dem Bett von ihr abgelenkt. Mary richtete sich etwas auf, um zu sehen, was Janet machte. Nach ihrem Gesichtsausdruck verursachte ihr das schmerzhafte Atmen Mühe.

Sie war fast so weiß wie der Verband um ihren Hals. Der Mund bildete in ihrem kantigen Kopf einen dunklen geraden Strich, die Augen wirkten wie zwei kleine schwarze Scheiben. Janet hatte entweder die Tabletten in dem Fläschchen gezählt oder die Vorschrift auf dem Etikett gelesen. Nachdem sie befriedigt war, sank ihre Hand langsam herab und stellte die Flasche wieder hin, doch Mary war noch schneller: Sie hatte den Kopf wieder aufs Kissen gelegt.

Als Janet sich zur Tür wenden wollte, schloß sich diese. Sie durchschritt das Zimmer und ging in die Halle hinaus. Die kleine Lampe auf dem Tisch ließ keinerlei Bewegung am Bett erkennen.

Bony, der sich rasch wieder zur Rückseite des Hauses begab, sah, daß Mrs. Leeper bereits wieder am Tisch saß und jetzt in einem

Buch las. Janet erschien mit ihrer Laterne in der Küche, pustete sie dort aus und machte sich etwas zu trinken. Nach einer Weile verließ sie die Küche und erschien in ihrem Wohnzimmer, und schon stand Mrs. Leeper wieder lauschend an ihrer Tür. Janet nahm ein Buch zur Hand und löschte ihre Zimmerlampe. Der Raum lag im Dunkeln, Bony konnte sie nicht mehr sehen. Mrs. Leeper blieb noch etwa fünfzehn Sekunden an ihrer Tür stehen, um dann im Flur zu verschwinden.

Es war klar, daß keine der beiden Frauen Marys Geschichte von dem Mann, der sie nachts aus dem Hause holte, geglaubt hatte. Weder Janet noch Mrs. Leeper ließen irgendwie merken, daß die vorhanglosen Fenster sie störten, so sicher waren sie der Geborgenheit auf der Insel, besonders in so einer Nacht mit Sturm und hohem Seegang.

Es fing an zu regnen, doch das kümmerte Bony nicht. Er war überzeugt, daß Janet ohne Licht in ihr Schlafzimmer im ersten Stock gegangen war und Mrs. Leeper sich dessen versichert hatte. Auf einmal spürte er die Kühle des leichten Windes, der jetzt aus Südwesten kam.

Mrs. Leeper tauchte in der Küche auf, wo sie Milch anwärmte, dünne Brotscheiben mit Butter bestrich und eine Wärmflasche füllte. Bony beobachtete, wie sie Mary weckte und ihr zuredete, zu trinken und die Butterbrote zu essen, ihr die Wärmflasche unter die Decken schob und ihr Tabletten aus einer der kleinen Flaschen gab. Sie sprachen auch miteinander, doch das konnte er nicht hören. Mrs. Leeper machte Mary das Bett für die Nacht zurecht, stellte den Docht der kleinen Lampe ein und ging hinaus, nachdem sie eine lange Klingelschnur am Kopfende des Bettes befestigt hatte.

Bony sah sie dann in der Küche das Geschirr abwaschen, eine Tasse Tee trinken, das Licht auslöschen und ins nächste Zimmer gehen, hinter dem, wo sie vorher gesessen und gehorcht hatte. Als bei ihr auch das Licht erlosch, ging er ums Haus und setzte sich unter dem Fenster des Alkovens mit dem Rücken gegen die Mauer.

Es gelang ihm, sich eine Zigarette anzustecken, ohne daß der Lichtschein mehr als zwei Meter weit fiel. Dann stand er auf und behielt die Kranke im Auge, während der Regen auf ihn prasselte, aber der Wind doch so gnädig war, daß er in seinem durchnäßten Zeug nicht sonderlich kalt wurde.

Als die Hähne krähten, kroch er unter die Schutzplane am Sägebock, legte sein Zeug ab und wühlte sich tief ins Sägemehl.

23

Bony erwachte zweimal während des Tages durch das wütende Fauchen, mit dem der Wind um den Sägebock und den Holzstapel fuhr. Als er zum dritten Male aufwachte, hatte der Wind sich ausgetobt.

Nachdem er sich angezogen hatte, kroch er heraus und glitt den Deich hinunter zum See, um sich zu waschen und die Zähne zu putzen.

Die Haushälterin war in ihrer Küche, die Herrin des Hauses saß nähend in ihrem Wohnzimmer, die Patientin lag im Bett und las eine Landwirtschaftszeitung, und der einzige Mann der Familie trieb sehr wahrscheinlich im Dunkeln seine Spiele. Die Haustür war abgeschlossen, und alle Fenster im Parterre waren verriegelt. Nur die offene Küchentür bot einen Weg ins Haus – doch nicht für Bony.

Er löste den Riegel des Eßzimmerfensters und drang auf diesem Wege ein. Da Schloß und Klinke dringend einer Ölung bedurften, dauerte das Öffnen der Tür eine ganze Minute. Hinter der Tür lag die Halle und direkt gegenüber die Tür zum Alkoven. Die Halle war unbeleuchtet, die Tür des Alkovens stand weit offen, und im Schein der Lampe, bei der Mary Answerth las, sah der Türrahmen aus wie altes Kupfer. Rechts zeigte ein dunkles Viereck den Eingang zum Flur nach der Küche an.

Bony schob sich in die Halle, die herrliche Treppe hinauf zur Galerie. Dort war es ganz dunkel, da das Zwielicht draußen das wunderbar gemalte Buntfenster noch nicht durchdrang. Hier oben war das Haus ebenso still wie dunkel. Er glitt unhörbar durch den Flur zur Rechten und spürte genau, als er dicht vor Morris' Tür war, wo er stehenblieb. Mit den Fingerspitzen fand er den in den Türrahmen geschobenen Riegel und das Vorhängeschloß, das ihn hielt. Der Schlüssel hing an der Wand an seinem Nagel. Er legte sich auf den Fußboden und hielt ein Ohr an den zwei Zentimeter breiten Spalt zwischen Tür und Fußboden. Auch drinnen war es dunkel und still, erst nach einer Weile merkte er, daß Morris leise eine Melodie summte: ›Drei blinde Mäuse, die können mächtig laufen‹ . . . Entsprechend der Entfernung von der Tür schwand oder verstärkte sich das Gesumm. Plötzlich hörte es auf, das jähe Schweigen wurde aber gleich durch ein kratzendes, schwer definierbares Geräusch unterbrochen, und nach der Stille, die dann wieder eintrat, war leises, regelmäßiges Atmen vernehmbar. Es mußte ganz nahe sein. Auf der anderen Seite lag Morris mit dem

Ohr dicht an der Schwellenritze, wohl kaum mehr als eine Handbreit von Bonys Ohr.

Ohne zu wissen, ob Janet in der Betreuung ihres Bruders eine feste Zeiteinteilung hatte, mußte Bony damit rechnen, daß sie jeden Moment mit dem Tablett heraufkam, um Morris Essen zu bringen, und dann mußte er sich schneller von der Tür entfernen als er wollte, weil das vielleicht nicht ganz ohne Geräusche abging. Die Tür lag zum Flur nach der Galerie und der Hallentreppe. Nach der anderen Seite endete der Flur oben an der Hintertreppe, das war der gegebene Weg für seinen Rückzug.

Von der Tür fortzurollen, ohne daß auch nur ein Knochen knackte oder ein Schuh auf dem Fußboden kratzte, dauerte gut eine Minute.

Er betrat den Raum hinter dem Schlafzimmer des Gefangenen, schloß die Tür und riskierte, seine Taschenlampe anzuknipsen und den Lichtstrahl zwischen die aufgestapelten Möbel zu richten, um ungehindert bis ans Fenster zu gelangen. Er steckte die Taschenlampe ein, löste den Fensterriegel und öffnete geräuschlos das Fenster.

Nachdem er zur Flurecke zurückgekehrt war, mußte er eine halbe Stunde warten, bis das Dunkel auf der Galerie plötzlich von einem heraufkommenden Lichtschein durchstoßen wurde. Als Janet mit ihrem Tablett oben auftauchte, zog Bony sich in das unbenutzte Zimmer zurück.

Rasch ging er ans Fenster und lehnte sich so weit wie möglich hinaus. So konnte er gerade noch den Schimmer vom nächtlichen Himmel auf den Scheiben des Nachbarfensters erkennen, das nur so weit geöffnet war, wie das Gitterwerk es erlaubte. In dem Zimmer knirschte ein wenig das Bett, als Morris sich hineinlegte. Sekunden vergingen, bis Janets Lampe die Scheiben erhellte. Dann war ihre Stimme zu hören, fern, aber deutlich. »Schläfst du schon, Liebling?«

»Nein, noch nicht ganz, Janet.«

»Armer Junge. Ich konnte nicht eher heraufkommen, habe dich aber nicht vergessen. Habe dir eine Tasse Kakao mitgebracht und die Biskuits, die du so gern magst. Denk bitte daran, die Früchte morgens gleich vor dem Aufstehen zu essen, ja? Wir müssen doch unseren Körper inwendig säubern und dafür sorgen, daß wir rote Wangen behalten.«

»Danke dir, Janet. Was hast du heute abend gemacht?«

»Ach, bloß an meiner Buchführung gesessen, aber auch sonst gab's Schererei genug, so daß ich sehr müde bin.«

»Das bin ich auch. Hatte nur auf dich gewartet.«

»Also vermißt du mich doch, wenn ich nicht da bin?«

Es entstand eine Pause. Dann fragte Morris: »Geht's Mary besser?«

»Ein bißchen besser, glaube ich. Sie wird dich bald besuchen kommen. Bist dann nett zu ihr, ja? Mußt stets versuchen, dich zu beherrschen, denn wenn du das nicht tust, vergißt du vielleicht, wie stark du bist und wie leicht du ihr eine Hand unters Kinn stemmen, die andere in den Nacken legen, ihr den Kopf zurückstoßen und ihr das Genick brechen könntest – knack! – wie eine Rübe. Denk stets daran, hörst du?«

»Ja, das werde ich tun, Janet.«

Seine Stimme klang fast tonlos, was Bony auffiel, weil Morris bei der Unterhaltung mit ihm ganz lebhaft gesprochen hatte. Er überlegte, ob Morris sich vielleicht vor seiner Schwester schon lange so gegeben hatte, um seinen wahren Charakter zu verbergen, wie er vieles andere vor ihr verbarg. Als sie jetzt wieder sprach, hätte Bony zu gern ihr Gesicht beobachtet.

»Du darfst auch meine Lehre nicht vergessen: wie du dich benehmen sollst, wenn ein Fremder im Haus ist. Vielleicht kommt Dr. Lofty morgen wieder zu Mary, und es kann sein, daß er dann auch zu dir kommt. Schon oft habe ich dir gesagt, daß wir Answerths unser Leben führen, wie es uns paßt, und niemals dulden, daß andere davon erfahren.«

»Nein, Janet. Ich werde Dr. Lofty überhaupt nichts erzählen. Meinst du wirklich, daß es Mary bald so gut geht, daß sie zu mir kommen kann?«

»Ja, Liebling.«

»Das tut mir aber leid.«

»Oh, Morris, was soll das heißen?«

»Ich will eine Lampe haben«, erwiderte Morris.

»Bitte komm mir nicht wieder mit der Geschichte! Du weißt ganz gut, daß Mary gesagt hat, du sollst keine Lampe haben. Tausendmal hat sie schon gesagt, daß du sie umstoßen könntest und dann unser Haus abbrennt.«

Nach einem beklemmenden Schweigen fragte Morris: »Wenn Mary nun getötet worden wäre, dann hättest du mir doch die Lampe gegeben, nicht wahr, Janet?«

»Jedenfalls würde ich's mir überlegen«, antwortete sie zärtlich.

»Würdest du mir so eine geben wie ich von Bony habe?«

Sofort verwandelte sich das Täubchen in einen Habicht. »Bony hat dir eine Lampe gegeben? Habe ich richtig verstanden? Antworte!«

»Ja. Bitte schimpf nicht mit mir, Janet. Es war so eine schöne Lampe, aber als ich ein Weilchen mit ihr gespielt hatte, ging sie nicht mehr. Ich hab' sie auseinandergenommen, weil ich sehen wollte, weshalb sie nicht leuchtete, wenn ich auf das Knöpfchen drückte, aber ich konnte sie nicht wieder in Gang bringen. Bitte, Janet, mach nicht so ein böses Gesicht.«

»Weshalb hat Bony dir die Lampe gegeben?«

»Weil ...«

»Nicht denken, Morris, nur antworten! Weshalb gab er dir die Lampe?«

Aber Morris hatte nun Zeit zum Überlegen gehabt. Er antwortete: »Ach er wollte wissen, wer Mutter umgebracht hat.«

»Weiter!«

»Ich wußte das doch nicht, Janet. Hatte ihn nur gefragt, ob er es gern wissen wollte. Und da sagte er ja, aber ich wollte es ihm nicht erzählen, überhaupt gar nichts, Janet.«

»Was hat Bony dich noch gefragt?«

»Er fragte mich – ob ich lesen könnte. Ich sagte, ja, das könnte ich. Und Dr. Lofty fragte mich, ob ich schreiben könnte, und ich sagte, ein bißchen. Ich zeigte ihnen die Bücher und meine Eisenbahn und den Metallbaukasten.«

»Das war nett von dir. Was haben sie noch von dir wissen wollen?«

»Nur über die Lampe, Janet. Weißt du, sie hatten da eine wundervolle helle Lampe mitgebracht und sagten, die gehörte Mary. Und als ich fragte, ob ich die haben könnte, sagten sie nein, das würde Mary nicht dulden. Ich glaube, ich war unhöflich zu ihnen, Janet. Es tut mir so leid, wirklich. Deshalb habe ich sie ja um Verzeihung gebeten, ehe sie gingen, und da gab mir Bony seine Lampe.«

»Bring mir die her, Liebling.« Janets Stimme klang ruhig. Dann hörte Bony ihn sagen: »Hier sind alle Teile davon, Janet.«

»Fehlt auch keins?«

»Nein.«

»Die werfe ich in den See. Mary darf sie keinesfalls sehen.«

»Ich ...«

»Also du weißt es, aber ich will dir trotzdem sagen, was sie tun würde. Wenn sie erführe, weshalb Bony dir die Lampe geschenkt hat, müßtest du ihr auch erzählen, daß du ihn gefragt hast, ob er gern wissen wollte, wer Mutter getötet hat. Und sie würde von mir verlangen, daß ich dich auspeitsche, während sie dich festhält.

Also darfst du ihr nichts von der Lampe erzählen. Auch nichts über Mutter, zu keinem Menschen, der dich mal besucht. Wenn die erfahren, wer Mutter getötet hat, würden sie dich von hier wegholen und dich in einen ganz kahlen Raum sperren. Einen ganz leeren, verstehst du, wo es gar kein Spielzeug gibt und wo nicht einmal ich dich besuchen darf. Und dort würden sie dir glühende Nadeln in den Leib stechen, bis du nur schreien und schreien kannst.«

Bony konnte Morris schluchzen hören.

»Nun trockne deine Tränen, Liebling, und leg dich schlafen. Ich werde dich schön einpacken. So ist's recht, ja. Und denke gar nicht mehr an die Lampe. Mary wird es jetzt nicht mehr erfahren. Und wenn du nun einschläfst, sprich dir immer und immer wieder vor: ›Ich darf nichts über Mutter sagen, zu keinem Menschen.‹ Sprich es mir erst laut vor.«

Morris wiederholte den Satz.

»Und jetzt gute Nacht, Liebling. Ich werde dir immer zur Seite stehen. Aber vergiß auch nicht, wie stark du bist und wie leicht du Mary töten könntest, wenn du jähzornig wirst. Wir würden ohne sie ja so sehr glücklich sein, Morris, und wenn sie stürbe, bekämst du vielleicht eine ebenso schöne Lampe, wie Bony dir gegeben hat. Aber das kommt vorläufig noch nicht in Frage, weil es unrecht wäre, Mary zu töten, obwohl sie so schlecht ist.«

»Verzeihst du mir denn, Janet?«

»Ja, und hier hast du einen Kuß zum Zeichen, daß ich dir verziehen habe.«

»Ja. Gute Nacht, Janet.«

Der Lichtschimmer verschwand aus den rautenförmigen Fensterscheiben. Dann trat absolute Stille ein. Bony wartete volle fünf Minuten, weil er damit rechnete, daß das Stahlgitter aufgestoßen und das aus Zeugstreifen geknotete Seil hinabgelassen würde. Er wartete noch fünf Minuten vergebens, dann war er überzeugt, daß Morris lauschend an der Tür zum Flur auf dem Fußboden lag.

24

Bony glitt lautlos über die Hintertreppe nach unten. Die Stufen waren aus Stein und die Tür, wie die Haustür und alle Zimmertüren, solide gearbeitet zu einer Zeit, als die Handwerker noch richtige Häuser bauten. Sie führte in die Küche direkt zum Herd.

So massiv und so genau eingepaßt war die Tür, daß die Stimmen in der Küche auf ein kaum hörbares Flüstern gedämpft wurden. Bony tastete nach dem Schlüssel, den Mawson wieder ins Schloß gesteckt hatte. Er stak jedoch nicht innen, und innen war auch kein Riegel, doch Bony wußte gleich, da kein Licht durchs Schlüsselloch drang, daß er draußen stecken mußte. Es hatte ihn also, nachdem Mawson ihn hineingesteckt hatte, jemand in der Hand gehabt.

Er erinnerte sich auch, daß die Klinke aus Eisen war und sich nur schwer bewegen ließ. Als er sie zuerst probierte, hatte der verrostete Schnapper wie eine Maus geqietscht, doch jetzt, als er durchs Schlüsselloch zu blicken versuchte, roch er Öl.

Unter seinem gleichmäßigen, langsamen Druck bewegte sich die Klinke ohne Quietschen. Und sobald er die Tür zu einem haarfeinen Spalt geöffnet hatte, hielt er sie still und lauschte.

»... Miss Mary?«

»Sie fühlte sich ganz wohl, als ich nach dem Geschirrabwaschen bei ihr wahr«, hörte er Mrs. Leeper antworten. »Ich gab ihr Zeitungen zum Lesen und legte ihr die Klingelschnur bequem zurecht. In ein paar Minuten will ich ihr das Bett für die Nacht zurechtmachen.«

»Was macht ihr armer Hals?« girrte Janet.

»Sie sagte, vom Fragen würde der nicht besser, aber ich weiß, daß er schon besser ist als heute früh. Einerlei was der Arzt gesagt hat, sie wird bis Sonntag schon wieder auf sein.«

Eine Schüssel klapperte im Ausguß, und Mrs. Leeper sagte trokken: »Verbeißen Sie sich aber bloß nicht in diese Idee, Miss Janet. An der Asche läßt sich genau erkennen, ob ein Brand durch Petroleum angelegt ist.«

»Nun reicht's mir aber, Mrs. Leeper. Hat Mary noch etwas zu dem Versuch, sie umzubringen, geäußert?«

»Nein, aber sie ist mächtig geladen und sagt, sie wollte selbst Gericht halten, sobald sie aufstehen kann. Für alle Fälle schließen Sie lieber Ihre Tür ab – wer weiß, wie sie toben wird –, ich schließe mich auch ein. Und gehen Sie ja nicht im Schlaf spazieren, denn sonst ist kaum abzusehen, was passieren kann, wenn sich zwei Schlafwandler im dunklen Flur begegnen.«

»Ich bin ja so dankbar, Sie mit im Hause zu haben«, sagte Janet zuckersüß.

»Freut mich, das zu hören, Miss Janet.«

»Sie haben vermutlich die Absicht, uns zu verlassen, wenn Sie genug Geld gespart haben, um sich eine eigene Klinik zu kaufen?«

»Vielleicht verlasse ich Sie gar nicht. Schließlich sind die Erfahrungen auch Geld wert, und hier in der Giftvilla lerne ich bestimmt etwas zu. Und es muß ja auch jemand Morris betreuen, falls Ihnen und Miss Mary gleichzeitig etwas zustößt. Haben Sie auch nicht vergessen, bei Morris das Schloß vor den Riegel zu hängen?«

»Nein, das habe ich nicht, Mrs. Leeper. Ich gehe jetzt nach oben und werde lesen, bis ich einschlafe. Gute Nacht.«

Bony schloß die Tür und zog sich über die Treppe zurück. Mit langen Schritten eilte er durch den Flur zur Tür von Morris, betastete das Vorhängeschloß und den Schlüssel am Nagel, um sicher zu sein, daß der Riegel verschlossen war, und begab sich in die Halle. Er war bis hinter die Eßzimmertür gekommen, als Janet im Dunkeln die große Treppe hinaufstieg. Er hörte, wie ihre Schlafzimmertür geschlossen und der Schlüssel herumgedreht wurde.

Weshalb die Lampe in der Halle nie brannte, außer bei tragischen Ereignissen, und die Halle überhaupt nur selten beleuchtet wurde, war ihm ein Rätsel. Da die Ersparnis an Petroleum nur unbedeutend sein konnte, war dieses Umherspazieren in der Finsternis zumindest unnötig. Mrs. Leeper, die nun erschien, trug wenigstens eine Sturmlaterne.

Sie trat in den Alkoven und ließ die Tür offen. Bony hörte sie sagen: »Jetzt wird's aber Zeit zum Schlafen, Miss Mary.«

»Mir ist nicht nach Schlaf zumute«, widersprach Mary.

»Na, sagen Sie lieber mal so was Originelles, Miss Mary. Freilich können Sie mir nichts Neues erzählen. Bitte geben Sie die Zeitungen her, sonst reißen Sie sie doch bloß kaputt.«

»Gehen Sie hin, wo der Pfeffer wächst, Leeper, wenn Sie tatsächlich so heißen. Meinetwegen nehmen Sie die verdammten Zeitungen mit. Aber von den Tabletten schlucke ich keine mehr, verstanden?«

»Auf ärztliche Anordnung um elf Uhr abends zwei. Jetzt will ich Ihnen das Bett noch machen.«

Mrs. Leepers Stimme klang genauso sachlich und kühl wie die Stimmen anderer tüchtiger Schwestern, die er gelegentlich in Krankenhäusern gehört hatte. Nur ganz kleine Kinder oder Patienten im Delirium waren so dumm, diesen Stimmen zu widersprechen. Mary freilich, die wohl noch nie im Krankenhaus gewesen war, widersetzte sich weiter. »Natürlich sind meine Füße warm. Verflixt noch mal, das Bett ist ja der reine Ofen!«

»Für Ihren Hals ist es nicht gerade gut, wenn Sie zuviel reden.«

»Ich werde so viel reden wie's mir paßt!«

»Jetzt still liegen, daß ich den Verband wieder festmachen kann.«

»So ein stinkiges Zeug! Wenn dieser Esel von Lofty nur soviel verstände wie 'n Viehdoktor, hätte er mir 'ne ganz einfache Salbe verordnet.«

»Und Sie hätten die ganze Haut vom Nacken verloren.«

»Nee, meine Haut, die hält was aus, die hat sich in Sonnenbrand und Sturm geformt, nicht durch so 'n ekligen Kram wie ihr zimperlichen Weiber euch aufs Zifferblatt schmiert. Lippenstifte! Krem, Augentropfen und parfümierte Kuhmilch, was soll das bloß?«

»Ich benutze keinen Lippenstift und bin auch nicht zimperlich, Miss Mary.«

»Hab' ich auch nicht behauptet. Ich dachte an die liebe gute Janet.«

»Na, jetzt denken Sie lieber daran, den Mund aufzumachen und diese Tabletten zu schlucken.«

»O je! Herr des Himmels, Leeper, Sie tun mir ja am Hals weh. Oh – Also, her mit den Tabletten.«

»So ist's schön, Miss Mary. Jetzt will ich noch Ihre Lampe richten, und wenn ich mich hinlegen kann, werden Sie schon längst schlafen.«

»Das bilden Sie sich ein, was? Weshalb verpassen Sie nicht Morris 'ne ganze Faust voll Tabletten? Was macht eigentlich Janet, diese Hexe, diese Lügnerin?«

»Liest sich in Schlaf, hoffentlich.«

»So, die lassen Sie im Bett lesen, was? Haben gar nichts dagegen bei ihr, was? Diese kleine gezierte ... Was tun Sie da an der Lampe?«

»Ich trimme den Docht.«

»Ich werde allerhand trimmen, wenn ich erst aufstehe!« schimpfte Mary. »Wenn ich erst aus diesem blöden Bett 'rauskomme, werde ich Ihnen und Janet und Morris, dem Bengel, schon zeigen, wer hier Herr im Hause ist. Ich hab' ja mein Teil bekommen, Leeper, was? Mehr als genug. Nun 'raus mit Ihnen, nörgeln Sie nicht mehr mit mir 'rum.«

Die sachliche Stimme sagte: »Ja, ja, Sie werden's uns schon zeigen, Miss Mary. Jetzt gute Nacht. Ziehen Sie an der Schnur, wenn Sie etwas brauchen. Ich werde die Glocke hören.«

Mrs. Leeper kam aus dem Krankenzimmer und begab sich nach

oben. Ihre Pantoffeln klapperten leise durch den Korridor, verstummten vor Morris' Zimmer und klapperten wieder zurück.

Bony konnte Mrs. Leeper in der Küche Geschirr abwaschen hören. Er saß auf einem Stuhl, den er bis zur Eßzimmertür vorgeschoben hatte, so daß er die offene Tür des Krankenzimmers, aus der das milde Licht fiel, im Auge behalten und gleichzeitig durch daß Eßzimmerfenster beobachten konnte, ob Morris an seinem Seil herunterkletterte, um im Parterre alle Fenster auf ihren Verschluß zu prüfen.

Was hatte er selbst zu Mawson gesagt? ›Langsam, ohne Hast zu Werke gehen, die Zeit wird Ihnen den Mörder ausliefern. Mord ist der Höhepunkt seines Daseins, und nachher muß er sich wieder normal zu benehmen suchen, ob er will oder nicht. Wenn Sie schlau genug sind, wird er Ihnen den Beweis seiner Schuld auf silbernem Tablett servieren.‹

Der Mörder der alten Mrs. Answerth war im Hause. Die Person, die Carlow getötet und Mary Answerth zu erdrosseln versucht hatte, befand sich jetzt nahe beim Inspektor Napoleon Bonaparte, in einem Umkreis von fünfzig Metern. Einerlei, wann sie abermals zuzuschlagen versuchte, Bony würde dicht hinter ihr sein. ›Du brauchst dem Mörder nicht nachzulaufen, sondern nur zu pfeifen, und schon kommt er zu dir‹, dachte Bony wieder einmal. ›Vorausgesetzt, du läßt dich nicht nervös machen, und vorausgesetzt, daß du geduldig bist.‹

Er hörte hinter dem Korridor zur Küche eine Tür zugehen. Er nahm an, daß Mrs. Leeper sich schlafen gelegt hatte. Die Uhr auf dem Kaminsims tickte leise die Zeit ab. Dann bemerkte Bony, daß die Lampe im Krankenraum ausgegangen war.

Hatte Mrs. Leeper absichtlich zu wenig Petroleum aufgefüllt?

Zeigte Mrs. Leeper jetzt ihr wahres Gesicht?

War Janet hierfür verantwortlich?

Stand etwa der erwartete zweite Angriff auf Marys Leben dicht bevor?

Jedenfalls erlosch die Lampe, langsam, unaufhaltsam. Reglos wartete Bony. Auf einmal sah er ein schwaches Flackern auf dem bisher erhellten Rechteck der gegenüberliegenden Tür, dann lag sie im Dunkeln.

Bony glitt durch die Halle und stellte sich neben die Tür des Alkovens. Sein Draht wurde zum Rapier, das in der Finsternis nach einem Herzen tastete, um es zu durchbohren. Wenn er es wie eine Schwertklinge auf einen Schädel niedersausen ließ, konnte er es mit dem halb bewegungsunfähig gemachten Mörder, dem dann Blut aus der geplatzten Kopfhaut rann, wohl aufnehmen . . .

Die Sekunden liefen endlos durch die Halle. Die Prozession der Zeitteilchen wurde durch ein Geräusch aus dem Alkoven wie mit einem Messerschnitt getrennt. Das Bett der Kranken knirschte schwach, nach einem Augenblick noch einmal. War Morris durchs Fenster eingedrungen? War er etwa schon dabei, dem Leben seiner Halbschwester ein Ende zu setzen?

Unter normalen Umständen hätte selbst ein geübtes Ohr das Atmen eines im Alkoven stehenden Menschen vor der Tür nicht vernehmen können. Der Atmende mußte sich aber kaum einen Meter hinter Bonys Rücken befunden haben, bevor er jetzt seitlich aus der offenen Tür schlich. Völlig lautlos gelangte der Unsichtbare in die Halle. Bonys Nase fing den Duft von Wintergrünöl auf, das bei der Bereitung von Salben benutzt wird.

Wenn Mary Answerth irgend etwas brauchte, genügte ein Ziehen an der Klingelschnur, um Mrs. Leeper zu wecken.

Die Tatsache, daß die Schlaftabletten, die sowohl Dr. Lofty wie Mrs. Leeper so ernst nahmen, keine Wirkung auf die Patientin gehabt hatten, war im Moment nicht so wichtig wie die Tatsache, daß Mary Answerth aus dem Alkoven so leise in die Halle gelangt war, daß sogar Bony, an dem sie auf Armeslänge vorbeigekommen sein mußte, nichts gehört hatte.

Jetzt hörte er aus dem zur Küche führenden Korridor ein Geräusch, war aber durchaus nicht sicher, daß es von Mary Answerth stammte. Hinten rechts an diesem Korridor lag Mrs. Leepers Schlafzimmer, und von der Küche führte die steinerne Treppe in den oberen Flur, wo Janet und Morris ihre Schlafräume hatten. Bony kam sich vor wie der Mann im verhexten Haus, der auf das schreckliche Schlagen der Uhr zur Mitternachtsstunde wartete. Er hatte auf das Erscheinen des Mörders gelauert, und der Mörder . . .

Eine Maus hätte das Geräusch machen können, doch es war keine Maus. Es klang, als wenn einem Seifenblasen dicht am Ohr platzen, aber in rhythmischem Gleichmaß. Ein über poliertes Holz gleitendes Tuch machte dieses Geräusch, das aus der Nähe der Haustür kam. Der Instinkt warnte Bony vor der Annäherung eines Menschen. Mit dem Rücken an der Wand schob er sich von der Tür des Alkovens weiter.

Durch die Dunkelheit drang ihm Blumenduft in die Nase. Da wußte er so bestimmt, als ob er sie vor sich sähe, daß Janet Answerth auf dem Wege zum Alkoven an ihm vorbeigegangen war.

Keine Lampe wurde innerhalb des Alkovens getragen, kein Laut drang aus dem Raum. Bony schob sich an den Türrahmen und bog sich so weit seitwärts, daß sein Ohr hinter die Kante kam.

Die Dramatik des Augenblicks voll dunkler Möglichkeiten ergriff ihn so, daß seine Zehen in den Leinenschuhen sich krümmten.

War Mary unterwegs, um Janet anzugreifen, und war Janet zum Gegenangriff angetreten? Das würde einen Kampf bis aufs Äußerste geben in der Finsternis. Und was für einen Kampf!

Die Lust zu töten vermag leicht die Furcht zu unterdrücken und sich ohne Rücksicht auf die eigene Sicherheit bis zur Sättigung auszutoben. Wenn diese beiden Frauen zu der Erkenntnis kamen, daß sie sich gegenseitig beschlichen, dann mußte ihr Zusammenprall für einen Psychologen unerhört interessant werden. Bei der einen Partnerin lag die Kraft im Körper, bei der andern im Verstand.

Er hörte Janets Atem, als sie der Tür näher kam, und bog sich zurück. Wieder spürte er den Blumengeruch. Verschwand der nicht gleich? Nein, er blieb. Also stand Janet jetzt im Türrahmen oder, wie er, an der Außenwand. Der starke Blumenduft, den sie selbst an sich hatte, mußte sie hindern, seine Nähe zu wittern. Hätte er die Sekunden gezählt, so wäre er, bis der Duft schwächer wurde und ganz verschwand, auf siebenundfünfzig gekommen. Janet war nicht mehr da.

Bei diesen Überlegungen hätte Bony eigentlich sehr in Sorge sein müssen, ob er den unerwarteten Mord rechtzeitig verhüten könne, aber sowenig wie ein entzücktes Kind ein Kasperletheater mitten im Stück verlassen hätte, war er jetzt bereit, Streichhölzer zu entflammen, um die Lampe in der Halle anzuzünden oder seine Taschenlampe aufblitzen zu lassen. Janet war von seiner Seite verschwunden, ohne daß er entdecken konnte, wohin! Bestimmt war sie nicht die Treppe hinaufgegangen, weil sie sonst mit jemandem, der gerade jetzt herunterkam, zusammengeprallt wäre.

Janet verstand sich auf diesen Sport in der Finsternis nicht schlechter als ihre Schwester. Die jetzt in die Halle herunterkommende Person hatte offenbar weniger Übung, sich in einem stillen Hause lautlos zu bewegen, war aber sehr bemüht, es zu lernen. Die auf dem Geländer liegende Hand schleifte vernehmlich über das Holz.

Vom Fuß der Treppe her kam nun ein Rascheln, und sogleich verspürte Bony einen leichten Karbolgeruch, der stärker wurde und dann verging. Und das letzte, was er von Mrs. Leeper hörte, war ein Bums, als sie den Zugang zum Flur nach der Küche nicht sofort fand.

Von den drei Frauen war Janet die geschickteste: Sie hatte die wenigsten Fehler gemacht.

Etwa eine Viertelstunde lang drang kein Laut an Bonys Ohr, kein Geruch in seine Nase. Zuletzt hatte er seine innere Spannung gar nicht mehr gespürt, hatte nicht gefühlt, daß der zu einem einfachen U gebogene Griff des derben Drahts, den er krampfhaft hielt, in seiner Handfläche schon eine Strieme erzeugt und er seine Zehen die ganze Zeit gekrümmt hatte. Gleich den Wilden, wenn sie in höchstem Jagdeifer waren, hatte er alle körperlichen Empfindungen ausgeschaltet.

Morris! Er hatte Morris ganz vergessen, der ohne Zweifel dieses Spiel in der Finsternis so beherrschte, daß seine Schwestern lächerlich gegen ihn wirkten. Wenn Morris jetzt in das Spiel eingriffe, wenn er freigelassen worden war, um einzugreifen, und nun Mary begegnete, dann ...

Bony schlich rasch zur vorderen Haustür. Vorsichtig zog er den Schlüssel heraus, damit niemand Morris hereinlassen konnte. Er schlich ins Eßzimmer, wo er das Fenster wieder verriegelte, durch das er selbst eingedrungen war. Er schlich die Treppe hinauf, jeden Augenblick gewärtig, Blumenduft oder Wintergrünöl oder Karbol zu riechen.

Oben an der Treppe blieb er stehen, die Hand auf dem Geländer der Galerie. Während er dort stand, hörte er so deutlich wie die Katze eine Maus hinter der Wandtäfelung hört, daß in dem Flügel, in dem Marys Schlafzimmer lag, eine Tür geschlossen wurde. Er ging in der Gegenrichtung weiter, kam an Janets Schlafzimmertür und stellte mit seiner freien Hand fest, daß sie geschlossen war.

Er ging weiter und tastete die flache Nische im Winkel des Korridors ab, wo, genau wie in der am Ende des Flurs auf der anderen Seite, Besen aufbewahrt wurden. Er tastete unhörbar nach Morris' Zimmertür, bewegte sich nach links und faßte nach dem Schlüssel am Nagel. Er fand den Nagel, doch der Schlüssel war fort. Seine Hand strich über den Riegel und das Vorhängeschloß. Das Schloß war offen, der Schlüssel steckte darin. Der Riegel war zurückgeschoben, die Tür angelehnt.

25

Bony verschloß Morris' Tür wieder mit dem Riegel und steckte den Schlüssel in die Tasche. Wenn Morris nicht gemerkt hatte, daß seine Tür offen war, um so besser. Wer den Riegel zurückgeschoben hatte, war jetzt weniger wichtig als die Möglichkeit, daß Morris an dem unheimlichen Spiel beteiligt sein konnte, das Bony zu beenden hoffte, ehe es sich zu einer neuen Tragödie zuspitzte.

Der einfachste Weg, der sich ihm zur Lösung anbot, wäre gewesen: sich jetzt bemerkbar zu machen, ein paar Lampen anzuzünden, die Hausbewohner zusammenzuholen und sie einzeln durch Fragen so weit zu reizen, daß sich ihr seltsames Treiben enthüllte. Bony wußte jedoch, daß die Justiz in amtlicher Form hier nicht viel ausrichten würde. Was erreichte er, wenn er diese Menschen so offen anpackte? Sie würden nur die Verrückten spielen, und fertig. Was konnte er mit ihren Erklärungen anfangen? Genau besehen: überhaupt nichts.

Sie würden sehr plausible Gründe anzuführen wissen, weshalb sie sich mitten in der Nacht nicht in ihren Zimmern befanden. Etwa, daß sie durch einen Eindringling geweckt worden seien, den sie festzuhalten suchten, bis die Polizei kommen konnte. Und der einzige Mensch, der bei diesem Spiel in der Finsternis gesetzwidrig handelte, war der Inspektor Bonaparte.

Wie der Oberkommissar ihm einmal mit Genuß erklärt hatte, war er nicht würdig, einem richtigen Polizisten die Schuhbänder zu lösen, und die Gedankenverbindung von dem durch zu hohen Blutdruck geröteten Gesicht des Colonel zum Schnürsenkel eines Polizisten brachte Bony einen endlosen Papierkrieg und ein Buch mit dem Titel ›Amtsgewalt, Pflichten und Vorrechte des Polizeibeamten‹ in Erinnerung. Auch mit der schönsten Amtsgewalt und so weiter war er nämlich nicht befugt, Privatwohnungen ohne Ermächtigung durch einen Haussuchungs- oder Verhaftungsbefehl zu betreten.

Nur ein bestimmtes Ereignis hätte sein Vorgehen entschuldigt, doch das Ereignis war nicht – noch nicht – eingetreten. Trat es nicht ein, so mußte er hier verschwinden, wie er gekommen war: unbemerkt.

Als er jetzt dastand, hörte er Janet nicht und entdeckte sie nicht, bis ihr Parfüm ihm in die Nase stieg. Diesmal hielt sie sich nicht auf und zeigte kein Interesse an der Tür zu ihres Bruders Zimmer. Erst als sie im Flur um die Ecke ging, hörte er ihren Atem, der ein wenig zu hastig klang. Sie wußte in der Finsternis ihre Schlafzimmertür sehr gut zu finden und verriet sich ihm nur dadurch, daß sie beim Umdrehen des Schlüssels durch unsicheres Drücken ein Geräusch machte.

Der Schlüssel mußte innen stecken, was Bony sehr bedauerlich fand, denn sonst hätte er sie einschließen können.

Der wahre Fachmann in der Dunkelheit war zweifellos Morris. Mit normalem Verstand begabt, hätte er es in der Kunst der Pfadfinderei fast zu so hoher Vollendung bringen können wie Bony, doch in einem wichtigen Punkt versagte er. Hätte er sich das Haar mit geruchloser Seife gewaschen und sich dann im Staub der jahrzehntelang unbenutzten Räume gewälzt, wo die Spinnen herrschten, dann wäre er vielleicht vor der Entdeckung durch Bony sicher gewesen. Sein Haaröl aber war gleichsam eine Fackel, in deren Licht Bony ihn für fünf Sekunden sehen konnte.

Janet hatte es eilig gehabt, in ihr Zimmer zu kommen. War sie vor Morris geflüchtet?

Bony überlegte das noch, da spürte er wieder ihren Geruch. Sie stand vor der Tür von Morris, so nahe bei ihm, daß er sie anfassen konnte. Leise Geräusche sagten ihm, daß sie Riegel und Vorhängeschloß abtastete. Sie blieb gut eine Minute dort stehen. Bony fühlte sich erleichtert, als sie in Richtung zur Hintertreppe verschwand.

Er entschied sich, in der engen Nische dicht an der Wand stehenzubleiben. Im Augenblick war es einerlei, wo er sich aufhielt, denn er konnte nicht überall gleichzeitig sein und hatte auch keine unmittelbaren Absichten wie die anderen im Haus, sondern war aufs Warten angewiesen. Er erwog, ob er das Haus verlassen und an die Vordertür klopfen sollte, indem er unter einem amtlich klingenden Vorwand einen der Bewohner zu sprechen verlangte. Damit konnte er wohl für diese Nacht ein Drama verhüten, würde aber weder mit seinen Ermittlungen weiterkommen noch künftig das Unheil abwehren können. Das ungewöhnliche Benehmen von Mary Answerth setzte ihn in Verwirrung.

Zu dieser Stunde hätte sie im Bett liegen und schlafen müssen. Statt dessen war sie in einer Geruchwolke von Wintergrünöl an ihm vorbeigefegt.

Nach einiger Zeit brach ein Lärm los, der das Haus bis in den letzten Winkel erfüllte. Er schien aus den hinteren Räumen zu kommen und hörte sich zuerst an, als klapperten zwei Tabletts mit aller Gewalt gegen Glas, dann klang es wie wilder Trommelwirbel und endete mit einem Geräusch, als rissen tausend Teufel ein großes Segeltuch entzwei. So unerwartet entstand dieser Lärm, daß der Schrei eines Menschen, der ermordet wurde, wie ein Wiegenlied darin untergegangen wäre. Und wieder senkte sich Schweigen über das Haus.

Bony spürte in diesem Schweigen ein Klopfen wie von weit entfernten Tamtams, den Holztrommeln der Eingeborenen. Diese seltsamen Töne wurden schneller, aber nicht lauter. Sie kamen aus einer Menschenkehle: ganz in seiner Nähe mühte sich Morris Answerth, sein Lachen zu unterdrücken. Von wo er gekommen war und nach welcher Richtung er sich entfernte, hätte Bony nicht genau zu sagen vermocht.

Eine ganze Weile hörte er nichts mehr, und keiner der Mitspieler kam in seine Nähe, bis plötzlich jemand deutlich sagte: »... habe ich dich!«

Endlich trat also das Ereignis ein – vielleicht. Bony hätte nicht sagen können, wessen Stimme das gewesen war und ob das dritte Wort ›dich‹ gelautet hatte. Wenn die Tür zur Hintertreppe offen war, war der Sprechende vielleicht in der Küche, sonst aber mußte er in der Halle sein, und die lag Bony näher.

Er verließ die Treppe, ging bis zur Eßzimmertür, lehnte sich dort an und wartete. Nach ungefähr drei Minuten wurde die Tür zum Alkoven leise geschlossen. Er vermutete, daß Mary Answerth das Spiel aufgegeben hatte.

Leise tappten jetzt Füße durch den Korridor, leise tappten sie die Treppe herunter und durch die Halle zur Haustür, deren Klinke ohne den Versuch, ihr Quietschen zu dämpfen, heruntergedrückt wurde. Die Füße tappten wieder durch die Halle und die Treppe hinauf, ganz hastig jetzt, wie wenn eine Ratte in der Falle verzweifelt nach einem Ausweg suchte. Bony hörte, daß das Schloß am Riegel von Morris' Zimmer bewegt wurde.

Er folgte der unsichtbaren Gestalt über die Treppe. An der Galerie blieb er lauschend stehen, hörte jedoch nichts. Mit der Spitze seines Drahtschwertes tastete er in Gesichtshöhe ins Leere, um Hindernisse rechtzeitig zu bemerken. Er drang durch den Korridor vor, an Janets Tür vorbei, bis ein metallisches Klirren ihn stutzig machte. Und wieder zog ihm der Geruch von Haaröl in die Nase. So ging er weiter vor, bis die Spitze seines Tasters den Träger des Geruchs berührte – Morris.

»Nein! Entschuldige bitte, ich will ja hineingehen! Ich ...«

»Treten Sie beiseite, Morris, ich werde die Tür aufmachen«, befahl Bony.

»Ich habe Angst – ich will hinein!« Bony wurde schmerzlich hart am linken Arm gepackt. Er vermochte trotzdem das Hängeschloß abzunehmen und die Tür zu öffnen. »Nun gehen Sie hinein«, sagte er, und mit einem Wimmern huschte Morris in sein Gefängnis zurück.

Noch nicht in ihrem Zimmer aber waren Janet und Mrs. Leeper.

Bony ging wieder zur Hintertreppe und eilte unhörbar die Steinstufen hinab bis an die schwere untere Tür. Lautlos betrat er die Küche, und sofort empfing ihn stark ein ganz anderer Geruch als die bisher im Hause wahrgenommenen. Wie ein Stück Eis legte sich ihm Kälte zwischen die Schultern, eine Kälte, die sich über den Nacken bis in seine Kopfhaut verbreitete.

Den eigenartigen Geruch hatte er mehr instinktiv gespürt als mit der Nase, die jeden Blumengeruch unterschied. Sekundenlang fiel von ihm der Firnis ab, mit dem ihn seine Erziehung und seine Erfahrung zwischen Weißen übertüncht hatte. In diesen Sekunden war er der primitive Mensch, vollkommen im Bann der Angst vor dem gefürchteten ›Kurdaitcha‹, jenem Wesen, das über die Erde wandelt, ohne Spuren zu hinterlassen, weil es seine Füße in Menschenblut getaucht und ihnen mit diesem Blut Adlerfedern angeklebt hatte, Angst vor jenem Wesen mit einem menschenähnlichen Gesicht, den Zähnen eines Dingo und der Nase einer Eule, dem Wesen, dem kein Eingeborener, der nachts das Lager seines Stammes verließ, entrinnen konnte.

Die Nacht sandte nicht den kleinsten Lichtschimmer zur Beleuchtung der Szene durchs Fenster. Langsam beugte Bony die Knie und ließ sich mit geradem Oberkörper sinken, während seine Augen weiter in die Finsternis forschten und er die Ohren anstrengte, um den kleinsten Laut in der Stille aufzufangen. Seine rechte Hand berührte Stoff und tastete über die Umrisse eines weiblichen Körpers. Die Finger fanden das Gesicht und suchten dessen Formen zu ergründen. Sein Arm glitt unter den Körper, er legte das Drahtschwert beiseite, um mit der Linken den Kopf der Frau hochhalten zu können. Es gab keinen Zweifel: Janet. Mit gebrochenem Genick . . .

Nur noch Mrs. Leeper geisterte jetzt herum, wenn nicht Mary Answerth ihr Zimmer wieder verlassen hatte.

So leise und vorsichtig wie er gekommen war, verließ Bony die Küche. An der geschlossenen Tür zum Alkoven horchte er mit dem Ohr am Schlüsselloch. Kein Laut war zu vernehmen, auch Licht brannte nicht in dem Raum. Er ging horchend hinein, bis zum Bett.

Als er sich übers Fußende neigte, hörte er ein leises, aber regelmäßiges Atmen, und da nun das Ereignis eingetreten war, das ihn von dem unsicheren Gefühl, sich widerrechtlich in der Giftvilla aufzuhalten, befreite, knipste er seine Taschenlampe an, doch so, daß der Lichtstrahl auf den Boden wies.

Die Frau im Bett rührte sich nicht. Im Widerschein des Lichts konnte er ihre massive Gestalt in Umrissen erkennen. Infolge der Lage ihrer Arme wurde der Lichtstrahl schräg zur Zimmerdecke abgelenkt und erhellte so den ganzen Raum etwas mehr. Mary Answerth lag auf dem Rücken, entweder schlafend oder bewußtlos. Beide Handgelenke waren an die oberen Bettpfosten gefesselt, beide Füße an die unteren.

Bony steckte die Taschenlampe ein und ging mit seinem Drahttaster auf die Suche nach Mrs. Leeper. In der Halle war nichts von ihr zu hören. In Janets Atelier, in Janets Wohnzimmer, in der Küche und in ihrem eigenen Wohnzimmer war sie auch nicht, aber in Janets Schlafzimmer fand er sie und richtete seine Lampe voll auf sie.

Sie kniete vor einer Kommode, umgeben von Kleidungsstücken und allerlei kleinen Sachen, die haufenweise durcheinanderlagen. Als sie sich jäh nach dem grellen Lichtstrahl umdrehte, sagte Bony höflich, wie er in dramatischen Situationen stets war: »Was suchen Sie denn da, wenn ich fragen darf, Mrs. Leeper?«

Verblüffend geschmeidig sprang sie auf die Füße. In ihrem weißen Gesicht las er unaussprechliche Erleichterung, doch ihre Stimme klang schrill und hysterisch.

»Inspektor Bonaparte! Sämtliche Streichhölzer haben sie versteckt, und ich kann nicht feststellen, was sie damit gemacht haben!«

26

Bony hielt ein brennendes Streichholz an den Docht der Nachttischlampe, setzte den Zylinder wieder auf und trat zurück.

»Ich kann Ihnen gar nicht sagen, wie froh ich bin, daß Sie hier sind«, sagte Mrs. Leeper, die sich offenbar von dem Schrecken durch sein plötzliches Erscheinen schon erholt hatte.

»Wirklich? Inwiefern?«

»In diesem Hause ist heute nacht allerhand los gewesen. Alle Streichhölzer haben sie versteckt und mich im Dunkeln irregeführt, während ich oben und unten nach einer Schachtel gesucht habe, um eine Lampe anzumachen. Und Mary . . .«

»Wir wollen in der Halle darüber sprechen, Mrs. Leeper. Nehmen Sie die Lampe und gehen Sie voran.«

Ihr Blick wanderte von seinem Drahttaster an ihm hinauf, bis sie seinen ruhigen Augen begegnete. Bony schien ihr sehr groß und höchst unheimlich. Sie riß förmlich die Lampe vom Tisch und eilte aus dem Zimmer. In der Halle sagte Bony: »Zünden Sie bitte die große Hängelampe an.«

Sie holte einen hohen Schemel, um sich darauf zu stellen, während er die Kurbel des altmodischen Telefons drehte und sich mit dem Amt in Edison verband. Sie hörte, wie er den Beamten bat, ihn mit Wachtmeister Mawson zu verbinden. Er wartete mit dem Hörer in der Hand, indes sie die Hängelampe ansteckte und den Schemel wieder an seinen Platz unter die Treppe stellte. Er winkte ihr zu, sich zu setzen, dann hörte sie ihn zu Mawson sagen, er solle sofort mit Dr. Lofty herüberkommen. Nach beendetem Gespräch setzte er sich ihr gegenüber.

»Nun wollen wir versuchen, diese Geschichte in einen Zusammenhang zu bringen, Mrs. Leeper«, sagte er. »Hatten Sie sich, als Sie in Ihr Zimmer gingen, schlafen gelegt?«

»Ja, das hatte ich, Inspektor. Ich pustete meine Lampe aus und schlief gleich ein. Wovon ich aufwachte, könnte ich nicht sagen, mir war, als hätte ich in der Küche ein seltsames Geräusch gehört. Einbrecher befürchtete ich nicht. Die Herrschaften hier haben ja schon öfters nachts schlimme Streiche gemacht, und als ich an frühere Vorfälle dachte, richtete ich mich unwillkürlich auf, weil mir irgend etwas sehr verdächtig vorkam. Und ich machte mir Sorgen um meine Patientin.

Ich wußte noch, daß ich, als ich meine Lampe auspustete, keine Streichhölzer auf dem Nachttisch gehabt hatte, war aber deshalb nicht beunruhigt, denn ich hatte ja meine Taschenlampe. Die fand ich auch im Dunkeln, aber sie wollte nicht brennen, und als ich sie aufmachte, fühlte ich, daß die Batterie fehlte.

Nun wußte ich genau, daß einer etwas Böses vorhatte. Im Dunkeln begab ich mich in die Küche und stöberte dort im Schrank, wo ich stets ein paar Schachteln Streichhölzer liegen hatte. Es waren keine mehr da. Auf dem Kaminsims lagen sonst auch immer ein oder zwei Schachteln, die waren ebenfalls verschwunden. Da ich die Lampe in Marys Zimmer brennen gelassen hatte, nahm ich meine mit dorthin. Aber ihre war aus, was mich beunruhigte. Die Schwestern hassen sich doch so, und da dachte ich ... ach, ich wußte nicht, was ich denken sollte.

Jedenfalls erinnerte ich mich, daß bei Mary auf dem Kamin eine Schachtel Streichhölzer gelegen hatte. Ich tastete mich dahin, doch sie waren fort. Da erst merkte ich, daß ich Miss Mary gar nicht atmen hörte. Ich befühlte ihr Bett: Es war leer. Jetzt wurde ich wirklich bange und ganz ratlos.

Sie mußte die vom Arzt verordneten Tabletten wohl wieder ausgespuckt haben, als ich ihr den Rücken zudrehte. Und das hieß, daß sie etwas Schlimmes plante, und ihr Plan – einerlei was das war – muß sie förmlich aus dem Bett getrieben haben, denn als ich abends zuletzt bei ihr gewesen war, hatte sie Schmerzen.«

»Sie haben aber nicht nach Miss Janet gerufen. Warum eigentlich nicht?«

Mrs. Leeper schüttelte den Kopf. Sie gewann wieder größere Sicherheit. »Diese Sorte Menschen darf man nie spüren lassen, daß sie einen übers Ohr gehauen haben. Denen muß man stur entgegentreten und ihnen dadurch beweisen, daß sie nicht so schlau sind, wie sie sich vorkommen. Sobald man sie in dem Glauben läßt, man hätte Angst vor ihnen, ist es besser, das Spiel aufzugeben. Ich bekam diese Nacht erst richtig Angst, als ich sah, daß die Tür bei Morris nicht abgeschlossen, sondern offen war. Angelehnt. Da wurde mir bange. Aber ich mußte doch ein Streichholz auftreiben. Ich ging in Miss Janets Schlafzimmer und in Miss Marys, doch nirgends war eins zu finden, sie hatten sämtliche Schachteln weggenommen.

Ich wurde den Gedanken nicht los, daß sie finstere Pläne mit mir hatten. Gehe ich in mein Zimmer und schließe mich ein, so bringen sie sich vielleicht gegenseitig um, dachte ich. Suche ich weiter im Hause herum, dann ermorden sie womöglich mich. Aber ich habe ja gelernt, mich zu schützen.

Und entsprechend handelte ich, als Mary in der Halle mit mir zusammenstieß. Im ersten Moment wußte ich nicht, welche von beiden es war, und ich überlegte auch nicht erst lange. Na, es war Mary, und in einer Sekunde hatte ich sie so im Griff, daß sie schwankte, und ich drückte auch weiter fest zu, als ich sie ins Bett trug und sie dort anband.«

»Getragen haben Sie sie, eine Frau von solchem Gewicht?«

»O ja, Inspektor, das geht leicht, wenn man es nur richtig macht.«

»Hatten Sie den merkwürdigen Lärm und das Krachen verursacht?«

»Nein.«

»Sind Sie mit Miss Janet zusammengeprallt?«

»Nein, sonst hätte ich die auch an ihre Bettpfosten gebunden. Als ich feststellte, daß die Tür bei Morris verriegelt war und das Schloß zu, fühlte ich mich erleichtert. Da ich mir dachte, daß es wohl Janet gewesen sein mußte, die alle Streichhölzer fortgenommen und sie wahrscheinlich in ihrem Schlafzimmer versteckt hatte, ging ich wieder dorthin, und da fanden Sie mich ja. Und ich kann Ihnen versichern, daß ich sehr, sehr froh bin. Nach dieser Nacht habe ich von dem Haus genug. Die Answerths haben mich zum Vormund für Morris ernannt, falls ihnen etwas passieren sollte, und haben mir erklärt, ich hätte für den Rest meines Lebens ausgesorgt, wenn ich ihn weiterhin betreute. Aber darauf will ich nicht warten.«

»Hm – m. Wir wollen jetzt zu Miss Mary hineinschauen. Nehmen Sie die Lampe.«

Mary Answerth war hellwach. Ein finsterer Blick ihrer dunklen Augen traf die beiden. Entweder fand sie selbst nicht die richtigen Worte oder sie wollte erst warten, bis einer ihrer Besucher sprach. Am Fußende des Bettes nahm Bony den Lampenzylinder ab. Der Docht war so tief zurückgeschraubt, daß er die Flamme seines Streichholzes nicht annahm, während der Ölbehälter noch über halb voll war.

»Binden Sie Miss Answerth los«, sagte er.

»Was, zum Donnerwetter, wollen Sie eigentlich hier?« fragte Mary in eisiger Wut.

»Ein paar Fragen an Sie stellen, Miss Answerth.«

Mrs. Leeper löste ihr zuerst die Fußfesselung. Ehe sie auch die Hände losband, blickte sie Bony fragend an. Er nickte. Wieder befreit, richtete Mary sich wirklich mühsam hoch und schwang die Füße über die Bettkante. Ihr Gesicht war vom Zorn verzerrt.

»Scheren Sie sich aus meinem Zimmer, Sie! Los, hinaus mit Ihnen, ehe ich Sie durchs Fenster schmeiße!«

Sie stand auf. Bony zog einen Sessel zum Bett. »Bitte nehmen Sie Platz. Ich muß Fragen wegen des Mordes an Ihrer Schwester stellen.«

Mrs. Leeper regte sich nicht. Mary ging mit bösartigem Blick auf Bony zu. Gleichgültig wies er auf den Sessel. Da setzte sie sich und sagte: »Sie sind der erste Mann, der keine Angst vor mir hat. Was haben Sie da eben geredet? Janet sei ermordet? Scheint mir zu schön, um wahr zu sein. Ich hoffe aber, es ist wahr.«

»Weshalb haben Sie im Dunkeln Ihr Zimmer verlassen und sind nach oben gegangen?«

»Weil Janet schon ein paar Stunden vorher hier hereingekommen war und einen Schmus machte, wie es meinem Hals ginge und so, und sie dachte, ich hätte nicht bemerkt, daß sie die Streichhölzer vom Kaminsims nahm. Die Art, wie sie das machte, bewies mir, daß sie wieder etwas plante. So ging ich nach oben, um zu sehen, ob sie Morris 'rausgelassen hatte. Und das hatte sie tatsächlich.«

»Was haben Sie daraufhin getan, Miss Answerth?«

»Ich ging hinein und sah, daß er nicht im Bett lag. Dann bin ich über die Hintertreppe gegangen, um ihn zu suchen. Erst blickte ich in Janets Zimmer: Sie war nicht im Bett. Also ging ich sie suchen. Ein Glück, daß ich sie nicht zu fassen gekriegt habe, sonst hätte ich ihr die Seele aus dem Leib gequetscht. Statt ihrer begegnete ich der Leeper, doch die ließ sich auf einen fairen Kampf gar nicht ein. Aber ich kann warten, Leeper«, schloß sie drohend.

»Hatten Sie den erschreckenden Lärm gemacht, dieses Geklapper?«

Der Zorn verrauchte, Mary Answerth kicherte. »Ich war in eine Falle geraten vor der Tür zu Janets Wohnzimmer«, gab sie zu. »Wenn Morris das Ding gebaut hat, so werde ich's ihm verzeihen, denn es war großartig gemacht.« Das Kichern hörte auf, sie warf wieder wütende Blicke, wurde aber plötzlich von überwältigender Müdigkeit gepackt.

»Ich glaube, ich lege mich lieber wieder hin. Sie haben mir den Nacken verknackst oder so 'was, Leeper. Aber warten Sie nur –!«

Sie wollte sich nicht aus dem Sessel helfen lassen, doch Mrs. Leeper vergaß auch jetzt nicht, daß sie als Krankenschwester ausgebildet war. Sie machte tadellos das Bett und brachte die Patientin dazu, sich hineinhelfen zu lassen.

Mary sagte bissig: »Zum Teufel mit euch beiden!«

»Ganz recht, Miss Mary«, lenkte Mrs. Leeper ein, und Bony überließ beruhigt alles Weitere ihrer energischen Stimme.

Bald danach öffnete er für Mawson, Dr. Lofty und Blaze die Haustür. Als sie ankamen, dämmerte es bereits. Er sagte ihnen, wo die Tote lag, und erließ besondere Instruktionen. Blaze bat er, in der Halle zu bleiben und Mrs. Leeper nicht in die Küche gehen zu lassen. Er selbst nahm sich eine Lampe und ging zu Morris hinauf.

»Hallo, Morris, nicht im Bett?« sagte er, indem er die Lampe neben die Spielzeuglokomotive stellte.

Der bärtige Mann blinzelte in das Licht und zwang seine Augen, die Helligkeit auszuhalten, bevor er sich an Bony wandte. »Ich hatte Angst. Habe Janet gefunden. Sie lag so still, ihr Kopf wollte nicht richtig auf dem Hals bleiben.«

»Ich weiß, Morris.«

»Ist sie tot, Bony?«

»Leider ja. Wer hat diese Nacht Ihre Tür aufgeriegelt?«

Die blauen Augen hatten etwas Flehendes, eine der großen Hände strich den blonden Bart. »Ich darf das nicht sagen.«

»Dann will ich's Ihnen sagen. Janet ist es gewesen.«

»Ja. Sie wollte gern, daß ich mit ihr über den Damm ginge.«

»Weshalb?«

»Um vor Mary auszureißen. Mary wollte mich später schlagen, weil Sie mir die Lampe geschenkt hatten. Janet sagte, Mary käme 'rauf, um mich zu schlagen, aber wenn sie das versuchte, sollte ich ihr den Hals brechen wie eine Rübe, sagte Janet. Wir gingen in den Korridor, und da lief Janet mir weg.«

»Und was taten Sie dann?« forschte Bony.

»Ich habe nach ihr gesucht und dann eine Falle für sie gebaut. Habe zwei Tabletts mit Glasplatten oben auf eine Tür gestellt, die ich offenließ. Haben Sie das nicht gehört? Es war doch ein wundervoller Spektakel! Ich weiß nicht, wer ihn gemacht hat. Mary könnte es gewesen sein, die hat mich aber nicht gefunden. Würden Sie ihr bitte sagen, daß sie nicht herkommen und mich schlagen soll, ja?«

»Das wird sie niemals tun, Morris, denn das dulde ich nicht. Als Sie neulich in der Nacht mit Janet das Haus verließen und über den Damm gingen, wo Sie einem Mann begegneten, den Janet kannte, was geschah da?«

»Ich – das darf ich nicht erzählen.«

»Also werde ich es Ihnen sagen: Sie haben ihn schwer verprügelt, ihn dann ins Wasser geschleppt und niedergedrückt. Janet war die ganze Zeit bei Ihnen und hat immer gesagt, was Sie tun sollten.«

»Ja, Bony, das hat sie. Gesagt, was ich tun sollte.«

»Und als Sie wieder ans Haus kamen, hat Ihre Mutter Sie beide gesehen. Und Janet erlaubte ihr nicht, mit Ihnen zu sprechen. Aber Ihre Mutter hat trotzdem mit Ihnen gesprochen, nicht wahr? Sie kam um die Ecke unter Ihr Fenster und sprach dort mit Ihnen. Und da fragte sie, weshalb Sie mit Janet im Dunkeln draußen gewesen wären, und Sie haben's ihr erzählt.«

»Ja, Bony.«

»Natürlich taten Sie das. Aber das spielt jetzt keine Rolle. Ich weiß alle Einzelheiten.«

»Freuen Sie sich darüber, Bony?«

»Ja, es freut mich, daß Sie keins Ihrer Versprechen zu brechen brauchten.«

»Das freut mich selbst. Janet sagte mir ja immer, daß ich jedes

Versprechen halten muß. Meinen Sie, daß ich jetzt, wo sie tot ist, wieder so eine Lampe bekommen kann wie die andere?«

»Ja, ich glaube, das wird gehen. Können Sie sich noch an die Nacht erinnern, als Sie – nachdem Sie mit Ihrer Mutter gesprochen hatten – aus dem Fenster geklettert waren und sahen, wie Janet Ihre Mutter mit dem Lasso fing?«

»Ja, aber Janet hat mich nicht bemerkt.«

»Was taten Sie?«

Morris kicherte. »Janet wußte ja nicht, daß ich aus dem Fenster geklettert war«, sagte er. »Ich sagte nachher zu ihr, ich hätte gesehen, wie sie Mutter totmachte und sie dann in den See zerrte, aber ich sagte, ich hätte das aus dem Fenster gesehen.« Morris zeigte nach dem Fenster, aus dem er zu angeln pflegte, das zweite von der Haustür aus.

»Waren Sie denn nicht traurig, Morris?«

»O ja. Ich sagte Janet, sie hätte das nicht tun dürfen, aber sie antwortete mir, Mutter hätte vorgehabt, mich dahin bringen zu lassen, wo sie den Leuten rotglühende Nadeln in den Leib stechen.« Er griff jäh nach Bonys Arm. »Sie werden nicht dulden, daß mir das angetan wird, jetzt, wo Janet tot ist, nein?«

Bony legte seine Hand auf die, die seinen Arm wie in einer Zange hielt. »Nein, Morris, nie werde ich dulden, daß jemand Ihnen das antut. Jetzt muß ich fort, aber ich werde Sie wieder besuchen. Hat übrigens Janet mit Ihnen öfter Lassofang gespielt?«

»O ja, Bony.«

»Hm. Na, nun muß ich aber wirklich gehen, Morris. Ich werde Ihnen die andere Lampe, die ich noch habe, zum Spielen schenken.«

»Oh, oh, vielen herzlichen Dank, Bony.«

Schon am ersten Tag forderte Morris Answerth der Batterie in der Taschenlampe, die ihm Bony gab, viel Strom ab, doch das vermochte die Freude in seinem Herzen nicht zu trüben ...

27

Blaze war noch in der Halle, als Bony nach unten kam. Er trug sein Arbeitszeug, so leichte Sachen, daß man glauben konnte, es sei Hochsommer. Sein altes Gesicht war schrumplig wie ein Apfel, der lange gelegen hatte, aber seine braunen Augen blickten scharf gespannt. »Ende Ihres Weges, Inspektor?« fragte er.

»Ja, das Ende des Weges«, bestätigte Bony. »Lieb wäre mir, mit dem Gedanken fortzugehen, daß künftig Sie diesen Haushalt betreuten und Morris Answerth gut im Auge behielten. Und ihn möchte ich mir gern vorstellen, wie er draußen im Sonnenschein mit Hunden spielt, meinethalben auch mit Lämmchen. Falls Sie überhaupt hierbleiben wollen, würde ich das zu erreichen trachten.«

»Mir recht«, sagte Blaze und fügte seelenruhig hinzu: »So hätte auch die alte Mrs. Answerth sich das Bild gern vorgestellt.«

Bony nickte und wandte sich Mawson und dem Arzt zu, die gerade aus dem Korridor von der Küche kamen.

»Mit dem Geruch haben Sie recht gehabt, Inspektor«, sagte Dr. Lofty. »Das Genick ist gebrochen, fast vom Rumpf abgeschüttelt. Wir haben die Leiche in ein leeres Zimmer gebracht.«

»Dann werden jetzt wir, falls Sie gestatten, mitgehen, wenn Sie bei Miss Mary Visite machen. Es sind noch einige Punkte zu klären. Lange wird das nicht dauern.«

Mawson und Blaze blieben dicht vor der Tür zum Alkoven stehen. Der Arzt trat ans Bett der Patientin, Bony hielt sich im Hintergrund.

»Na, Miss Mary, wie geht's uns heute morgen?« fragte Dr. Lofty heiter.

»Nicht so gut wie es mir später gehen wird, Lofty«, erwiderte die Kranke. »Und für diesen Besuch zahle ich Ihnen kein Honorar, weil Sie ja nicht bloß in die Giftvilla gekommen sind, um mich zu besuchen. Stimmt's, daß Janet tot ist?«

»Nur allzu wahr, Miss Answerth. Und nicht zu leugnen, daß sie ermordet wurde. Hm. Hat nicht gut geschlafen, unsere Patientin. Geben Sie ihr mehr Tabletten, Mrs. Leeper.«

»Stellen Sie lieber einen Pott voll für Morris zurück. Nachdem er Janet umgebracht hat, muß er für ein paar Tage beruhigt werden. Na, egal: da die Hexe jetzt tot ist, werden wir endlich Frieden in diesem Hause haben, und ich kann mich mit Mrs. Leeper richtig um ihn kümmern.«

Der Arzt wurde beiseite gezogen, da Bony sich ans Fußende des Bettes setzen wollte.

»Ich bin gezwungen, Miss Answerth, Sie des Mordes an Ihrer Schwester zu beschuldigen, und muß Sie aufmerksam machen, daß alles, was Sie hier aussagen, von Wachtmeister Mawson zu Protokoll genommen und als Beweis gegen Sie benutzt werden kann.«

Die Frau versuchte sich aufzurichten, stöhnte und preßte die Hände gegen ihren Hals. »Meinen Sie wirklich?« sagte sie höhnisch. »Na, dann will ich Ihnen sagen, daß ich Janet nicht getötet habe. Und will Ihnen sagen, daß ich sie für vier Wochen oder länger lahmgelegt hätte, wenn sie mir im Dunkeln entgegengekommen wäre wie Mrs. Leeper. Morris hat Janet erledigt, weil sie ihn freigelassen hat, damit er mich kaltmachte. Bringen Sie ihn nur hierher, dann werde ich schon dafür sorgen, daß er es zugibt.«

»Vielleicht können Sie erklären ...«

»Nichts erkläre ich, Inspektor. Höchstens, daß ich gewußt habe, daß Janet sich mit Mordgedanken trug. Ich wußte das, als sie hier hereinkam, nachdem ich mein Abendessen gekriegt hatte, und als sie die Schachtel Streichhölzer vom Kamin klaute, während sie mir allerhand Schmus über meinen Hals erzählte. Sie ist es gewesen, die mich zu erdrosseln versuchte. Sie hat auch erraten, daß ich das wußte. Also wußte ich, als sie die Streichhölzer wegnahm, daß sie zurückkehren würde, wenn ich schlief, und Morris herunterkommen lassen würde, damit er mich ermordete. Morris ist bei seinem Geisteszustand nicht verantwortlich zu machen, und das wußte Janet genau.«

»Sie drehten dann absichtlich den Docht Ihrer Lampe so niedrig, daß sie nach kurzer Zeit ausgehen mußte, und warteten im Dunkeln, nicht wahr?«

»Ja. Bis ich die Geduld verlor und hinaufging, um mich selbst von Janets Komplott zu überzeugen. Morris war tatsächlich nicht in seinem Zimmer, und sie nicht in ihrem.«

»Und Sie kamen dann wieder hierher und warteten weiter?«

»Sie wissen verdammt genau, daß ich das nicht tat. Sie wissen, daß ich der Leeper begegnete, die mich mit einem ihrer Patentgriffe packte, so daß ich ohnmächtig wurde. Sie wissen auch ganz genau, daß Sie später mit ihr zusammen hier 'reinkamen und sie mir die Hände und Füße losband.«

»Hm«, machte Bony freundlich. »Wir wollen das alles schön klarstellen. Ist Ihnen doch recht?«

»Bei Ihnen, ja. Ich mag Sie allmählich leiden.«

Bony wäre beinahe aufgestanden, um sich für das Kompliment zu verbeugen. »Ich will mit dem Anfang beginnen, Miss Answerth«, sagte er. »Von dem Augenblick an, da Sie in Ihrem Wollschuppen ausrechneten, daß Ihnen zwei Ballen Wolle gestohlen worden waren.«

»Ah«, sagte Mary, »der alte Harston hat mit Ihnen über meine Geschäfte geplaudert, was?«

»Ich und der Inspektor hatten alles schon ausgerechnet, ehe wir Ihre Zahlen an der Schuppenwand sahen«, unterbrach Blaze. Die blitzenden Augen der Frau starrten an Bony vorbei den kleinen Koch an.

»Nachdem Sie die ungefähre Menge der gestohlenen Wolle errechnet hatten«, fuhr Bony fort, »kamen Sie zu dem logischen Schluß, daß der Presser, vielleicht mit einem Komplicen, den Diebstahl ausgeführt hatte. Sie knöpften sich den Mann vor und erfuhren von ihm, daß der Schlachter Carlow die Wolle empfangen und sich verpflichtet hatte, dem Dieb – oder den Dieben – die Hälfte des Erlöses auszuzahlen.

Anstatt nun diese Sache dem Wachtmeister Mawson zu melden, erkannten Sie darin ein geeignetes Werkzeug, um Ihre Schwester zu zwiebeln. Sie wußten, daß Miss Janet Zeit und Geld für gute Werke hergab, und wußten auch, daß sie Edward Carlow, seine Mutter und seinen Bruder beträchtlich unterstützt hatte, nachdem Sie, Miss Mary, die Familie gezwungen hatten, die Farm zu räumen. Und Sie wußten ferner, daß Miss Janet Edward Carlow sehr gern geheiratet hätte.

Der Mann, den sie so gern mochte und dem sie geholfen hatte, bestahl Sie und Ihre Schwester. Und Sie drehten den Dolch in ihrem Herzen herum, indem Sie sie verspotteten und verhöhnten, und als Carlow, der gewaltsam ertränkt worden ist, gefunden wurde, wußten Sie, wer das getan hatte.«

»Sie wollen mir doch nicht weismachen, daß Janet, dieses Püppchen, einen großen starken Mann wie Carlow ertränken konnte?« entgegnete Mary.

»O nein, Ich erkläre Ihnen nur, Miss Answerth, daß Ihre Schwester Ihren Stiefbruder mit über den Damm nahm, um Carlow, mit dem sie sich verabredet hatte, zu begegnen. Wie sie körperlich unfähig war, Carlow selbst zu ermorden, war Morris geistig unfähig, das Verbrechen so auszuführen, daß es wie ein Unfall wirken konnte. Er brauchte Anleitungen. Stimmen Sie mir zu?«

»Nur weiter spinnen, Inspektor, Sie können das gut.«

»Als Janet und Morris über den Damm zurückkamen, begegnete ihnen Mrs. Answerth. Ohne Zweifel hatte Janet eine plausible Erklärung bereit, wußte aber, daß Ihre Stiefmutter, wenn Blaze die Leiche entdeckte, Morris und sie selbst mit der traurigen Tat in Verbindung bringen würde. Bis dahin hatte sie schon immer zu verhindern versucht, daß Morris mit seiner Mutter zusammenkam, aber von nun an verhinderte sie das endgültig.

Ihre Schwester wußte allerdings nicht, daß Mrs. Answerth sich nachts hinausstahl, um mit Morris zu sprechen, und ebensowenig wußten Sie, daß er sich zuweilen aus seinem Fenster hinabließ, um die frische Nachtluft zu genießen. Miss Janet ahnte das nicht, bis sie hörte, wie Sie Ihre Stiefmutter beschimpften, weil sie aus dem Hause gegangen war, um sich von draußen mit Morris zu unterhalten. Alle Bemühungen Janets, nach der Ermordung Carlows die Begegnung von Mutter und Sohn zu verhindern, waren vergeblich. Sie ging zu Morris, der ihr beichtete, daß er seiner Mutter alles erzählt habe.

Ihre Schwester überredete nun Mrs. Answerth an dem bewußten Abend, mit ihr zusammen hinauszugehen, erwürgte die alte Dame und zog die Tote über einen Teil des Dammes, um den Anschein zu erwecken, daß sie in eins der tiefen Löcher abgerutscht war. Hier wäre wiederum Morris nicht fähig gewesen, sich den Verwesungsprozeß von Wasserleichen vorzustellen, der, wie Janet vorausbedacht hatte, wenigstens die äußeren Zeichen der Erdrosselung verwischen konnte.

Dafür, daß Sie errieten, daß Janet Ihre Stiefmutter umgebracht hatte, habe ich keinen überzeugenden Beweis, Miss Answerth. Auch nicht, ob Sie sie gereizt haben, indem Sie ihr das Verbrechen vorwarfen. Ich nehme aber an, Sie haben das getan, denn vermutlich hat sie gerade deshalb versucht, auch Sie zu ermorden. Es ist ein Glied in der Kette. Janet liebte Morris abgöttisch, und in ihrer Selbstsucht verlangte sie von ihm die völlige Unterwerfung unter ihren Willen. Sie benutzte ihn zur Tötung Carlows, den sie nicht nur aus dem Wege räumte, weil er sie bestohlen hatte, sondern vor allem, weil ihr Stolz unter dem Bewußtsein litt, daß Carlow ihre Zuneigung ausgenutzt hatte, um sich durch Diebstahl zu bereichern. Und nun, als Ihre Schwester mit Ihrer Ermordung beinah Erfolg gehabt hatte, beschlossen Sie, sie zu töten und nachher den Verdacht auf Morris zu lenken, weil man ihn dazu bringen konnte, die Tötung Carlows zu gestehen. Morris mit seinem unentwickelten Verstand war dafür eine leichte Beute.

Janet ist es gewesen, die Sie in der vorletzten Nacht geweckt hat, indem sie mit einem langen Wandbesen vom nächsten Fenster aus an Ihres klopfte. Aber als Sie hinausblickten, sahen Sie Morris und nicht den unbekannten Mann, der angeblich mit Ihnen über gestohlenes Vieh reden wollte. Das haben Sie später nur vorgeschützt. Hinunter gingen Sie, um festzustellen, wie Morris zwischen die Haustür und die Hausecke gekommen war, und aus welchem Grunde.

Als Sie die Haustür aufschlossen, war er gerade auf die Vorstufe getreten, doch als er das Aufschließen hörte, trat er rückwärts wieder hinunter und ging noch etwa zehn, zwölf Schritte rückwärts weiter. Er sah Sie herauskommen und sah Janet bei ihrem Versuch, Sie zu töten. Denn Janet war Ihnen, nachdem sie Sie geweckt hatte, die Treppe hinab gefolgt. Sie befand sich dicht hinter Ihnen, als Sie vor die Haustür traten, und stand auf der Vorstufe, als Sie von dieser gerade heruntergegangen waren, so daß sie den Vorteil der erhöhten Position hatte, um Ihnen die Schlinge über den Kopf zu werfen. Sie vermochten noch rechtzeitig Ihre Hand unter die Schlinge zu klemmen, und in dem Moment wußte Janet, daß sie nicht Kräfte genug hatte, um Sie so noch zu erdrosseln.

Wie Sie anderen erzählten, haben Sie damals beschlossen, selbst das Strafgericht zu vollziehen, sobald Sie die Zeit für gekommen hielten. Janet hatte Sie im Verdacht, ihr nach dem Leben getrachtet zu haben, denn sie wußte ja nicht, daß Morris fähig war, aus seinem Fenster hinabzuklettern, und hatte daher geglaubt, er läge im Bett.

Janets einzige gute Chance, Miss Answerth, mit Ihnen noch fertig zu werden, bestand darin, zuzuschlagen, ehe Sie wieder gesund wurden. Als sie Ihnen die Streichhölzer wegnahm, wurden Sie mißtrauisch und dachten sich gleich, sie würde sämtliche im Hause befindlichen Streichhölzer verstecken. So gelangten Sie zu der Überzeugung, sie würde in der nun vergangenen Nacht ihren Mordversuch wiederholen. Daher haben Sie Ihre Lampe niedrig geschraubt, um Ölmangel vorzutäuschen, damit Sie im Finstern Ihr Zimmer verlassen konnten. Sie spürten sie in der Küche auf und brachen ihr das Genick, wie eine Rübe. Knacks.«

»Was Sie nicht sagen!« rief Mary höhnisch. »Den Ausdruck habe ich schon früher gehört – von Morris –, daß man ein Genick wie eine Rübe abknackt. Wenn ich Janet heute nacht mit meinen beiden Händen zu fassen gekriegt hätte, dann hätte ich sie derartig vermöbelt, daß sie ein halbes Jahr ins Krankenhaus gemußt hätte. Ich erkläre, daß ich ihr nicht den Hals wie eine Rübe gebrochen habe!«

»Und wir erklären, daß Sie es getan haben. Möchten Sie erfahren, woher wir wissen, daß Sie Ihre Schwester töteten?«

»Ist mir ziemlich Wurscht«, erwiderte Mary, indem sie die Augen schloß, als sei sie tief ermüdet. »Aber zur Abwechslung will ich jetzt Ihnen was erzählen. Jahrelang habe ich bis zum Kotzen diese Verrückten um mich herum ertragen müssen – eine lispelnde, schmusende Schlampe und einen starken Mann, der doch nie ein Erwachsener wurde. Sie erwähnten Janets gute Werke. Ach was, die wollte sich nur einen Namen als edle Wohltäterin machen, weiter nichts. Und wenn ich in die Stadt kam, lachten die Leute hinter mir her, und dabei bin ich der einzige Mensch mit gesundem Kopf in der ganzen Answerthschen Sippe. Wie'n Sklave habe ich geschuftet, um unseren Besitz vor dem Ruin zu retten, indem ich festgehalten habe, was mein Urgroßvater den Schwarzen gestohlen und mein Großvater zu seiner Zeit hier aufgebaut hat.

Ja, ja, ich weiß Inspektor. Alles ist mir bekannt. Und als diese Irrsinnigen anfingen, sich gegenseitig zu ermorden, da habe ich mir gesagt: So mußte es ja kommen, und so geht's weiter. Ich habe jedenfalls Janet nicht umgebracht, und Sie werden mir das nie beweisen können. Jetzt, da sie aus dem Wege ist, werde ich erst etwas aus der Giftvilla machen, daß sie für tausend Jahre feststeht. Und nun können Sie alle verduften, verstanden?«

»Leider, Miss Answerth, können wir Sie nicht in Ruhe lassen«, sagte Bony, »denn da ich Sie des Mordes an Ihrer Schwester bezichtige, müssen Sie, sobald der Arzt die Erlaubnis gibt, ins Gefängnis nach Edison überführt werden. Aller Voraussicht nach werden Sie der Giftvilla für sehr lange fernbleiben, also überlegen Sie bitte inzwischen, was mit Morris geschehen soll. Ich schlage vor, daß Mrs. Leeper definitiv zum Vormund für ihn bestellt und Blaze mit der Verwaltung des ganzen Besitztums betraut wird.«

Mary öffnete die Augen und blickte Bony fest an. »Nun sagen Sie mir, woher Sie wissen, daß ich Janet getötet habe«, sagte sie nur.

»Sie haben der Toten Ihr Brandmal aufgeprägt.«

»Mein Brandmal? Ich wünschte, ich hätte ihr eins eingebrannt, wie den Rindern, dieser Hexe!«

»Als Sie sie töteten, Miss Answerth, haftete der Geruch der Heilsalbe, die für Ihren Hals und Rücken gebraucht wurde, an Ihren Händen. Der Geruch von Wintergrünöl ist unverwechselbar. Mrs. Leeper hingegen hatte sich, als sie gestern abend aus Ihrem Krankenzimmer kam, die Hände gewaschen. In der Küche. Das habe ich selbst gehört. An Schultern und Hals Ihrer toten Schwester aber ist deutlich der Immergrüngeruch festzustellen.«

Die Spannung löste sich. Mary sagte: »Ihre Idee, Morris von Mrs. Leeper betreuen und den Besitz durch Blaze verwalten zu lassen, ist nicht schlecht . . .«

Vielleicht verstand sie in diesem Augenblick die Gedankengänge des Mannes, der diesen Vorschlag gemacht hatte, und war, da sie ihn begriff, auch fähig, den bösen Kampfgeist, der ihr ganzes Leben beherrscht hatte, aufzugeben und sich als die Frau zu zeigen, die sie hätte sein können – die sie vielleicht geworden wäre, hätten nicht die Eingeborenen auf ihre Vorfahren ›mit dem Knochen gezeigt‹, indem sie schon die ersten Answerths und deren Kinder und Kindeskinder verfluchten, und kein Mitglied der Familie, bis in die vierte Generation, dem Fluch entgehen konnte und entgangen war ...

Sie nickte, als sei sie mit dem, was sie von Bonys Gedanken erriet, ganz einverstanden und fände sich, nachdem sie es einmal erkannt hatte, mit dem Unvermeidlichen ab. So galten ihre Worte »Sie haben es geschafft!« nicht allein Bony, sondern auch all den längst toten Eingeborenen, die unter den Answerths zu leiden gehabt hatten. »Sie haben es geschafft.«

»Aber Freude hat mir das nicht gemacht, Miss Answerth«, sagte Bony. »Ich habe es schon so oft geschafft, daß eine alte Gewohnheit mich nicht mehr dankbar zu stimmen vermag ...«